镇江诗词楹联作品集

蒋光年 主编

1949—2022

江苏大学出版社

镇江

图书在版编目（CIP）数据

镇江诗词楹联作品集：1949—2022 / 蒋光年主编
. — 镇江：江苏大学出版社，2022. 10
ISBN 978-7-5684-1866-9

Ⅰ.①镇… Ⅱ.①蒋… Ⅲ.①诗词—作品集—中国—
当代②对联—作品集—中国—当代 Ⅳ.① I217.1

中国版本图书馆 CIP 数据核字（2022）第 176751 号

镇江诗词楹联作品集（1949—2022）
Zhenjiang Shici Yinglian Zuopin Ji（1949—2022）

主　　编/蒋光年
责任编辑/宋燕敏
出版发行/江苏大学出版社
地　　址/江苏省镇江市京口区学府路 301 号（邮编：212013）
电　　话/0511-84446464（传真）
网　　址/http：//press. ujs. edu. cn
排　　版/镇江文苑制版印刷有限责任公司
印　　刷/镇江文苑制版印刷有限责任公司
开　　本/718mm×1 000mm　1/16
印　　张/28.5
字　　数/320 千字
版　　次/2022 年 10 月第 1 版
印　　次/2022 年 10 月第 1 次印刷
书　　号/ISBN 978-7-5684-1866-9
定　　价/128.00 元

如有印装质量问题请与本社营销部联系（电话：0511-84440882）

序 言

郭 建

　　孔子说：兴于诗，立于礼，成于乐。中国是诗的国度，中华诗词不仅是"六艺之一，群经之始"，更蕴含着中华儿女的精神寄托，传承着中华5000多年的灿烂文明，一直是传统文化的瑰宝。楹联，俗称对联，是我国文艺百花园中的一朵奇葩，是中华民族辉煌璀璨的传统文化遗产的重要组成部分。镇江自古就是一座诗情画意的城市，千百年来无数文人墨客接踵而来，或诗词高歌，或撰联赞颂，留下了诸多诗词楹联名篇。诗词楹联赋予了镇江特殊的标签，也赋予她超越时代的城市自信和独特风骨，这些历久弥新的古典诗联作品，诉说着镇江多彩的生活与伟大的气魄，成为镇江文化的一张闪亮名片。

　　考察镇江的历史，镇江作为名副其实的"诗城"，不仅仅拥有厚重的诗词楹联文化历史，更是一直与诗词楹联相生相依。特别是新中国成立后，镇江诗词楹联事业继往开来、生机勃发。20世纪50年代，镇江成立了中泠诗社，这是全国最早成立的诗社之一。1962年重阳节，市政协刘锡康与市文联朱庚成等邀约地方文坛知名人士雅集北固山多景楼，成立了多景诗社，后来成为全国最高诗词组织——中华诗词学会的发起单位之一。近年来，全市大力弘扬传统诗词文化，与中央电视台合作拍摄《诗话镇江》，编排大型舞台剧《诗画镇江》，2021年，把打造"诗词之城"写入党代会报告，2022年又全面启动"中国楹联文化市"创建工作……镇江诗词楹联文化空前繁荣，在全国率先实现诗词创建"满堂红"，拥有数量最多的"全国诗教先进单位"，一批诗人联家在全国颇具影响，诗词楹联已经成为镇江城市的标识，成为群众生活的日常与习惯。

一个时代有一个时代的命题，一个时代也有一个时代的诗篇。新时代，在市委的坚强领导下，全市上下围绕产业强市"一号战略"，干出了高质量发展的奋进态势，"经济强"的动能加速激发、"百姓富"的基础持续夯实、"环境美"的成色愈发鲜亮、"社会文明程度高"的成效显著提升，"诗意镇江"的基础愈加牢固、色彩愈加绚丽。作为指导全市诗词楹联创作的专业团体，镇江市诗词楹联协会坚决贯彻"二为"方向和"双百"方针，充分发挥团结全市诗人联家的桥梁纽带作用，创作了数以万计的诗词楹联作品，以文艺的力量助推全市经济社会高质量发展，在鼓舞士气、凝聚人心、推介镇江、促进发展等方面发挥了不可估量的作用。在镇江市诗词楹联协会成立35周年之际，市诗词楹联协会组织力量选编《镇江诗词楹联作品集（1949—2022）》，这是镇江诗词和楹联史上的一件盛事，必将对继承和发扬传统文化、推进镇江诗词楹联文化事业的发展起到积极的推动作用。

希望本书的出版，能够让更多的外地朋友通过品读镇江的诗词楹联，了解镇江文化，感受镇江魅力，也希望全市诗人联家继续扛起"争当表率、争做示范、走在前列"的镇江使命，锚定"三高一争"的奋斗目标，把诗词楹联作为提升城市"颜值"和品位的重要手段，用诗词楹联文化传承千年文脉，用诗词楹联魅力深化城市底蕴，在诗情画意中彰显"山水花园、满眼风光"的生态魅力、"历史厚重、古今辉映"的人文魅力、"充满活力、很有前途"的发展魅力、"舒适宜居、和谐幸福"的家园魅力，让美好诗意弥漫美丽镇江，在这片生机勃勃的大地上续写属于新时代的"诗和远方"！

是为序。

（作者系镇江市政协主席）

京江诗派与当代镇江诗坛

——写在《镇江诗词楹联作品集（1949—2022）》出版之际

蒋光年

镇江是国家历史文化名城、中国优秀旅游城市、国家园林城市，有着3000多年的历史，是吴文化的摇篮和宋、齐、梁三朝帝王故乡。镇江地处长江与京杭大运河、吴文化与楚文化、上海经济圈与南京都市圈的交汇点，"一水横陈，连冈三面"，向来以"城市山林"和"天下第一江山"闻名于世。镇江不仅是"甘露寺刘备招亲""白娘子水漫金山"等故事传说的发源地，也是《文心雕龙》《昭明文选》《梦溪笔谈》等巨著的诞生地。镇江不仅坐拥驰名中外的金山、焦山、北固山、南山等风景名胜，茅山、宝华山、圌山、九龙山亦是山清水秀，风光无限，且以道、儒、释融汇的宗教文化名扬海内外。

镇江自古就是诗乡联海，流传的诗联作品数以万计，从南北朝时期的陶渊明、谢灵运、鲍照，到清代的沈德潜、郑燮、龚自珍，从歌咏凄婉爱情的《华山畿》，到慨叹才貌双全的杜秋娘一生命运多舛的《杜秋娘诗》，可以说，大凡在中国文学史上有较大影响的诗人联家，大都来过镇江并写下了不朽的名诗佳联。"何处望神州，满眼风光北固楼。""洛阳亲友如相问，一片冰心在玉壶。""春风又绿江南岸，明月何时照我还。""峰巅片石留三国，槛外长江咽六朝。""室雅何须大；花香不在多。""汲来江水烹新茗；买尽青山当画屏。"……历代文人墨客在镇江留下的名诗佳联，千百年来一直为人们传诵。据统计，《全唐诗》中关于镇江的诗有千首之多，《唐诗三百首》中关于镇江的诗有5首。在教育部公布的最新版《全日制义务教育语文课程标准》中，要求学生背诵的古诗文名篇有135篇（段），其中地理信息明晰、篇目最多的城市就是镇江，有文1篇，诗词5首。被闻一多誉为"诗中之诗，顶峰上的顶峰"的《春江花月夜》，所写的"春江"就是镇江焦山处的长江。

习近平总书记来镇江视察时说镇江很有前途，是个望得见山，看得见水，记得住乡愁的好地方。习近平总书记还在不同场合多次引用作于镇江的古诗名句："偷得浮生半日闲。""潮平两岸阔，风正一帆悬。""我劝天公重抖擞，不拘一格降人才。"

镇江自古就得江山之助，山川锦绣，人物风流，是座天人合一和充满诗意的城市。尤其是清代乾嘉之际，诗人画家迭现，形成了彪炳史册的"京江画派"和"京江诗派"。"淡墨探花"王文治以其诗联书画方面的成就，加以优游乡间数十年，既承康雍"京口三诗人""京江三上人"，又启"京江七子"，在京江诗画界起到了领袖作用。

"京口三诗人"即指康雍乾时期活跃于镇江诗坛的余京、张曾及鲍皋三位平民诗人。冯煦为重刊《江上诗集》作序云："昔归愚称鲍海门、余江干、张石帆为京口三诗人，予亦称筜江上与冷秋江、余江干为'江上三诗人'。""京江三上人"即嘉庆年间京江焦山的三位诗僧。释巨超（字清恒），海宁人，主持焦山，著有《借庵诗钞》。悟霈（字古岩），丹徒人，著有《击竹山房吟草》。达瑛（字慧超、号练塘），丹阳人，著有《旃檀阁诗钞》。"诗龛四友"即乾隆时期丹徒鲍之钟、阳湖（今常州市）洪亮吉、钱塘（今杭州市）吴锡麒、武进赵怀玉四人。"松溪五友"指乾隆年间丹徒鲍文逵与同里张铉、张釜、茅元铭、郭坤以诗文结交者。贯穿清代的"京江前七子"即应让、吴朴、张学仁、顾鹤庆、鲍文逵、钱之鼎、王豫。"京江中七子"即嘉道年间丹徒的张崇兰、杨铸、张学仲、张世清、朱士龙、施峻、赵元益七位诗人。"京江后七子"乃同光时期丹徒殿军诗坛的一个诗派，即杨履泰、刘炳勋、刘炳奎、张正廉、解为幹、夏铭、严允昇。"京口三子"即清末民初闻名大江南北的丹徒人丁传靖、叶玉森与吴清庠。

海门吟社即清末民国时期于镇江一带成立的社团，社长为赵曾望，主要成员有赵光荣、叶玉森、吴清庠、于树深等人。海门吟社中有多人还是南社成员。南社是一个在中国近现代史上产生过重要影响的革命文学团体，也是辛亥革命时期影响最大的革命文学团体。据统计，在南社出版的各种刊物上先后列名可考的镇江籍社员有：冷遹、张素、赵逸贤、王梦仙、姜若、姜可生、叶玉森、吴清庠、于树深、赵光荣、李寿铨、吴素秋、林懿均、杨鸿年、赵思伯、王立佛、束咏功、林悟、林素瑛、韩苏等。

中华人民共和国成立后，1957 年，市政协刘锡康等发起成立了中泠诗社。当时推选刘锡康为社长，张立瀛为副社长，社员多为社会名流。诗社成立后多有吟聚，由于社员多为耄耋老人，活动困难，诗社也逐渐式微，所以才"倡仪"成立多景诗社。据多景诗社首任社长赵思伯《一萼红·一九六二年重九组成多景诗社有作》词后所言："一九六二年重九，市政协邀作北固竟日游。咸以得从容呼吸于盛世胜境为快，后经刘（锡康）、李（瑞吉）二秘书长倡议组成诗社，取名多景，诚第一江山之佳话也。"

据"多景社史"记载，公元一九六二年农历九月九日，经镇江市政协刘锡康与市文联朱庚成等同志邀约地方文坛中老年知名人士数十人雅集北固山多景楼，成立了镇江多景诗社。当时推赵思伯（镇江中学原校长，工诗词）任社长，杨效颜（烈属，曾任镇江文管委副主任，工诗）、李宗海（镇江第一中学退休教师，工诗书）任副社长。新成立的多景诗社人员有30多人，据《镇江文艺纪事》记载："社员有李崇甫、吴次藩、卢润州、赵八雁、苗小轩、丁士青、梁星乙、王骧、许图南等。"据1987年《中华诗词年鉴》所载资料，多景诗社也是新中国成立以来各省、市成立最早的几个诗社之一，是中华诗词学会的七家发起单位之一和团体会员。

多景诗社从1962年至1966年为"开创时期"，活动正常，编印《诗刊》八辑。1966年至1976年为"停顿时期"。1979年至1993年为"恢复时期"。1978年政协职能恢复，1979年多景诗社也随之复社，并推举郭长传（曾任润商学校校长，镇江师范学校教师）为社长，李宗海、朱庚成为副社长，编《多景诗词汇编》两大册（油印）。此后，郭长传迁居南京，乃由李宗海为社长，朱庚成、王骧、郭维庚为副社长。以后，又推刘二刚为副社长兼秘书长。1989年市政协黄选能主席任名誉社长，多景诗社又加入省、市诗协成为团体会员。1985年纪念沈括逝世890周年，编印专辑。在纪念苏东坡赤壁夜游作赋900周年时，鄂、豫、皖、苏、浙等地诗友相互唱和，多景诗社编印专辑散发有关各地，深受好评。此后，又先后编印诗词专辑和选集五本，王骧等诗友还合编《镇江名胜诗词选》出版发行。1983年，多景诗社（镇江）与南京、上海、苏州、无锡、常州、扬州七个地区筹办"江南诗词学会"，并在镇江焦山华严阁召开成立大会。

从1993年至今为"发展时期"。1993年5月，多景诗社在三丰美食城召开社员大会，一致推举吕卜邨为社长，蒋光年、胡湘生为副社长，蒋光年兼秘书长。黄选能、李宗海、朱庚成为名誉社长。聘请许图南、王骧、郭维庚、杨积庆、汪玢为顾问，后又增补茗山、肖明、伏镇钧、刘承、祝诚为顾问。

1993年中秋之夜，首届镇江市诗词大赛颁奖仪式在芙蓉楼举行，诗社吸收了10多位中青年获奖者，随后又发展了一批有一定诗词功底、以中青年为主的诗词爱好者，并适当发展了一些在新诗方面有一定造诣的中青年诗人，诗社基本解决了年龄老化问题，完成了新老更替和新旧诗体交融，走在了全省前列。

诗社换届后，为老社长李宗海九十大寿举办了"祝寿诗会"，并出了《祝寿诗集》。在1993年三国名城观光活动期间，多景诗社社员在北固山多景楼雅集，李宗海、许图南等老辈诗家也参加了雅集并吟诗挥毫。诗社还先后在芙蓉楼举行重阳诗会，到溧阳南山竹海和天目湖采风创作，后来还与常州舣舟诗社、溧阳天目湖诗社一起到瓦屋山、长荡湖和溧阳市昆仑开发区等地采风创作。1993年，"舒尔美"杯首届江苏中青年诗词大赛中，多景诗社卜积祥、蒋光年、张开、孙中获奖。卜积祥、张开还在"鹿鸣杯""李杜杯"全国诗词大赛中获奖。

1998年，多景诗社在六朝春酒楼举行社员大会，一致推举蒋光年为社长，胡湘生、于文清为副社长，丁小玲为秘书长，吕卜邨为名誉社长。1999年，多景诗社与市诗协创办《多景诗报》，蒋光年为主编，丁小玲为执行主编。2002年，为庆祝多景诗社成立40周年，在镇江市青年宫举办了"全国诗书画名家作品邀请展"，出版了《当代诗人咏镇江》，蒋光年、于文清为主编，时任镇江市委书记史和平亲自作序。随后，市委宣传部从中精选出76首诗词，邀请全国书法名家书写，并组织镇江画家创作《镇江新二十四景》，编辑出版了《当代诗书画咏镇江》，李岚清副总理亲自题签作序。后来，市文广新局还请多景诗社组织遴选创作《京江二十四景》《镇江新二十四景》诗词作品，并请我市的书法篆刻家们书写篆刻，编印了《京江二十四景》《镇江新二十四景》纪念邮册，并在镇江博物馆举行了展览。北固公园以《镇江新二十四景》诗词作品制作的书卷展示牌至今仍陈列在北固楼内。

2007年，多景诗社换届，于文清为社长，丁小玲、徐徐为副社长，董国军为秘书长，蒋光年为名誉社长。因1999年市诗协换届，蒋光年为常务副会长兼秘书长，于文清为副会长，故多景诗社很多活动都和市诗协一起举办。2007年，为庆祝市诗协成立20周年，多景诗社成立45周年，编辑出版了《镇江诗词作品集》，这是一本自新中国成立以来镇江诗坛集大成的作品集，市诗协会长陈伟远为主编，蒋光年为执行主编，于文清、丁小玲为副主编。

多景诗社在新任社长于文清的带领下，队伍扩大到镇江各辖市区，并开展了一系列活动，出版了《江上题襟集》《江上行歌集》《江上清风集》。诗社坚持以抓创作、出作品、出人才为工作重点，诗词创作队伍和创作水平有了新的提高。在首届江苏十佳青年诗人评选中，蒋光年入选，于文清、张开入围。在首届江苏十佳老年诗人评选中，卜积祥入选。在首届江苏十佳女诗人评选中，我市有三人入选，祝亚星、丁小玲、杨敏分获第一、二、六名。蒋光年和丁小玲还获中华诗词最高奖"华夏诗词奖"，二人的楹联作品入选《江苏当代百联赏析》。近期，多景诗社又发展了一批新社员，其中朱思丞曾获首届"刘征青年诗人奖"、"谭克平杯"青年诗词奖，连续三届获当代军旅诗词奖，他还在第五届国际诗酒文化大会全球征文中获得旧体诗金奖和十万元奖金。

1987年4月22日，镇江市诗词协会成立，孙凤翔为会长，陈伟远、朱庚成为副会长，陈伟远兼秘书长，朱庚成兼《镇江诗词》主编。宋超为名誉会长，李宗海、王骧、顾莲邨、许图南、杨正觉为顾问。

1993年10月，市诗协召开第二次会员代表大会，孙凤翔为会长，陈伟远为常务副会长，肖流、朱庚成、徐舒、郭飞、高明喜、孙恒隆为副会长，孙恒隆兼秘书长，徐舒兼《镇江诗刊》主编。宋超、黄选能为名誉会长，李宗海、许图南、刘承、王骧、杨积庆为顾问。1996年1月，市诗协召开理事会，同意孙凤翔辞去会长职务，为名誉会长，推举余耀中为会长；同意肖流辞去副会长职务，为顾问，吕卜邨为副会长，孙恒隆为常务副会长。1998年2月，市诗协召开常务理事会，同意余耀中辞去会长职务，为名誉会长，常务副会长陈伟远主持工作，增补王骏康为副会长兼秘书长，沈效鸿、蒋光年为副会长。

1999年6月18日（端午节），市诗协召开第三次会员代表大会，陈伟远为会长，蒋光年、郭飞为常务副会长，蒋光年兼秘书长。于文清、方裕喜、王午生、王引、王建伟、仲继敏、刘希美、邬建国、沈效鸿、祝诚、徐舒、梁勇为副会长。宋超、黄选能、孙凤翔、余耀中为名誉会长。许图南、刘承、王骧、杨积庆、郭维庚、肖流、朱庚成、吕卜邺为顾问。2000年3月，市诗协召开会长会议，同意蒋光年不再兼任秘书长，推举陆志方为秘书长。2001年4月，市诗协会长会议增补范然、陆志方为副会长，于文清兼秘书长。

2004年7月，市诗协召开第四次会员代表大会，陈伟远为会长，蒋光年、范然为常务副会长，丁小玲、于文清、王午生、仲继敏、刘希美、邬建国、杨世华、陆志方、陆潮洪、陈学思、沈建谷、周春仑、祝诚、范然、胡锁清、梁勇、蒋光年、戴少华、魏荣宗为副会长。陆志方兼秘书长。宋超、黄选能、余耀中为名誉会长，刘承、王骧、郭维庚、肖流、吕卜邺、郑宏章、郭飞、徐舒、沈效鸿、方裕喜、李名方、郭振邦为顾问。

2011年12月，市诗词楹联协会召开第五次会员代表大会，范然为会长，蒋光年、吴青龙为常务副会长。丁小玲、于文清、马家骏、刘希美、吕国泰、杨世华、杨晓英、陆志方、陆潮洪、陈国俊、沈建谷、赵才才、周春仑、范德平、郑为人、徐徐、梁勇、戴少华、韩永军为副会长。徐徐兼秘书长。宋敬伟、陈伟远为名誉会长。沈效鸿、郭振邦、陈学思、徐舒、卞祖玉为顾问。

2017年11月，市诗词楹联协会召开第六次会员代表大会，赵庆荣为会长，蒋光年为常务副会长，丁小玲、王永平、王明法、王捷、王道银、王嘉年、左荣、朱庆庆、朱裕根、李晓娟、陆志方、陆国平、陈建红、郑为人、施章传、倪宏、徐邦义、徐徐、高亚明、董国军为副会长。李国忠为名誉会长，童国祥、孙晓南、朱开宝、陈伟远、范然为顾问。王华为会长特别助理，金燕为秘书长，蒋光年为《多景诗词》主编，丁小玲为执行主编。蒋光年为镇江诗书画院院长，郑为人为执行院长。2022年1月7日，市诗词楹联协会在碧榆园召开常务理事扩大会，增补何培树、王华、赵伟、朱思丞为副会长，同意金燕辞去秘书长职务，由王华兼任。

镇江市诗词协会（2006年更名为镇江市诗词楹联协会）自1987年成立以来，率先在京口、丹徒、丹阳、扬中、句容等辖市区和一些高校、企事业单位相继成立诗词组织，并围绕重要节日和重大事件开展了一系列重要活动。1983年，在焦山华严阁成立了江南诗词学会。1995年，在古运河畔汇萃园，成立了江苏省毛泽东诗词研究会。市诗协和多景、松梅等诗社与巴黎龙吟诗社建立了友好关系，在《欧洲时报》和《龙吟诗选》刊登了100多首诗词作品。2015年，镇江市和下辖6个辖市区分别被命名为"中华诗词之市"和"中华诗词之乡"，连同早在2002年第一批获得"全国诗词之乡"的扬中市，镇江市在全国第一个实现"满堂红"。2022年6月30日，镇江市召开了创建"中国楹联文化市"领导小组会议暨创建工作推进会，全面推进楹联创建工作，并力争在明后年创成"中国楹联文化市"和"中国最佳楹联文化市"。

市诗协多年来一直举行诗词吟唱会、采风、雅集等活动，编辑出版诗词作品集。1997年香港回归，1998

年新四军创建茅山抗日根据地 60 周年，1999 年庆祝新中国成立 50 周年和澳门回归，2001 年庆祝建党 80 周年，2002 年纪念毛泽东同志《在延安文艺座谈会上的讲话》发表 60 周年，2003 年纪念毛泽东同志 110 周年诞辰，2008 年纪念改革开放 30 周年，2009 年纪念镇江解放 60 周年，在这些重要时间节点上，都举办了吟唱活动。2000 年，宁镇两地近百位诗人在南山碧榆园举办"第一江山第一春"南京镇江新世纪诗书画笔会。自 2013 年开始创建"中华诗词之市"活动后，围绕创建工作又开展了一系列重要活动。先后举办了"满眼风光北固楼"全国诗联大赛并出版作品集，编辑出版《镇江诗词一百首》《镇江名胜楹联精萃》《诗联入门》《中华诗词集成·镇江卷》《镇江诗词作品集》《镇江新咏》等。特别是 2017 年 11 月，全国诗教工作会议在镇江召开，对提高镇江的知名度和美誉度、对推动镇江诗词事业的发展都起到了积极的作用。市诗协还多次参与举办"云台邀月""鹤林望月"等高规格的中秋雅集，参与举办"我爱记诗词"电视大赛、"华润 80 润物耕心"诗文书画大赛和"恒顺杯"诗词联赋大赛等重要活动。与江苏大学图书馆先后一起举办了"大地珍珠——赛珍珠主题诗书画展"和"春晖大地——赛珍珠主题诗书画影印作品展"，出版了《大地珍珠——赛珍珠主题诗书画选萃》《春晖大地——赛珍珠主题诗书画影印作品集萃》。与南京大学镇江校友会分别在南京大学图书馆和镇江画院举办"翰墨飘香——南京大学 115 周年校庆诗书画展"并出版了作品集。配合市政协成功举办了"风雨同舟·筑梦同心"庆祝建党 100 周年诗书画印联展。

近年来，各级诗协、诗社推荐出版及诗人自费出版刊印的诗词专集近百部。"江南清韵"丛书推介的江苏10位中青年诗人中，镇江市就有3位诗人入选，有《蒋光年诗文集》、丁小玲的《半丁集》及祝亚星的《忘味集》。我们还利用会刊《多景诗词》"京口诗苑"栏目，加大本地诗人的创作力度，并新辟"京江诗派""江左联家""主编推荐"栏目，重点打造"京江诗派"品牌，着力推介镇江本地诗联家和诗联新秀。在李宗海、许图南、汪坋等老辈诗家的影响下，于文清、丁小玲、徐徐、张开、董国军、朱思丞等一批中青年诗人正在成为镇江诗坛的创作骨干。更有像柳诒徵、姜可生、茅以昇、丁宁、丁士青、吴调公、胡邦彦、钱璱之、王步高、钟振振等一批当代镇江籍或在镇江工作生活过的诗词名家为镇江诗坛添光增彩。

《镇江诗词楹联作品集（1949—2022）》所选作品为1949年10月1日新中国成立至今的镇江籍或在镇江工作生活过的诗人联家的作品，且每人不超过10首诗词和10副楹联。这是新中国成立以来当代镇江诗词楹联界第一部集大成的诗联作品集，更是延续镇江文脉、打造"京江诗派"、创建"中国楹联文化市"的重大举措。

（作者系中华诗词学会理事、中国楹联学会理事、江苏省楹联研究会副会长、镇江市诗词楹联协会常务副会长）

目　录

丁　宁 / 002

丁士青 / 003

丁小玲 / 004

丁国民 / 008

丁基宏 / 009

卜积祥 / 009

于　漪 / 011

于文清 / 011

于在春 / 015

于兴红 / 015

马传生 / 016

心　澄 / 017

丰　颖 / 019

王　金 / 020

王　洪 / 022

王　勇 / 022

王　倩 / 024

王　健 / 024

王　骧 / 025

王文咏 / 027

王文接 / 028

王玉凤 / 030

王玉鸣 / 031

王汉民 / 031

王邦勇 / 032

王汝斌 / 033

王纪庚 / 033

王步高 / 034

王武香 / 036

王忠东 / 036

王学剑 / 037

王旋伯 / 038

韦礼门 / 039

车竹隐 / 040

卞美岗 / 040

卞祖玉 / 041

文德忠 / 042

方　玲 / 044

尹桂英 / 045

古敬群 / 045

左天翔 / 046

左朝芹 / 047

石　寿 / 048　　朱红云 / 069

叶　贵 / 048　　朱红云 / 070

申坚毅 / 049　　朱伯和 / 070

田　冰 / 050　　朱庚成 / 071

田　朔 / 050　　朱思丞 / 073

田云龙 / 051　　朱洪海 / 077

史占瑞 / 051　　朱祝霞 / 078

白　坚 / 053　　朱爱林 / 078

乐　非 / 054　　朱海波 / 079

江里程 / 056　　朱祥生 / 079

邢灿华 / 058　　朱维宾 / 080

吉浩源 / 060　　任　谷 / 081

吕卜邨 / 062　　任　辉 / 081

吕从坤 / 063　　邬芳扬 / 083

吕凤子 / 063　　刘　承 / 083

吕叔湘 / 064　　刘二刚 / 084

朱　华 / 065　　刘次八 / 085

朱　迟 / 066　　刘季高 / 086

朱　燕 / 066　　刘育正 / 087

朱玉刚 / 068　　刘祖萌 / 088

朱玉海 / 069　　刘健民 / 088

刘淑衡 / 090

刘朝宽 / 090

刘紫柯 / 092

刘嘉禾 / 094

刘翠峰 / 094

江慰庐 / 096

许　霞 / 098

许见远 / 098

许宏贶 / 099

许国其 / 101

许图南 / 102

许涤生 / 106

孙　中 / 106

孙　捷 / 107

孙小敏 / 107

孙凤翔 / 109

孙立权 / 109

孙亚非 / 110

孙金振 / 112

孙春华 / 114

孙显文 / 115

孙登发 / 115

均　金 / 116

花　嘉 / 116

严　明 / 117

严　锐 / 118

严忠婉 / 119

严锁琴 / 119

严德煌 / 120

苏士顺 / 122

苏文生 / 123

苏善才 / 124

杜子明 / 124

李　云 / 124

李汉中 / 125

李永义 / 126

李名方 / 126

李兴保 / 127

李守静 / 127

李克俭 / 128

李金坤 / 130

李建和 / 131

李宗海 / 131

李培隽 / 135

李植中 / 138

李紫蓉 / 139

杨　希 / 139

杨　莹 / 140

杨　敏 / 142

杨　镇 / 145

杨太晚 / 146

杨正宏 / 147

杨正觉 / 148

杨世华 / 149

杨忠卫 / 150

杨积庆 / 151

杨效颜 / 153

杨森焱 / 154

杨新勇 / 155

杨燕子 / 155

束　昱 / 157

步小妮 / 159

肖　流 / 160

肖奇光 / 161

汤真洪 / 162

吴　强 / 163

吴　铸 / 164

吴本玲 / 165

吴邦英 / 166

吴次藩 / 166

吴守恒 / 167

吴宗海 / 168

吴诚龙 / 168

吴承良 / 169

吴俊彪 / 169

吴涤楼 / 170

吴调公 / 170

邱建国 / 171

何广林 / 172

何以范 / 173

何海茵 / 174

何培树 / 174

余　忠 / 177

冷　城 / 177

冷 遹 / 178

汪 玢 / 178

汪稚青 / 181

沙一鸥 / 183

沈 恪 / 184

沈 琦 / 185

沈凤元 / 186

宋 超 / 187

张 开 / 188

张 玲 / 190

张 涛 / 192

张 勤 / 193

张 静 / 193

张 震 / 194

张一琚 / 195

张云龙 / 195

张仁里 / 196

张月兰 / 197

张传明 / 198

张兴淮 / 199

张红云 / 199

张英来 / 200

张贤荣 / 200

张泯剑 / 201

张建农 / 202

张持鸾 / 203

张政权 / 204

张桂生 / 204

张晓波 / 206

张晓斌 / 207

张家春 / 208

张涵宇 / 209

张敬亭 / 211

张镇华 / 213

张耀林 / 215

陆晨光 / 215

陈 杰 / 216

陈 荣 / 218

陈 敏 / 219

陈 辉 / 219

陈 瑶 / 221

陈 燕 / 223

陈　燕 / 224

陈小坤 / 225

陈云华 / 226

陈文华 / 227

陈圣英 / 227

陈达夫 / 228

陈伟远 / 228

陈克刚 / 232

陈宏嘉 / 235

陈国平 / 235

陈顺平 / 236

陈辉棣 / 238

陈智勇 / 239

陈静逸 / 241

苗小轩 / 241

范　然 / 242

范黎笋 / 246

茅以昇 / 248

林少雄 / 249

林振华 / 252

林惠芳 / 253

金　燕 / 254

周文齐 / 255

周文娟 / 255

周宜龙 / 257

周春仑 / 257

周锦凤 / 258

郑为人 / 259

郑叔裔 / 261

宗　齐 / 262

居才友 / 263

洪素琴 / 263

赵　光 / 264

赵　伟 / 265

赵　勇 / 266

赵才才 / 268

赵文富 / 269

赵过之 / 269

赵永东 / 270

赵金柏 / 271

赵思伯 / 272

赵俊悟 / 273

赵润之 / 274

赵家驹 / 274

茗　山 / 275

胡邦彦 / 278

胡红林 / 279

胡湘生 / 280

柳诒徵 / 281

柳耐冬 / 282

钟　澜 / 283

钟振振 / 283

施毓霖 / 287

姜可生 / 288

祝　诚 / 290

祝亚星 / 291

祝瑞洪 / 293

姚以燧 / 295

姚恒俊 / 296

姚桂玉 / 297

姚锡钧 / 298

秦宗慈 / 300

袁德新 / 301

耿　震 / 302

耿会芳 / 306

贾玉书 / 307

顾莲邨 / 308

钱吕明 / 310

钱安文 / 312

钱恒通 / 314

钱跃龙 / 314

钱嘉麟 / 315

钱瑢之 / 316

徐　锋 / 319

徐　徐 / 319

徐　敏 / 323

徐行兵 / 325

徐齐邦 / 326

徐砚农 / 327

殷　明 / 328

奚必芳 / 328

翁复熔 / 329

高禾生 / 329

郭　飞 / 332

郭　韵 / 333

郭卫帮 / 334

郭长传 / 334

郭春红 / 334

郭荣喜 / 335

郭维庚 / 336

唐永辰 / 336

唐成海 / 337

黄邦翰 / 338

黄后庵 / 340

黄志浩 / 341

黄应昌 / 342

黄绍山 / 342

黄树贤 / 345

黄鹏飞 / 346

梅有图 / 349

梅和清 / 351

曹　本 / 353

曹　刍 / 354

常春园 / 355

常耀中 / 355

眭　涛 / 357

眭　谦 / 360

笪远毅 / 361

笪昌隆 / 364

康震陵 / 365

章石承 / 366

章守银 / 367

梁和峰 / 368

梁星乙 / 369

彭　涛 / 371

董国军 / 371

董效先 / 376

蒋光年 / 377

蒋定之 / 382

蒋逸雪 / 385

韩　蓉 / 386

韩永军 / 387

程庆澜 / 389

谢卫红 / 389

谢五四 / 390

谢学好 / 390

谢晓燕 / 392

虞兴谦 / 392

鲍　鼎 / 393

鲍荣龙 / 394

阙克荣 / 395

慈　舟 / 395

满孚葆 / 396

廖松涛 / 397

裴　伟 / 398

缪家俊 / 402

黎遇航 / 402

颜以林 / 403

颜红梅 / 403

潘圣仪 / 405

潘家麟 / 406

薛宗元 / 407

戴　曙 / 409

戴少华 / 411

戴永兵 / 413

戴安邦 / 414

戴志明 / 415

魏　云 / 416

魏福英 / 419

跋 / 420

丁 宁（1902—1980）

女，原名瑞文，字怀枫，号昙影，又号还轩，镇江人，幼迁扬州。从扬州名宿陈含光学，词名蜚声江浙一带。郭沫若称其词"清冷彻骨，悱恻动人"。施蛰存称其词"才情高雅，藻翰精醇，琢句遣词，谨守宋贤法度"。有《还轩词》。

咏 竹

托根一任伍蒿蓬，卓立高寒自不同。
岂为敲窗读戛玉，安凭劲节战东风。

浣溪沙

十载湖山梦不温，溪光塔影酿愁痕。数声渔笛任前村。　　芳草绿迷当日路，桃花红似去年春。天涯谁念未归人。

玉楼春

当时常恐春光老，今日春来偏觉早。杜鹃啼罢鹧鸪啼，参透灵犀成一笑。　　怜他慧舌如簧巧，诉尽春愁愁未了。绿阴冉冉遍天涯，明岁花开春更好。

减字木兰花

白驹过隙，廿载蟫丛双鬓雪。以馆为家，不为莼鲈起叹嗟。　　书城蹀躞，愿竭平生光与热。学海无涯，笑看春风放百花。

庆春泽慢·黄山道中

野水涵烟，遥峰敛黛，依稀画里曾经。照眼凌波，惊看欲立亭亭。蘅皋月冷湘娥怨，翠盘擎、凉露初零。暗消凝，似水年华，都付鸥盟。　　飘萧双鬓殷勤洗，待缁尘尽涤，漫步仙瀛。济胜无功，羡他绝顶身轻。黄山自是吾家好，算登临如履师庭。报邮程，故扰吟怀，车笛声声。

丁士青（1901—1976）

名竹如，号焦石山农、蜀江渔父，丁七，镇江人。多景诗社社员，长于诗、画，曾参加二万五千里写生壮举。

题　画

一片秋光到眼新，数声渔笛晚潮平。

金风吹过华严阁，雁落寒汀月自明。

北　固

第一江山有定论，金焦遥拱北辰尊。

髯髻老树岩头立，汹涌惊涛足下奔。

近日繁华新创举，当年劫火旧遗痕。

游人若问南朝事，狠石无言对海门。

金　山

浮玉山头一驻眸，无边景物望中收。

帆樯林立江南岸，鸥鹭群飞水北洲。

树密最宜听鸟唱，塔高从不碍云流。

者番得尽游山兴，且到禅房作小休。

登多景楼

名山不厌百回游，放眼重登多景楼。

几点霜鸿瓜步冷，一声渔笛海门秋。

凭栏俯视风偏疾，倚石狂吟诗兴遒。

贪看金焦归去晚，夕阳斜照认邗沟。

丁小玲（1947—　　）

女，浙江嵊州人，定居镇江。镇江市诗词楹联协会副会长，多景诗社副社长。有《半丁集》。

精卫归去

一声磬落芦花浦，金柳过桥迷处所。

衔石鸟归入海云，夕阳鸦背久难驻。

戊戌午月《西津十八景》诗书展开幕，诗友小聚分韵得"一"字

梅子雨中人隽逸，来看渡外水天一。

三千长卷自横陈，从古河山属老笔！

庚子大水

愁对雪鸥成一行，同为淫雨久回肠。

汤汤空际孰堪问？寸地难容立米囊。

送　春

留春无计总萧然，容易相思压画船。

毕竟好花原介独，分明新水照清妍。

幽香渐远劳长忆，枯荻回青最可怜。

折尽灞桥斜岸柳，空枝啼过两三鹃。

双井路（四首选二）

玉栏古井向天开，几度星沉没草莱。

鸟起陂烟看一一，船归浦月望回回。

城根连水鸡传远，驿路带云山送来。

小巷人家应有忆，年年寒破是江梅。

十三门巷旧因依，烟雨几头湿翠围。

老柳比肩愈八百，短舟衔尾已希微。

题桥心思可怜了，抱柱丹忱未敢违。

隔岸一声疑唤渡，卖花人过影俱非。

重过仙鹤巷汪玢旧居

庭花阶草记依稀，落落一松尝自期。

劫后分明千滴泪，人间闲冷几行诗。

避尘深巷墙怜短，凝雪寒溪梅看欹。
椽笔但留应许健，南窗灯火影参差。

闲田骚客

掀髯一笑自耘锄，已惯羁栖半宦途。
辞树梨花看二月，绕门青竹种千株。
眉山云每亭中忆，老鹤声从醉后呼。
袖拂寒烟经写罢，时寻佛印坐团蒲。

广　裘

裘广难遮人世寒，临岐苦恨雨潸潸。
几家歌板飞台阁，随处龙钟扫市阛。
夜起雪窗望北斗，晓拖泥屐过南山。
年来见惯行春马，不问芸芸稼穑艰！

偶　谪

偶谪尘间劫数奇，结邻野鹤最相宜。
徘徊幽谷溪同月，摇曳松萝风共仪。
贫巷深居怕人识，梅花长绕祇侬知。
漫抛残句一清啸，独立茫茫雪霁时。

杜鹃楼

竹绿绕楼，飞玉笛，春来山亦笑；
花红照眼，揽鹃台，风起室俱香。

祖冲之

持将玉尺，度量天地；

推演些微，辨证古今。

萧　统

披书明道，但使民氓归教化；

聚墨留云，且凭山鸟啭清明。

金山湖

八百亩湖山，竟多名士气；

三千行桃杏，俱是美人魂。

题金山湖

塔影空悬，鼓几响，钟几响；

湖烟青起，吴半边，楚半边。

北固楼

苏子南归，辛公北去，研新墨小楼更待；

江声隐蜀，山势吞吴，拂苍云我辈重来。

许浑别墅

吟湿一湾风月；

归耕半尺砚云。

古城公园遗址

连营霜角，拍舰芦涛，空留剩千年残堞；

立阵群楼，联珠夜火，尽来朝百丈花山。

古城公园幽径

花开茶供养，自多清趣；

山润客去来，尽得古风。

鄂州怡亭

对花间三盏，人皆李白；

舞台上一轮，我亦苏仙。

丁国民（1920—2005）

兴化人。曾为镇江市民革副主委、松梅诗社常务理事，多景诗社社员。有《聚沙集》。

丰宁夜雪初晴

一夜飞花银满地，群山无语雪盈巅。

金乌似解人心意，彩彻春晖燕岭边。

游小三峡

大宁峡谷蕴明珠，巴雾龙门滴翠珠。

峭壁千寻山仰止，急流九曲路疑无。

镇江诗词楹联作品集

1949—2022

船工踏浪推舟进，游客惊心挽臂扶。

一叶随波飞溅下，载将皓首上归途。

丁基宏（1925— ）

扬中人。扬中市诗词学会会员，《八桥诗词》编委。著有《学诗写诗入门浅谈》。

游乌衣巷

小巷名存物已非，星移难觅旧庭闱。

夕阳辉映高楼下，紫燕徘徊何处归？

卜积祥（1943— ）

镇江人，蒙古族，江苏省诗词协会会员，润州区"银发生辉"诗教分队成员，江苏十佳老年诗人。著有《铁马秋风》《铁马秋声》二书。

泸定桥

血战声名入史诗，危桥怅立几多时。

一番折服英雄后，太息曹家煮豆词！

金山寺即事

金身无语坐莲台，施舍僧忙佛眼开。

多少风尘名利客？焚香叩首拜如来！

中秋吟

岁岁团圞夕，清光贯古今。

无为常短叹，有梦自长吟。

收敛风云胆，安排世俗心。

秋高惊老耄，病毒莫相侵！

鹧鸪天·自嘲

无愿无求一白丁，沉心晦志是生平。阿房宫毁人何在？金谷园空鸟自鸣。　　名莫重，利毋争。春花秋月可怡情。老来学得糊涂过，便是红尘第一名！

南岳衡山联

桂粤赣黔，同仰一柱；

松云泉石，独步三湘。

司马迁祠联

句准辞公，青冥为笺挥翰墨；

身残气正，丹心作意著春秋。

李白墓联

听雄唱天鸡，一樽明月乌栖曲；

嗟慨歌剑客，万里长风蜀道难。

于 漪（1929— ）

女，镇江人。上海市教师研究会会长。有《语文园地拾穗集》《学海探珠》等。

回忆故土及青年时期学习生活三首

故国山河梦里回，临风北固古楼台。

望中滚滚长江水，襟带金焦左右来。

忆昔童年乐事多，聆听夫子发哀歌。

一江春水东流去，令我长思金圌罗。

草檄何曾两脚麻，灌夫骂座笔生花。

鸡虫得失浑闲事，赢取先生说孟嘉。

于文清（1967— ）

字映碧，号香南，别署旧诗人，镇江人。多景诗社社长。有《江干小唱》。

早春四首

早春时节盼流莺，檐角朝阳化水晶。

柳眼将开春不远，繁花准备闹江城。

砚头残墨录新诗，扫地焚香守岁宜。

一日溪桥几回望，梅花消息问多时。

柳芽梅朵各嬉春，水曲山阿大有人。

岁岁堪怜三二月，小桥边上获诗新。

还从雪里访梅花，折得新枝过酒家。

腿脚软时诗未稳，夕阳横在树丫叉。

过赛珍珠故居

登云小筑女儿家，大地珍珠彼岸花。

岁晚乡愁浓不化，黑桥烧饼雨前茶。

春游金山寺百花洲

池馆春来俨画图，微波细雨养菰蒲。

栽花叠石当年事，为问清风记得无？

春　行

碧水金焦一望奢，茶烟禅榻老生涯。

春来亦有闲情致，到处随人去看花。

晓行北固山下二首（选一）

梧桐夹道入春城，甘露楼台古有名。

多景风流千磴上，今来饱听大江声。

江心洲春行二首（选一）

春风江上迓游仙，柳外莺声嫩可怜。
刹那芳华留不住，瓣香花雨美人肩。

迟桂花

但爱吾庐迟桂花，寒阶冷砌作生涯。
秋风已酿香如海，欲上天边绕彩霞。

题鹤林烟雨景区

鹏调莺声，戴家琴谱；
朝烟夕雨，米老画图。

题南山招隐寺

树影婆娑，当日曾遮萧寺宅；
烟光缥缈，此山长惹米家云。

题润扬大桥

千古大江横，隔岸琼花初照眼；
二分明月在，过桥玉蕊正逢春。

题中泠泉

槛外停云，时当太守亲题字；
泉边照影，人到中泠自洗心。

题金山文宗阁

临水依山，撑起东南一角；
怀今抱古，移来典籍千函。

题招隐寺芝兰堂

此地可留连，桃花春水清犹浅；
其间堪啸傲，竹叶鹂声远更幽。

题银山公园凤凰阁

高阁沐春风，宜雨宜晴堪啸咏；
大江散霞绮，好山好水足流连。

题云台阁三联

高阁起云台，葱茏林木留嘉客；
大江开画境，浩渺烟波带古城。

留取古风情，任天际霞飞，楼头云起；
展开新画卷，看山间崖翠，江上峰青。

西津春日丽，有巷陌千年，朝云暮雨；
北固画图雄，称江山第一，楚尾吴头。

于在春（1909—1993）

镇江人，祖籍邗江瓜洲。出身书香门第语文教育家，著名编辑。曾为南京大学中文系副教授。有《偶遂堂诗剩》。

呈李俊民老兄

八秩金刚不坏身，文章军事共留芬。

指挥若定书生策，笔墨长传才子心。

执手知交六十载，萦怀先烈两三人。

我侪后死须珍重，余热升温好个春。

于兴红（1975—　　）

女，扬中人。中华诗词学会会员。

篱边菊

黄白数点吐暗香，槛外一丛逗秋霜。

寒夜凝露浑不怕，葳蕤东篱胜春光。

秋　兴

桂子携香入秋池，橘黄累累挂满枝。

野菊数点惹诗意，正是蟹膏肥腻时。

忆江南·观《长亭送别》

长亭外，霜重雁南归。夕照黄花思绪涌，西风红叶伴魂飞。君去几时回？

念奴娇·观江有感

凭栏远眺，望江流千古，安澜依旧。百舸争流洲渚处，两岸青川灵秀。天堑通衢，游人接踵，敢把激流逗。春江涌浪，望中烟树碧透。　　我辈拍手狂歌，会逢佳日，欢舞龙狮斗。仙乐声声歌盛世，齐祝年丰人寿。回望江潮，银涛无际，鼋啸龙吟后。弄潮儿在，向涛头立撸袖。

马传生（1938—　　）

镇江人。多景诗社社员，晚霞诗社社员。参与编写《公安三袁选集》《镇江人物词典》。

汉俳四首

一九八二年岁首，镇江多景诗社社友雅集北固山多景楼，时值中日合拍《追溯日本文化源流》电视片，摄制人员莅镇取景。感而作此，用赠日本友人。

纵目海天碧，富士雪峰长城月，岁首迎佳客。

春色喜无边，楼头多景唱诗篇，文化溯渊源。

相隔一衣带，石借他山呈异彩，不教花儿败。

上下数千年，两国风骚被管弦，情深一脉连。

镇江诗词楹联作品集 1949—2022

心 澄（1963— ）

江苏东台人，1983 年 7 月出家。现任中国佛教协会副会长、江苏省佛教协会会长、镇江市佛教协会会长、镇江金山寺和焦山定慧寺方丈。著有《浮玉清韵》。

深切缅怀慈舟禅师（三十六首选三）

其 二

深造焦山固佛基，波涛万顷向东驰。

课余喜好碑林去，小楷灵飞奥妙知。

其二十五

慈公行愿德宏深，化育后昆惜寸阴。

师弟情深称典范，歌功颂德圣贤心。

其三十三

应迹尘寰九十春，呕心沥血一高人。

拈花微笑西方去，常使信徒泪满襟。

深切缅怀茗山法师（二十八首选三）

其 一

童真入道履风霜，游学四方礼觉皇。

戒定总持嗔恚去，湛然寂静学贤良。

其十五

懿行硕德铸龙象，儒佛通才世敬仰。

卓越修持度有缘，戒殊严护身心仗。

其十九

名门儒雅传书香， 歌赋诗词法度彰。
救苦悲心名利淡， 奔驰南北护坛场。

如何处世

遵循因果善心臻，处世圆融守本真。
恒顺众生民意重，见和同解四时春。

参　禅

一袭袈裟两袖风，踏游南北与西东。
深知非主亦非客，自性明心与佛同。

华山古寺

妙澄圆通，随类化身游法界；
静观自在，寻声救苦度群迷。

无锡开原寺法雨堂

放大光明，敢向无生说妙谛；
得真解脱，须从华藏认如来。

慈舟禅师纪念堂

慈悲应生随缘化众，硕德丰功留大地；
舟以载物因圆果满，上品竞升趁圣天。

宝华山大雄宝殿

莲山环宝华，涌现大千世界；

法水绕隆昌，总持止作二门。

山长水远，路转林深，谁识得对境无情比佛道；

草动风吹，云飞月驰，那知是迷心逐物总归真。

丰 颖（1982—　　）

女，句容人。中华诗词学会会员，镇江市诗词楹联协会会员，多景诗社社员，句容市诗词楹联协会理事，句容市诗歌协会理事。

九日观雪

谁剪冰花落玉台，云天一望净无埃。

梅枝悄绾千千结，移向诗家笔上开。

见梅花打苞有感

谁主玲珑上碧虬，琼枝欲绽破晴柔。

风撩嫩萼香寒蕊，自是花中第一流。

空谷足音

梦觅千华处，聊闻空谷音。

石苔拈落叶，竹径锁鸣禽。

尘事凭来往，杯中论古今。

携花邀碧水，予我一张琴。

己亥夏课七律·步韵彭茗斋
《赋得残莺知夏浅》

雨带清风泽旧林，想来叶叶已成荫。

香裁莺语花间老，影锁蟾华梦里沉。

水碧初萌荷盖浅，灯红欲照晚云深。

闲情次第浓如酒，却写相思不敢吟。

鹧鸪天·雨夜有寄

听雨西楼动客肠，十年诗味鉴流光。风敲竹韵撩灯影，水湿花痕寄夜凉。　书慰梦，酒填伤。生涯驹逝恨经霜。胸前常隐千千字，谁忍笺头探故乡？

清平乐·听雨有寄

泪沾别句，凝噎千千语。怪是深情天惠予，眼底相思谁驭？　曾寄小字重重，今来浑似梦中。我本愁多滋味，那堪听雨听风。

王　金（1972—2021）

女，江苏句容人。中华诗词学会会员，镇江市诗词楹联协会会员，句容市诗词楹联协会会员，多景诗社社员。

镇江诗词楹联作品集 1949—2022

一剪梅

东君意属向阳枝，新蕊初红争未迟。

非是全凭颜色好，须知酝酿已多时。

南山杜鹃

啼血催花发，南郊岭半红。

露团簪碧影，娇蕊漾春风。

绝唱云台里，轻吟旧梦中。

一嬛香魄在，幽意寄芳丛。

己亥夏课《赋得残莺知夏浅》彭茗斋韵

和风送暖到层林，云树遮天满径阴。

碧水含烟山色远，长空过雨日华沉。

红芳应恨三春尽，白发堪怜万事深。

絮落花残莺已老，为谁寂寂两声吟。

古刹清音

清风洗却绿山林，密叶繁枝已织阴。

古刹云环幽径远，佛坛香绕法音沉。

一声梵唱尘心净，数盏明灯慧眼深。

座上经书无限意，老禅垂目正低吟。

鹧鸪天·过赛珍珠故居

淡淡春光掩重门，山居旧物忆芳魂。异花泻锦文章丽，大地生辉正气陈。　　担道义，报天恩。胸怀仁爱问情真。登云深处沉沉影，谁念斯人到古津。

王 洪（1929—2005）

江苏滨海人。松梅诗社社员，丹徒区诗书画社社员。

垂钓即景

垂丝倚小舟，着意洒银钩。

划破云天水，惊飞自在鸥。

离 休

少小从戎即执戈，山河处处尽奔波。

东君不合催人老，岁月犹留梦幻多。

王 勇（1981— ）

江苏东海人。江苏大学文学院副教授。连云港市作协会员，曙汛诗社、云谷诗社社员，《云谷微刊》编委。

壬寅元夕

元夜水泠泠，梅香侵绿汀。

白鸥多寂寞，青鸟独婷娉。

灯火耀牛斗，水波溅越舲。

思乡归不去，月色照云亭。

镇江诗词楹联作品集 1949—2022

京口怀古

四海百舟汇，江河十字通。

市廛烟火淡，山岭草莱丰。

千古英雄逝，寻常巷陌空。

问询堂下燕，何处寄奴宫。

咏水晶

牛山生美木，下润水晶成。

色若珍珠润，颜如秋月明。

微光射霄汉，宝藏传皇京。

阅尽沧桑泪，仍存世事情。

己亥重阳谒花果山当路王氏宗祠

天赐仙缘谒古村，花林香气袭王门。

问津咨祖翻黄册，追迹寻根忆汉尊。

煦煦家风存古韵，绵绵细雨润诸昆。

开枝散叶遍天下，铭念先贤德业敦。

江城子·游赛珍珠故居

润州山路隐幽郊，绿苍梧，叶扶疏。仙境桃源，美若友仁图。企慕多年今始至，阑珊处，在终途。　　东西大地异乡儒，赛珍珠，绘缃图。博爱美华，天堑变通途。渴望归来巡故土，游山水，品鲈菰。

王 倩（1986— ）

女，山东人。镇江市润州区诗词楹联协会理事，凤栖苑诗社秘书长。

秋游四明河

烟波渺渺映残阳，岸柳随风渐染妆。

野鹭戏鱼轻起舞，一钩新月送寒霜。

王 健（1965—2000）

别署琴园，镇江人。曾任芙蓉楼诗社副秘书长，多景诗社社员。

新年赋梅十绝

邻家递出一枝红，消息得传熏晚风。

明月鳞鳞初照寂，与君恰在此时逢。

邻家红萼倚萧墙，隔院犹能助墨芳。

剪烛殷勤为探看，玉珠帘卷落花香。

红蕊悄然枝上归，去年落梦今方回。

东风常递消息好，正月新年已相催。

朦胧月色素罗裳，疏影横斜流慧芳。

赢得诗人相赞许，冰霜香化玉琼浆。

灼灼杏花不耐寒，春风细雨宜阑珊。
百花不比此花好，万木寂时带雪看。

潇潇夜雨落云霄，恰恰红梅入梦遥。
零落英花堪爱惜，东风无语呵阿娇。

横出东篱带影斜，新年春色赛琼花。
人间无辜不相许，默送余香到我家。

月落西楼影乱横，寒香散居守天贞。
凋零只为寄消息，赢得诗人别样情。

岁月无端消粉痕，罗衣欲解护香温。
东风疏柳开江浦，春色如何谢圣恩。

东阁梅子一重重，惯于黄昏曳晚风。
散落清香去未远，骚人得兴句方工。

王 骧（1915—2012）

江苏扬州人。曾为镇江师范专科学校中文系副教授。
江南诗词学会副会长，镇江市诗词楹联协会、多景诗社、
松梅诗社顾问。著有《存实吟草》《梦溪笔谈全注》，
参编《公安三袁选集》等。

咏市地志办邀集金山会议

江天静物丽，处处好风光。

修志千秋业，登山半日狂。

高台临寺院，古塔峙斜阳。

谈笑风生席，斋厨味更香。

游古刹绍隆寺

古寺五峰倚，绍隆佛种存。

莲花兴法会，梵呗满禅门。

翠竹坡阶净，高台殿宇深。

闭关三载满，修道竭精诚。

咏楼前泡桐花发

泡桐高树久峥嵘，紫萼巍巍向碧穹。

莫道凡葩无艳异，年年春色自繁荣。

扶杖吟

耄耋书生衰且朽，一枝藤杖轻而瘦。

漫云人老腿先老，此物添予十年寿。

悼　亡

低回不忍撤灵堂，怅望遗容泪洒裳。

启颊春花欢似昔，凝神秋水盼犹常。

魂来一夕风吹帐，梦醒三更月满窗。

多少年来忧喜事，人间地下共思量。

浪淘沙·小游焦山示友人

浩淼大江中，涌起孤峰。银螺玉髻美形容。万里洪波高处望，宛如游龙。　　登览惜匆匆，指点幽踪。一时快意畅心胸。何日良朋同乘兴，共吸天风。

水调歌头·黄山中秋

访古登东岳，览胜入黄山。今夕团圞嘉会，人影在中天。俯览三吴灵秀，旁眺匡庐幽倩，秋色亦无边。清景罗胸臆，俗虑顿时蠲。　　岭云旱，霖雨绝，赴汤泉。涓涓不息，愿它流注下成渊。更欲振衣千仞，呼吸雄风浩荡，极顶足流连。奇险一凌越，羽化作飞仙。

王文咏（1978—　　）

扬中人。中华诗词学会会员，扬中市诗词工作先进个人。

十六字令四首·官道

官，德政无私气浩然。民为本，明镜鉴清廉。

权，掌印公平重泰山。遵宗旨，勋业灿昊天。

贪，欲壑难填罪恶源。谋私利，遗臭骂千年。

钱，万贯家财正道添。掠赃款，势必坠深渊。

满江红·念党恩

荡橹南湖，锤镰举、凌云壮志。驱日寇，璧还耻雪，衣襟血滴。捣虏八年尘与土，踏足万里荆与棘。啸醒狮、驱万里长风，展雄姿。　　扬剑眉，覆天地。金瓯固，国两制。誉清廉华夏，振我士气。宇航探月冲霄汉，灾区抗震夺胜利。豪歌彻、礼炮震苍穹，国崛起。

王文接（1965—　　）

安徽安庆人，镇江市润州区诗词楹联协会六普钻井分公司分会负责人，镇江市润州区诗词楹联协会副会长。

雨后登南山

春雨绵绵三月天，新来一夜听流泉。
峰峦十里云烟叠，水墨轻描入画笺。

春日登北固山

雨霁兴游岭上观，行吟兼采夕阳欢。
凭栏北固江天阔，满眼风光醉眼看。

秋山登吟

水墨凭谁染？幽深一线天。
山浮渠梦里，云涌我身前。
啼鸟隐烟树，流泉飞野烟。
松涛循暮雨，峰岭耸巍然。

小孤山

葱笼浮江上，幽娴别不同。

白云生古寺，梵语袅苍穹。

拾级苔痕径，行吟燕赵风。

水天成一览，心绪入瑶空。

杜甫草堂

颠离风雨几沧桑，来就花溪筑草堂。

衾薄腹饥犹念国，民艰吏酷总愁肠。

茅虽三复难遮雨，诗越千年有圣光。

惭愧世间庸碌客，人生岂止稻谋粱。

破阵子·谒鲁迅墓

风雨如磐家国，沉沉暮霭山河，岂可悬壶能济世，呐喊何妨当恨歌，彷徨独荷戈。　　岁月匆匆走过，登场粉墨几多，风骨文章传万古，最是刀丛一笑过，丈夫其不阿！

蝶恋花·金陵秋兴

秋去金陵山更艳，灼灼流光，且把西霞鉴。雁字回时霜已染，千枝万树红黄泛。　　把酒临风萦百感，怅恨凭栏，寺袅香烟黯。兴替六朝何短暂，千山翻过云头淡。

王玉凤（1939—　　）

　　女，归国华侨，祖籍山东掖县。中华诗词学会会员，江苏省诗词协会会员，镇江市诗词楹联协会会员，镇江市老年大学壮心诗社社员和老干部、松梅诗社社员及老年大学作家协会会员。

壬寅虎年喜见春雪

漫天玉蝶似飞花，红绿披银万物遮。

虎运纳祥生瑞气，春风移步入千家。

采桑子

　　园林尽处风光好，盆景初萌。芍药含情，绿柳千丝旭日迎。　　笙歌醉落南归雁，惊愕鹂莺。始觉神清，斜倚云根细细听。

政协诗联

风雨同舟，甘担责任献良策；

赤诚相见，喜为江山绘壮图。

新居诗联

左倚南山，携一身瑞气；

右临碧水，拥千载祥光。

王玉鸣（1957—　　）

句容人。松梅诗社副秘书长，镇江市"三国演义"学会副秘书长，《镇江广电有线网络志》执行主编。有合著《高中同窗诗文集》。

鹤林望月

冰轮初照杜鹃楼，鹂调莺声曲韵悠。
竹院闲来堪走笔，几多禅意绕心头。

北京冬奥会礼赞（新韵）

群星璀璨耀京城，电影声光十万灯。
冰雪墩融冬奥会，五环圣火显精诚。

王汉民（1940—　　）

江苏武进人。中学高级教师，中华诗词学会会员，镇江市润州区诗词楹联协会特约研究员。曾任镇江诗词楹联协会理事、晚霞诗社社长。

种西瓜

才见青藤绽小花，草丛深处见西瓜。
晶莹满腹聊宜诵，纹彩环球漫可夸。
一片冰心清暑热，两行诗句度年华。
与其仙岛觅灵药，何不余闲锄晚霞。

浪淘沙·植树

鸡唱晓霞红，回雁晴空。车行一路尽芳丛。三月风流谁最是？桃李春风。　　荷铲植春浓，笑语融融。栽桃育李种苍松。挥手斜阳相约，岁岁重逢。

王邦勇（1964— ）

笔名王汗青，号闲云野鹤，安徽合肥人，现定居镇江。镇江市诗词楹联协会会员。

扫帚赞

独在偏隅少问津，竹枝藤蔓着寒身。

何曾傲骨侍权贵？一扫风霜二扫尘！

咏喇叭花

不附高枝不怨贫，疏篱作伴守寒门。

长吹喇叭声天外，送罢秋风送故人！

致敬亭山

谁人作画碧云间，先着青来再着丹。

笔走龙蛇锋转处，飞来一座敬亭山！

镇江诗词楹联作品集

1949—2022

王汝斌（1929— ）

江苏宝应人。曾为镇江市诗词楹联协会常务理事、《晚霞》诗刊编委。

秋夜思

月上绮窗望，新秋觉夜凉。

房空人不见，谁与论词章！

访扬中市

一睹扬中美，心胸涌浪潮。

草坪围馆墅，烟渚架虹桥。

道阔千车驶，林幽百鸟朝。

小康惊展现，黎庶颂唐尧。

登芙蓉楼有感

一曲高歌动九州，春光满眼尽情收。

乱云世态惊苍狗，流水光阴羡白鸥。

衔石难酬精卫志，仰天欲作冥鸿游。

冰心千古传佳话，明月依然照旧楼。

王纪庚（1965— ）

镇江人。现为江苏省诗词协会、镇江市诗词楹联协会会员，镇江市润州区诗词楹联协会会员、区级机关分会朱方诗社社员。

题江南府邸新荷花塘

云台山下荷池老，府邸园中塘水清。
千百莲蓬秋未苦，晚来听雨入琴声。

观枕云堂主书法有感

王气如虹满纸来，明同朗月扫尘埃。
龙云幻化天空马，雅室芝兰共剪裁。

王步高（1947—2017）

扬中人。东南大学中文系教授。全国大学语文研究
会原副会长，江苏省诗词协会顾问，江南诗词学会副会长，
春华诗社社长。著有《梅溪词校注》。

题谢稚柳《荷花》

萍风水月沁幽香，洛妃凌波试素妆。
濯足沧浪须解语，莫随世态共炎凉。

题钱松嵒岗陵永固图

壁立千寻矗九天，红霞翠柏绕峰巅。
云霄飚落甘泉水，滋润江山万万千。

临江仙·东南大学校歌

东揽钟山紫气，北拥扬子银涛。六朝松下听箫韶。齐梁遗韵在，太学令名标。　　百载文枢江左，东南辈出英豪。海涵地负展宏韬。日新臻化境，四海领风骚。

百年校庆碑记附诗

饮长江以思源兮，登钟阜以远望。观沧海之纳百川兮，喜桂馥而兰芳。探赜敢天下先兮，六艺相依而益彰。揽四海英才而育之兮，铸千秋万载之辉煌。

临江仙

忧患此身长为友，连年苦度春秋。不堪回首太平洲。三年江令泪，十月乌台因。　　总道沟渠多污垢，大江岂少蜉蝣。莫嫌常伴曲如钩。胸襟当自阔，豁达不知愁。

金缕曲·《金元明清词鉴赏辞典》代序

四代千年曲。怅多少、孤臣孽子，九州歌哭。雪月风花兴物感，吐尽骚愁万斛。笔底见、国殇民瘼；兵燹流离黔首怨，更瓜分豆剖群夷辱。满纸泪，化醽醁。　　纷呈异彩凝词幅。逞英才、绍唐追宋，雄奇芳郁。丽句清辞醇雅竞，比兴深微敦笃。作变徵、声堪裂竹。剖璞披沙咀宫角，探骊珠涵泳沧波渌。兰畹萃，饷君读。

临江仙·春雨

曾送报春新暖，也随醉意熏风。妆红著绿应时功。黄莺烟树里，青杏落花中。　　点滴故园情结，河豚煮笋香浓。秧针想已绿茸茸。长天抬望眼，千里尽濛濛。

王武香（1977—　　）

女，句容人。江苏省作家协会会员，镇江市写作学会理事，句容市诗词楹联协会理事，句容市诗歌协会理事，句容市作家协会会员，镇江市作家协会会员。

游三国村

青山迎送花枝艳，流水无声细草香。

欲问英雄何处在，东风唯与话周郎。

早春观梅

陌上东风唤嫩芽，半坡人影闹梅花。

且闻青鸟云山外，欲问微声向晚霞。

王忠东（1944—　　）

江苏涟水人，现居镇江。镇江市润州区诗词楹联协会原会长、名誉会长，红枫诗社原社长，中华诗词学会会员。出版个人诗集《润涟吟》《风雅韵》《春光曲》《江山吟》等。

镇江诗词楹联作品集

1949—2022

留　园

岩山环碧水，紫卉伴龙碑。

观览朝晖日，欢吟雅韵诗。

园中藏翠柏，阁外展梅枝。

胜境青田在，春芳露华滋。

王学剑（1965—　）

安徽歙县人。一级律师，江苏王学剑律师事务所主任，镇江市诗词楹联协会理事。著有《燕来阁诗集》。

题北固山居图

北固山居江水平，归鸿声断御风轻。

多情笑我岸边柳，不忍匆匆送晚晴。

访北固山甘露寺

佛地焚香花径深，随风倚杖入秋林。

无家亦有僧归路，空度寻常菩萨心。

北固题画

晓窗烟雨雁声愁，题画宜居山外楼。

印象城南东岭上，清风明月望归舟。

北固山人自题

千古江山北固楼，禅门院落亦何求。

修行不问云归处，修到无缘才自由。

北固僧院醉归

十里笙歌不夜城，春来京口醉三更。

风吹僧院沙沙响，空有慈悲不作声。

王旋伯（1915—1991）

名正履，江苏江都人。受业于陈石遗、钱基博诸先生。从事教育工作 40 多年。多景诗社社员。著有《李绅诗注》《白居易年谱》。

报刊载泰州市纪念梅兰芳同志诞辰 90 周年，欣然成咏四首

凤凰墩上凤凰飞，卓立新亭映四围。

自古灵珠随地出，乡园简陋顿光辉。

妙舞清歌侈美谈，境如啖蔗久回甘。

海壖曾筑梅欧阁，好事常怀张啬庵。

美欧献艺渡沧瀛，宇宙之间擅大名。

曲冠梨园成绝诣，人猜卫玠是前生。

绣口锦心尽艳姿，耆英击节吐华辞。
会看文苑编新集，铁网珊瑚辑佚诗。

壬戌元旦戏作

新岁清晨景象明，四街爆竹正争鸣。
搴帷注视云霄际，抖擞精神是此声。

日日摊书作笔耕，案头积稿渐丰盈。
一年之计春为首，勉我先驱是此声。

悼蒋逸雪丈（三首选一）

弸中必彪外，力学乃先觉。羡公不废读，持论每超卓！
见书口流涎，入市购盈橐。绮岁钦叔重，训诂称渊博。
析义常超群，矫矫翔云鹤。趋向崇乾嘉，为文显朴学。
落笔颇雅驯，美比寒梅萼。中年入史馆，传记频探索。
自诩"仿桐城"，责实亦有著。秀夫昭忠义，天如持鲠谔。
铁云志维新，三《谱》屡研榷。兴至成诗篇，吐词何荦卓！
出诸学人笔，鄙俗都抛却！江干久索居，离群嗟濩落！
回忆谈学态，笑语犹如昨。

韦礼门（1922—　　）

江苏盐城人。镇江市教师进修学校退休教师。晚霞
诗社社员。

镇江诗词楹联作品集 1949—2022

登金山（四首选一）

袅袅春风上翠微，穰穰朝露湿缁衣。
泠然迈步登云路，忘却尘寰是与非。

车竹隐（1923—1998）

江苏高邮人。画家，多景诗社社员，中泠印社原副社长。

画　人

寒风如剪刀，大雪似鹅毛。
东窗光黯淡，有客正挥毫。

为老友题画

且莫悲秋伤寂寥，风清云淡碧天遥。
庭花伫立承清露，野鸟高飞入九霄。

卞美岗（1955—　　）

丹徒人。曾为江苏省诗词协会理事，镇江市诗词楹联协会会员、丹徒区诗词协会秘书长。创办《丹徒诗书画报》，有《卞美岗诗画集》。

《壮美恩施大峡谷》题画诗

清江云雾恩施峡，百草丰盈富硒茶。
土司巫傩嫩烟雨，风流尽数大中华。

梦里故乡

堰水盘山尽入怀，青春倚剑独徘徊。

常思坺上家慈泪，萦绕中营梦几回。

注：中营为宝堰镇一巷子名。

砚边偶得

古邑悠悠梦里天，笔耕日日若犁田。

斋中有地能容足，案几无书不著鞭。

浪淘沙·壬寅春过北固湾

二月栈桥边，寂寞廊轩。楼台孤苦水无言。北固江湾推浪急，浩荡空前。　魏武再挥鞭，重战狼烟。神州十亿共时艰。待等莺飞花万树，还我春天。

卞祖玉（1930—　　）

丹徒人。曾为镇江市诗词楹联协会理事、顾问，现为镇江市诗词楹联协会特约研究员。有《卞祖玉诗文集》。

小瀛洲湖心日影二首

瀛洲三塔立西湖，翠叠春山入画图。

映日清波光四射，金乌落水胜骊珠。

湖心日影似银元，荡漾碧波耀眼帘。

九曲桥边人笑语，蓬莱吟赏不言钱。

忆江南·三峡好

三峡好，绝世好风光。峭壁夔门冲巨浪，奇峰神女换新装。擂鼓到长江。

忆江南·台湾日月潭（二首选一）

台湾忆，潭水映青山。缥缈湖云分日月，朝霞暮霭挂春帆。船尾泛微澜。

浪淘沙·参观秦陵兵马俑

兵马阵成方，仗卫秦皇，旌旗蔽日羽林郎。艺俑六千声势壮，绝技流芳。

漂杵泣残阳，断碣凝霜，骊山苍翠古陵荒。黩武穷兵期万世，一枕黄粱。

文德忠（1973— ）

句容人。句容市诗词楹联协会常务副会长，多景诗社社员，江苏省楹联研究会理事，中华诗词学会会员。

多景诗社 60 周年贺联

江上几多景；
风中六十秋。

崇明小学十年校庆贺联

崇文十载；

明道半城。

送别金庸

先生乘鹤去；

寂寞破空来。

米芾书法公园米帖林

寻常巷陌非常帖；

第一江山独一人。

望月楼

望瀑水亲我；

登楼月近人。

清风亭

急催红叶染崖壁；

轻唤朝云润草根。

守信台

信能来友论诗酒；

德必有邻话菽麻。

宜兴茶文化

宜兴三绝茶壶水；
善卷一奇春月芽。

挽凌启鸿先生联

人人加饭先生梦；
处处诵诗长者心。

书谱集句

隶当精密，温之研润；
篆尚婉通，凛以风神。

方　玲（1975—　　）

女，扬中人。江苏省"诗教先进个人"，扬中市诗
词学会会员。

如梦令·春之笋

一阵春雷惊户，辗转听风听雨。晓向竹林间，翠色
更随来去。破土，破土，一夜笋新无数。

南乡子·惜春

倦卧溪旁，绿荫蔽日水清凉。片片飞花香满路，春
暮，叶底黄鹂歌不住。

尹桂英（1954—　　）

女，镇江人。镇江市诗词楹联协会会员，松梅诗社社员，镇江市作家协会会员，老年大学壮心诗社社员。有诗词散文集《书香雅韵》。

满庭芳·访水台村

古戏楼前，水台湖畔，井塘今朝新妆。白墙青瓦，浓郁郁书房。驰誉词坛翰墨，闻捷馆，诗与远方。宫灯挂，茶经文化，果酒暖家乡。　　村庄。原野上，垂杨袅袅，亭下相望。典雅式廊桥，古色檀香。水榭林间小道，文治展，淡墨厅堂。庆年现，横山巨匠，双慧放华光。

焦山胜境

芦花亭上孤帆影，喜雨桥头碧浪波。
欲赋秋词无一字，枫林绕竹唱红歌。

南山西入口

风暄竹海千重影；
雨过蔷薇万点红。

古敬群（1948—　　）

江西赣州人。镇江市老干部诗词协会会员，壮心诗社社员。

蝶恋花·祭

北固春风穿碧树，气象清明，塔下英雄墓。朵朵鲜花行祭处，当年故事重听去。　　岁月初心凭作赋，铁打镰锤，奋勇随军伍。欲破困难千万数，应循烈士前开路。

左天翔（1952—　　）

扬中人。曾任扬中市诗词学会副会长，并担任《扬中诗词》副主编、《校园诗草》主编等职务。

村　居

平生唯好静，筑舍在农庄。

屋后修篁茂，庭前百卉香。

金鸡鸣旭日，紫燕剪斜阳。

若处尘嚣里，何如居此乡。

夜　读

鬓发斑斑天命年，悬梁刺股苦钻研。

多情应是楼头月，悄洒清辉伴未眠。

登黄山

莲花始信上摩天，几度攀缘不畏艰。

扯片白云聊作纸，借来梦笔谱诗篇。

镇江诗词楹联作品集 1949—2022

夏夜喜雨

酷暑淫威已渐衰，星藏月隐现阴霾。

庭前忽感清凉意，夜雨敲窗送爽来。

暮春雨景

春意阑珊四月天，萋萋芳草柳如烟。

落红几点逐流水，紫燕穿梭织雨帘。

左朝芹（1972—   ）

女，河北邢台人，现居镇江。中华诗词学会会员，《江海诗词》栏目编辑、"润州诗词"公众号责编、镇江市润州区诗词楹联协会副秘书长。

春日早行

朝露微霞气象新，小城夜雨浥轻尘。

晨风吹面几分冷，一树梅花喜见春。

秋游焦山

极目云天阔，江河入海津。

笛中鸿影远，岭外客舟新。

浮玉存千愿，摩崖刻几人。

登高无限意，万物一归真。

致敬"七一"勋章获得者张桂梅

扎根僻壤半生缘，忘我勤耕济世田。

倾注爱心名利淡，甘当红烛德行先。

绵绵喜雨滋苗壮，缕缕清风逐梦圆。

香桂春梅桃李笑，鞠躬尽瘁一青莲。

石　寿（1918—1987）

安徽寿县人。多景诗社社员。长于国画、书法，尤擅指画。

闻梦溪园开放

百花堆畔壳轩旁，似见先生秉烛光。

千载文章能富国，读之犹觉有余香。

叶　贵（1985—　）

江苏泰兴人，现居扬中。中华诗词学会会员。著有诗集《一卷千秋诗画》、散文集《此心安处》。

江洲晚望

亭亭皓月挂中天，千点清辉万里寒。

丹桂芬芳菊待放，韶光与好共流年。

咏冰凌

玉骨冰肌掩翠薇，莹莹欲滴映寒梅。

世人都逐琼花去，惟尔澄明冷色来。

教师节有感

讲台三尺苦耕耘，桃李争相来报春。

师道传承为己任，此生甘作育苗人。

申坚毅(1931—   )

笔名坚一，江苏江阴人。中华诗词学会会员，南京秦淮诗社理事，句容华阳诗社理事。有《不息斋诗词集》。

无　眠

长夜难眠百感随，窗前明月耀清辉。

无穷往事无穷意，诗雨星花眨眼飞。

武岐涧溪跳痕

石径幽溪一线牵，绿荫深处屋相连。

山桃野杏无人摘，风送清歌云雾边。

田　冰（1967—　　）

镇江人，中华诗词学会会员、镇江市润州区诗词楹联协会副会长、润州区朱方诗社社长。有散文集《爱的天堂》。

〔中吕·喜春来〕脱贫攻坚（新韵）

脱贫成效千家暖。决策英明四海欢。春风春雨化清泉。空莫谈。代代续诗篇。

田　朔（1994—　　）

句容人。句容市诗词楹联协会会员。曾蝉联 2020 年、2021 年年度"福地句容杯"诗词大赛一等奖。

值守封控区有感

瘟君蓦地入城关，苦战须知意志坚。
终夜不辞开睡眼，连天无畏进凉餐。
白袍堆汗当街舞，黑雨卷风作曲欢。
肯为青春添热血，殷勤换取万民安。

八声甘州

任精阳猛雨卷高风，初霁送清凉。望玲珑玄武，画船光眼，玉露荷香。是处嘶蝉傍柳，轻絮转澄塘。不敢随流水，泪洒他乡。　　多少悲欢离散，自茕茕学子，终日栖遑。想当年旧事，共我语西窗。算如今、伶俜孤影，病酒中、谁可诉愁肠？天涯路、怎应阅尽，人世沧桑。

田云龙（1947— ）

扬中人。中华诗词学会会员，江苏省诗词协会会员。镇江市诗词楹联协会理事，扬中市诗词学会常务理事，新坝镇诗词分会常务会长。

忆秦娥·立春

东风悦，春风一夜梅争发。梅争发，胭脂匀点，醉腮香骨。　曾经有约相思切，梅心如许花堪折。花堪折，可怜佳句，半篇情结。

史占瑞（1940— ）

江苏兴化人。江苏省诗词协会、镇江市诗词楹联协会会员，丹徒区老年诗词协会会员。曾任镇江市老年大学诗研班班长、壮心诗社社长。

题冬荷图

枯枝败叶映林塘，云影低回草色黄。
莫谓萧条无趣味，泥埋水浸是韬光。

游老牛湾

扼守三边界，荒津古渡头。
偏关城堞废，断岸浊河流。
日落山乡静，月笼林野幽。
牛湾眠一宿，好梦入金秋。

春　望

朗朗乾坤一望遥，长风万里九重霄。

天垂四野山为柱，地抱三隅海似瓢。

南亩疏林鸠唤雨，东滩浅草鸭知潮。

愚夫欲觅春归处，仍在青溪木板桥。

和丁小玲老师蔷薇诗韵

霜风冷雨渐凋残，一幅轻妆几度看。

紫气氤氲春色软，香烟浮动玉颜寒。

曾经蝶梦已辞老，空剩诗心欲尽欢。

最爱来年江阔处，花潮柳浪更漫漫。

唐多令·游闽鲤鱼溪

晨兴踏清晖，风烟过柳溪。路村边早已春回，寂寂花开尘世远，天造化，地存遗。　　园圃豆瓜稀，碧流漱石矶。屋檐前几处鸡啼，墟里人家风俗古，醒耳目，涤心扉。

浪淘沙令·观梅

雨霁正东风，梅岭芳踪。可怜春色已匆匆，有约迟来方数日，多了残红。　　悦目欠香浓，难舍迷蒙。依然疏影入怀中，但愿来年花势好，人与花同。

风入松·太行失路夜宿山村

夕阳西下暗群峰，山径渐朦胧。四围野岭涛声起，夜色深，难辨西东。今恐寄栖无处，一窗惊现灯红。

荒村秋晚胜隆冬，石屋御寒风。杯茶充腹饥肠动，食无多，滋味甜浓。应谢山翁田妇，简单将我身容。

白 坚（1929—　）

原名王朝玉，字真如，以笔名行世。江苏淮安人。曾读书、任教于镇江。江苏省社会科学院文学所研究员，中国秦少游研究会理事，江苏省南社研究会顾问，《南社研究论丛》主编，南京求真诗社常务副社长、《求真集》主编。有《杨文骢传论》《夏完淳集笺校》《古林居诗词诗论集》等。

多景诗社 40 周年寄诸吟友

天下江山第一楼，吟旗此处入吟眸。
地连荆楚三千里，名重东南四十秋。
恰喜真情能契合，更多豪气广交流。
临风寄与拳拳意，共迈征程进不休。

扬剧艺术家金运贵

氍毹婉转惊风格，湖海艰辛识性情。
堆字金腔传播远，维扬一派永峥嵘。

越剧编导梅占先

梅先诚笃亦醇和，冤酷交加更奈何！
知友招魂情莫诉，孤儿回首泪偏多。

丁士青诗画家

焦石山农古调弹，谈诗说画地天宽。
喧阗锣鼓心能远，闲写梅花共岁寒。

李宗海诗书家

育苗种树功勋著，觅句挥毫并擅长。
犹记锦章期许切，还惊霜鬓一嗟伤。

杨积庆词长

南明诗史情同注，劫后逢君喜不禁。
笺校辛勤功在口，东淘异代此知音。

乐　非（1939—2009）

别号"图南传人"，镇江人。曾为正则画院特聘画师、多景诗社社员。

楹联十副

乐扬独帜；
非类群芳。

风雨春秋洗；
乾坤日月磨。

春泥肥劲草；
秋树瘦空山。

落花老树连心艳；
野火残阳得意骄。

由我楚狂歌凤调；
任它夜月乱乌啼。

眼中日月都朝我；
笔下风云不让人。

常趋灯火效蛾翅；
时踞书城作蠹鱼。

心至海涵成笑佛；
眼空棋局到灵山。

人求腹饱腰先折；
牛供农耕鼻已穿。

多心自有烟霞趣；
无物何来市井尘。

江里程（1956— ）

浙江宁波人，管理学博士学位。历任镇江团市委书记，京口区区长、区委书记，镇江市政府副市长，市委常委、秘书长，常务副市长，江苏省住建厅党组书记，江苏省纪委副书记，省监察厅厅长。党的十八大代表。

清廉修养

修身为治本，养性乃源流。
心若无旁骛，何须夜半忧。

参观阳明故居

漫漫知青路，悠悠岁月葱。
笃行砥砺处，淬志在其中。

念奴娇·反腐倡廉百年感赋

开天辟地，见东方欲晓，风云飞渡。血染锤镰擎赤帜，百载扬清除腐。浦镇荷波，清贫志敏，又抗联靖宇。但为民众，清华何惧疾雨？　　西柏坡上挥师，初心赶考，诛刘张贪蠹。历览古今多少事，奢败俭成无数。猛药治疴，斩顽除恶，治本清源处。若非长治，安能清正如许。

念奴娇·高铁献礼二十大

岭南塞北，见长虹横贯，凌风披雾。若箭离弦呼啸过，咫尺百川飞渡。盛会京华，共商国是，指点江山处。复兴途上，畅行天下千古。　　犹记岁月峥嵘，鱼沉雁渺，僻壤穷乡苦。斗转乾坤宏略展，驰骋纵横寰宇。斧凿洪荒，励精图治，多少英雄谱。驼铃边道，腾飞云水丝路。

念奴娇·忆母校

大江风貌，又楚辞吴韵，百年徽誉。五棵松前吟诵处，桃李芬芳无数。北固钟灵，梦溪毓秀，赓续三江赋。扶摇而上，畅行天下寰宇。　　挥别岁月蹉跎，凤凰浴火，便栉风飘雨。待得文心潜入夜，方始雕龙如许。感念师恩，耕桑耘梓，谁念三更露。读书台下，万千龙凤飞舞。

踏莎行·参观淮海战役纪念馆

横扫江淮，纵驰苏鲁。中原决战风云飐。金戈铁马传奇时，运筹帷幄挥师处。　　烽火硝烟，枪林弹雨。车轮滚滚支前路。大风歌处战酣鏖，江山声起源无数。

踏莎行·西津渡

千载西津，六朝古渡。南来北往沧桑路。江河逢遇畅然时，争流百舸纤飞遇。　　车辙苍苔，瑶台烟雨。断崖飞阁经行处。潮平两岸又扬帆，风光满眼祥云渡。

鹊桥仙·陋居海棠园之冬

楼台亭榭，银装素裹，昨夜雪飞风骤。梦如童话数寒天，又却是、海棠依旧。　　冰封阆苑，暗香浮动，玉树琼花絮柳。待逢春意盎然时，便胜却、钟灵毓秀。

如梦令·登徐州云龙山

咫尺云龙放眼，极目楚天浩瀚。无处不飞花，尽是龙行虎变。楚汉，楚汉，今日尤其璀璨。

柳梢青·南京江心洲

百舸争流，江豚吹浪，风影怀柔。寒露红枫，祥云粉黛，梅子洲头。　　一江烟雨悠悠，六朝处、尤其劲遒。虎踞龙盘，天翻地覆，且向千秋。

满江红·北固山

斜照江天，风雨过、绮霞舒卷。凭望处、金焦多景，鼎分涛间。浩浩江流奔且下，依依帆影徐还远。叹古今、多少事俱如，离弦箭。　　城瓮没，萧寺漫。南山隐，西津栈。又六朝兴废，梦萦难遣。控楚负吴形胜在，翻天覆地乾坤换。待从头、向碧海云飞，鲲鹏展。

注："多景"为双关语，亦指北固山上"天下江山第一楼"的"多景楼"；"鼎分"指金山、焦山、北固山鼎足三分。

邢灿华（1973—　　）

湖北黄梅人，现居镇江。中华诗词学会会员，中国楹联协会会员，镇江市润州区诗词楹联协会诗词研究员。有《夏花》《三代吟草》诗集。

踏 雪

依稀天地絮纷纷，前路何妨我独吟。

品得二三冰雪味，早争来日一分春。

春 笋

历冬破土数重磨，崭露新芽风雨多。

直拟凌霄千百丈，任天洗我泻银河！

挽英雄张欣

魔舞一尺剑，君举斩龙刀。

笔笔当心画，年年竭虑劳。

图成鬼皆悚，功遂志弥高。

瑟瑟西风渐，秋枫久哭号。

南山行

翠微啭啭杜鹃啼，文苑紫红千万枝。

三面岚光醉丹阁，一潭烟水弄青丝。

遥呼北固塔轻应，漫舞南徐风正宜。

不负江山真秀色，层楼更上赋新诗。

祭武汉抗疫英烈

是何人，雪里抱薪，鹦鹉洲头乘鹤去；

经此疫，樱前抛泪，珞珈山上望云飞。

初　春

碧水黛山，始信春风能作画；

金声玉韵，岂知青鸟也吟诗。

今日润州

北水扬帆，不负繁荣新时代；

南城策马，共燃富美大情怀。

吉浩源（1998—　　）

丹阳人。丹阳市诗词楹联学会会员。

沁园春·赠唐康杰书法老师

弱冠之年，以艺为生，抱器怀珍。养钟繇风骨，幽深质朴；鲁公气韵，爽朗精神。赠字归余，题诗寄汝，毕竟书坛一脉新。云阳邑，授诸生子弟，带出清芬。　　忆来烟雨纷纷。骑车去、初来拜谒君。有书斋百卷，淡香翰墨；花茶一沏，雅乐听闻。寸寸兰心，盈盈蕙性，更甚无私暖气春。桃符写，送空巢老叟，亲自登门。

满江红·涛源兄调任扬州，赋词以寄之

赴任扬州，余暇久、弹冠不易。无奈是，华亭疠疫，受之波及。淮左如今春正好，苏中嘉景心当识。看西湖、烟雨四桥中，朦胧碧。　　桑梓地，烟霭隔。风尘里，皆为客。念一生兄弟，此情谁敌。夜雨对床如梦寐，松斋把酒空畴昔。算飘零、几度话灯前，团圞日。

浣溪沙·夏景

睡起朝看雨已终，蝉鸣又听在窗东。阴云有意是天公。　　自得柔风枝叶动，似迷丛草蝶翎慵。无边光景淡茶中。

长相思·忆玄武湖

苍山寻，碧水寻。堤柳春寒归棹临。能参鸥鹭心。梅花深，樱花深。误入前朝僧塔林，空闻梵呗音。

昭君怨·愚园

微步长廊台榭，探过纸灯茅舍。何处笑盈盈，柳边迎。　　为觅石潭好景，斜髻娇娥倩影。秋晚正怡人，杜鹃闻。

游江苏园博园南京园

亭台小坐纳风秋，草木清溪漱石流。
木屐宽衣水边过，笛声遥起暮云楼。

镇江诗词楹联作品集 1949—2022

春末有赋

树底残红已狼藉，东君收尽暮春光。

举杯有月知天阔，踱院临风带草香。

石径森森穿叶过，狸奴默默见人藏。

世间求索多歧路，莫要无为学楚狂。

吕卜邨 （1922—2008）

泰兴人。曾为镇江市市委统战部副部长、市诗词楹
联协会副会长、多景诗社社长。

水　仙

冰凛岁暮瓦凝霜，案供青葱细细香。

南国娇柔非弱质，北疆寒冽总贞妆。

不争桃李三春色，只伴梅兰一苑芳。

更忌狂蜂趋势客，清波半勺养廉刚。

多景诗友雅集芙蓉楼志盛

时逢霜降未曾霜，添得重阳好夕阳。

久慕兰亭闻小雅，今将多景继余芳。

波摇塔影惊鱼跃，人傍芙蓉染袖香。

插罢茱萸同咏唱，登高共祝寿而康。

吕从坤（1958— ）

江苏响水人。曾任中学语文教师、县委党史办及县方志办副主任。现为丹阳市诗词楹联学会理事。

总前委旧址纪念馆联

一幢砖楼挑日月；
两尊铜像驭风云。

烈士纪念日联

丹心永映山河艳；
壮志常随日月雄。

吕凤子（1886—1959）

原名濬，字凤子，号凤痴，别署凤先生，丹阳人。15岁中秀才，1911年创办正则女子职业学校，1940年任国立艺术专科学校校长，1942年创办正则艺术专科学校。擅人物、山水、花鸟，尤其是仕女和罗汉。曾为苏南文教学院教授、江苏师范学院教授。著《中国画法研究》，出版《吕凤子画集》。后人辑有《吕凤子韵语》。

集句题薛涛像（三首）

感君识我枕流意，强为公歌蜀国弦。
老大不能收拾得，飘花散蕊媚青天。

凄凉逝水颓波远，萤在荒芜月在天。
唱到白蘋洲畔曲，幽声遥泻十丝弦。

紫阳天上神仙客，他家本是无情物。
怜我心同不系舟，老大不能收拾得。

浪淘沙·且莫说因缘（1928）

且莫说因缘，怕落言诠，无端纷起大风前，野马尘埃浑是梦，梦也如烟。　一往舞蹁跹，花雨涓涓。缤纷争逐夕阳边，自是有情捐未得，歌哭年年。

吕叔湘（1904—1998）

丹阳人。语言学家、语文教育家，曾为中国语言学会会长。

有感二首

新年已入，旧岁未除，养疴多暇，浮想纷呈。有感无题，漫成二首，词虽谫陋，意则真诚。

黄山秀丽华山险，万物生来不一般。
画虎类猫猫类虎，心如素纸实艰难。

文章写就供人读，何事苦营八阵图？
洗尽铅华呈本色，梳妆莫问入时无。

丹阳中学图书馆

立定脚跟处世；

放开眼孔读书。

朱 华（1961— ）

镇江人。现为镇江市老干部诗词协会副会长、松梅诗社副社长。

惊 蛰

未异寻常日渐斜，风撩京口逐归鸦。

忽听震耳雷声响，原是街前爆米花。

龙抬头

巡天眠地角，此日复身临。

且看凤凰舞，还听杜宇吟。

八方风可驭，四海浪无侵。

华夏腾飞处，山河奏劲音。

肥 皂

日夜消磨我自知，春风拂面扫残枝。

人生在世唯清白，一片丹心化为诗。

朱 迟（1931—2011）

江苏宝应人，1949—1956 年先后在镇江团地委青年文工团及丹阳艺术师范学校工作，中华诗词学会会员，曾任常州舣舟诗社理事、溧阳天目湖诗社社长。有《随心集》。

和白坚词长《甲申元日寄台友》原韵

九州山水永相依，两岸亲和总有时。
见兔还需能顾犬，居安岂可不思危？
共期骨肉重携手，告慰炎黄好作诗。
岁月峥嵘非昔比，求同存异莫迟疑。

思佳客·星夜浦江游

双体楼船达四垓，浦江夜览洗尘埃。华灯初上明珠塔，照亮吴淞古炮台。　　观胜景，顺江来，江中灯火似星街。人间天上难分辨，溢彩流光壮我怀！

朱 燕（1977—　　）

女，丹阳人。丹阳市诗词楹联学会会员。

落 雪

闲坐芳庭等雪来，品茶小读净心埃。
风吹忽见白梅落，入掌纷纷不再开。

驱车江边所见

云堆风起落沙鸥，晚雨渐来澜不休。
万里商船横右岸，千秋江水往东流。

题石榴花画

不借春风占满枝，却逢乱吐百花辞。
深红未肯半分浅，留待秋来挂果时。

题菊画

他花开尽我花开，淡白深黄绕径栽。
非是春风不如意，秋虫待我两无猜。

无　题

半生飘泊浊尘间，惯看烟云无复还。
暂把黄花佐杯酒，天涯何处不南山。

雾天登阅江楼所感

登高逢薄雾，胜景不堪同。
人倚云烟里，车鸣远近中。
邑墙多迤逦，山色尽朦胧。
始入蓬莱境，心清皆净空。

江边独步偶遇

初晴独闲步，一望碧无垠。
江水平堤涨，芦芽遍地新。

时闻啼柳鸟，偶见采蒿人。

近问为生计？笑言来探春。

乡间偶拾

微风扬秀发，信步踏青苔。

萋果依稀见，蔷花次第开。

影驰惊兔去，草动路人来。

偏自寻蹊径，心清无落埃。

与夫闲游（词韵）

与君徐踏步，野径拂罗衣。

指鸟空翻处，看花初谢时。

临风肩并坐，怀旧语多思。

不觉暮将近，青霜染鬓丝。

朱玉刚（1981—　）

笔名文公，句容人。江苏省教育学会书法专业委员会会员，句容市作家协会、诗歌协会、书法家协会、美术家协会、棋类协会会员。

茅山十景（选三）

老子神像

神殿元符尊道祖，掌悬蜂穴炼仙丹。

三天门下画经篆，无为阴阳命自宽。

喜客泉涌

地肺通灵水影潺，金蟾吐瑞昭明眠。

客来泉笑玉珠碎，一捧清凉洗善缘。

非常之道

开门众妙偶登攀，谁把清都隐树巅。

九曲逶迤三六拐，半痴半悟半成仙。

朱玉海（1945— ）

扬中人。中华诗词学会会员。扬中市经济开发区天力诗社社长，扬中市诗词学会理事。

五峰山前

远眺江天一际逢，清波扑岸意从容。

长桥隐隐连千里，高塔巍巍立五峰。

江水东流青史在，铁龙北去彩云浓。

思今临港皆新貌，追昔无缘觅旧踪。

朱红云（1976— ）

女，扬中人。中华诗词学会会员，扬中市诗词学会理事。

调笑令

千万，千万，莫把相思剪断，离人企盼绵长，匆匆起睡梦凉。凉梦，凉梦，翠减红销谁送？

南歌子·夏日

乳鸭池塘戏，新梅树上香。东园载酒晚风凉，笑摘枇杷金色染斜阳。

朱红云（1978—　　）

女，镇江人。为南徐诗社骨干成员，镇江市润州区诗词楹联协会会员。2015 年，被评为润州区"诗教先进个人"。

午后静读

茂密幽篁花木栽，天光隙漏落青苔。
手持诗卷亭中坐，时有清风缓缓来。

月下独坐

珠帘半卷玲珑月，枝动风吟桂子明。
闲坐静观云画影，渐闻流水抚琴声。

南山行

天光初霁日除昏，芽嫩叶新花色纯。
古寺苍山修竹密，杜鹃婉转几声春。

朱伯和（1903—1982）

安徽和县人。新中国成立后，在新苏中学任教。长于诗词、书法。曾为多景诗社社员。

镇江诗词楹联作品集

1949—2022

和李宗海先生

苏子风流才似仙，坎坷身世志弥坚。

大江滚滚千行泪，三赋悠悠九百年。

赤壁排空腾巨浪，扁舟横笛唱遥天。

一生阅尽人间味，豁达高风仰昔贤。

朱庚成（1922—2002）

　　江苏宝应人。多景诗社创始人之一。曾为镇江中国画院院长、中华诗词学会会员、江苏省诗词协会理事、市诗词协会副会长、多景诗社名誉社长、松梅诗社顾问、美国《四海诗社》名誉顾问。

赠日本友人

黉门负笈仰弘师，绝代风流笔一支。

赤县瀛洲衣带水，同文能不溯当时。

为梦溪园塑沈括像志感

大江东去浪淘沙，一代风流剩几家？

笔下雄文千古业，真金辉灿耀光华。

二郎风雪石油烟，究理穷源岂偶然。

非为游踪山色好，《笔谈》务实不空言。

乘骖持戟为苍生，纬武经文集一身。
出将良才堪入相，溪山说梦惜斯人！

地灵总是因人杰，盛世春风最重贤。
何处蒿莱丞相宅，焕然又见梦溪园。

奉和纽约"四海诗社"病知吟长《八十自寿》原韵

继起争存志未输，欲翻旧史耻为奴。
抗倭愤驭行空马，怀友情索织网蛛。
已见金瓯辉宇内，常思赤子念桑隅。
晚情当赋诗千首，港澳同将复版图。

镇　江

粉本遍南郊，烟雨鹤林颠老画；
名区称北固，风光满眼稼轩词。

北固山

天堑安澜，听铜琶铁板，唱折戟沉沙，往事云烟，任史册三分天下；

此楼多景，看雪浪红旗，忆雄师飞渡，今朝景物，是人民一统河山。

梦溪园

老退深居，一笔岂期惊后世；
高风亮节，小园何幸得先生。

朱思丞（1983—　）

江苏邳州人。中华诗词学会会员，解放军红叶诗社培训部导师，东部红叶诗社常务副社长，江苏省楹联研究会理事，镇江市诗词楹联协会副会长，多景诗社社员。《香江诗潮》《香江诗评》《中华古韵》顾问。获首届"刘征青年诗人奖"，"谭克平杯"青年诗词奖，连续三届荣获当代军旅诗词奖。

题金山

一览江天外，烟云寺裹山。
塔楼寻旧事，只在有无间。

题壮观亭

衰草掩行处，山低暮霭平。
残阳江泣血，落叶雁悲鸣。

题北固楼

山垂千里雁，水远一扁舟。
置酒候仙客，迎来风满楼。

长江泛舟

影落浮云上，霞追两袖风。

江陵千里目，只在水天中。

南山溪畔观鱼

曳尾托簧山，随波弄柳鬓。

荷擎沾雨露，鱼跃动溪湾。

来去本无意，沉浮自有闲。

逍遥尘世外，幽谷水潺潺。

与王子江、胡彭老师同游竹林寺，
子江老师以诗见赠步韵和之

绿未凋零红正肥，鸟翻枫叶出幽微。

斜阳已坠门深掩，今夜主人归不归？

夜游万善塔

众葩睡去莫相扰，怀抱暗香瞻玉霄。

皓夜游春听涧水，半依明月半依桥。

宿焦山（新韵）

夜宿江楼山水间，激流搅破四更天。

月明何处怀乡客，一夜笛声落枕边。

金　山

新绿浅妆新柳枝，旋归莺燕不多时。

山偷黛色春来早，梅递红香人去迟。

一径潮声通宝殿，半窗残月照禅诗。

他年若遇白娘子，邀与畅游情莫痴。

渔歌子（新韵）

山涧无人戏野凫，舟随云水绕青蒲。心作饵，钓秋
湖，一竿风雨任沉浮。

观　鱼

来去本无意；

沉浮自有闲。

春　联

平安守护迎春路；

和睦敲开幸福门。

解放军某部战史陈列馆

持胜因居至高处；

为民敢闯鬼门关。

思危亭联

国强自古无边患；
军弱从来少太平。

镇　江

一水东流，地分吴楚；
三山耸立，气吞东南。

山门哨所

哨所迎春，肩荷千秋伟业；
红心向党，人披万里风光。

装甲三师

牢记初心，推进强军事业；
聚焦胜利，建强大国雄师。

教战亭联

虽息兵戈，独有风雷鸣战鼓；
独存正气，且凭铁骨筑长城。

悼徐宗文会长

噩耗初闻，眼底河山皆暝色；
诗情永在，忆中江海有先生。

贺江苏省楹联研究会会员大会

联写汉风，激江海碧涛，口开便有凌云势；

诗吟吴韵，壮乾坤瑞气，笔举犹闻振玉声。

朱洪海（1965— ）

句容人。句容市诗歌协会秘书长，句容市诗词楹联协会副秘书长。

昙花吟

静月芳菲绝世尘，须臾一面即成春。

日前不展花枝俏，留取清香夜半人。

春游无想山

细雨元宵后，春山碧色新。

登高凭石级，揽胜入云氛。

古寺名无想，书台道有辛。

天人临水照，竹木一池茵。

壬寅二月赏宝华玉兰

二月和风春日暖，登高远看一花先。

玉兰有道勤修佛，紫鸟无声欲上天。

色染秦淮杨柳岸，香弥句曲帝王川。

千华古镇今犹在，万朵辛夷照福田。

朱祝霞（1969—　）

女，扬中人。扬中市诗词学会会员。

望　月

三五团圆碧玉穹，桂华浥露月玲珑。

谁家竹笛风中起，一种相思两处同。

圌山深秋

镜湖深树影，映月照清秋。

渔火星光冷，苍山野径幽。

寒霜敷粉面，凉气袭棉绸。

莫道梧桐老，来春绿意尤。

江西途观

驾辕日夜路途遥，隧道车流过大桥。

叠嶂层峦松柏黛，丘林壑谷绿篁娆。

鸟巢木落明蓝瓦，畎亩野河荡小桡。

驿馆街灯喧嚷语，临窗小憩望云霄。

朱爱林（1953—　）

江苏泗洪人。江苏省诗词协会、镇江市润州区诗词
楹联协会会员，润州区"银发生辉"诗教分队成员。著
有《红盾诗雨》。

启红船，镰斧劈开旧世界；

穿骇浪，党旗引领新征程。

朱海波（1910—1985）

字旭初，号炳麟，丹徒人。曾为香港中文大学客座教授兼旅港同乡会秘书长。有《中国文学史纲》。

偶　成

十年海外久停骖，如画金焦梦里酣。

三月刀鱼九月蟹，令人怎不忆江南？

甲辰秋日携诸生登大岛屿山晚眺

岛峰横枕日西斜，策杖登临送晚霞。

一抹疏株藏古寺，两三灯火野人家。

云开碧海波如镜，雾绕秋山色似纱。

乡国茫茫何处是？客心惆怅此天涯。

朱祥生（1948—　　）

镇江人。江苏省诗词协会会员，镇江市诗词楹联协会会员，松梅诗社会员，镇江市老年大学壮心诗社社员。

贺镇江市诗协 35 周年华诞

笔墨情怀卅五年，诗词唱和喜空前。
春花秋月亦骚客，桃李满城今世缘。

雪后北固山

日出莺啼春满山，风吹颜色到江湾。
昨宵寒冷今晨去，残雪尚留碧树间。

古城公园

四季风情，看日月光辉，谷阳景象；
千秋胜处，品诗词趣味，江左华章。

朱维宾（1974—　）

句容人。媒体编辑、记者。中华诗词学会会员，镇江市作家协会会员，句容市诗词楹联协会副秘书长。

舟游丹湖

撩动丹湖水镜开，云天映入碧波怀。
春光载得风流客，岸柳相迎两面来。

疫　散

无穷碧落万云舒，一道东风百秽除。
窗幔久垂今始卷，春分日暖笑如初。

任 谷（1910—1992）

字授经,兴化人。多景诗社社员,江南诗词学会理事。

参观梦溪园怀沈括

北宋多奇士,先生格自高。

雄才惊海内,博物冠当朝。

乐律传南国,声威挫北辽。

梦溪遗迹在,修复赖今朝。

南乡子·次辛韵

不是旧神州,放眼高歌北固楼。无限风光无限好,悠悠,江水滔滔万里流。　　岂必万兜鍪,天下三分今已休。可笑当年争鼎足,孙刘,割据称雄少远谋。

任 辉（1992—　　）

陕西人。供职江苏大学出版社。多景诗社社员,乾社社员。《多景诗词》副主编。

济南公交上见一人绝类故友所作

车流壅塞并摩肩,坐立之间认故缘。

最是无言相对久,梨涡轻漾那时天。

隐括陈奕迅《富士山下》

寒雨长街泪自流，东京之旅早停休。

山盟海誓如樱落，放手任之铁亦柔。

隐括杨千嬅《捞月亮的人》

总于子夜唱吴歌，秋水春灯所思多。

底是君身即明月，琉璃光照万川波。

隐括贾盛强《找一个人浪费时间》二首

孤单比目两难堪，万劫千缘掷此年。

或信戈多应有待，可能破镜两团圆。

恨我多情似绝情，浮沉人海作漂瓶。

白鸥黄鸟风兼雨，愿化孤身作卫星。

忆景闻（二首选一）

寒风料峭想当时，黄鹤楼空无尽悲。

具讶江桥枚卜者，闲谈也说悼红词。

题汤老真洪《万里江山图》

游龙紫气浮千峦，放眼江山感万端。

胸次无尘存太古，人间容我一凭栏。

镇江诗词楹联作品集

1949—2022

邬芳扬（1943— ）

浙江奉化人，定居镇江，镇江市诗词楹联协会会员，松梅诗社社员，老年大学壮心诗社社员。

念奴娇·金山湖之歌，依韵和言恭达先生

辛丑春早，正东君鉴赏，天蓝湖碧。慈寿辉煌迎旭日，万佛端庄东立。北固楼高，京江路阔，十里蒹葭泽。泛舟穿画，一湾多少文脉。　　神话水漫金山，孙刘甘露，清祖南巡宅。浮玉碑林崇字祖，犹爱兰亭书刻。遥望丹徒，南宫隐迹，蜀素苕溪册。吟歌挥墨，入颠方摄魂魄。

贺康复医院百年华诞

救死扶伤看百年康复；
立功树德拥万众口碑。

刘　承（1926— ）

湖南隆回县人。曾任镇江市政协副主席、市人大常委会副主任，镇江市诗词楹联协会、多景诗社顾问。

题招隐寺读书台

茂林深处啭啼莺，三尺平台百世名。
千古风流人已去，犹闻太子读书声。

天香·一九九一年金山大殿开光志庆

千载名山，禅宗胜地，几许迷人传说？宝气珠光，游人倾倒，大殿开光时节。大江东去，苍莽莽，壮观奇绝。环岭江天古寺，巍峨水连云接。　　熙熙世人激切。笑吾侪，韵吟风月。遥想当年击鼓，水奔山裂，一代英姿焕发。越千载，金山几周折？意气长存，今朝更烈。

刘二刚（1947— ）

镇江人。著名画家。苔岑诗社原社长，曾为多景诗社副社长兼秘书长。

闹市归来

非佛非仙难脱俗，却借壶公独自矜。
小窗日夕移新影，宿墨纵横觅道根。
闹市青云鸡可上，蓬莱迷路孰曾闻。
燕京义士赠长剑，寂寞光寒壮我魂。

街头漫步

沿街漫步足随心，茶馆书摊百货亭。
顶戴花翎难自下，轿车不及布鞋行。

飞来石二首

独立山头崎太空，磨形灭意耐天工。
浮华削尽标铮骨，看惯四时雨雪风。

镇江诗词楹联作品集 1949—2022

讵是飞来夺众名，众山弃我剩孤身。

曾经地裂火山炼，立处都教过客评。

偏　爱

层林乱木各争春，偏爱孤阴老古藤。

疑死林中三万日，一朝忽见发奇萌。

问　云

万里河山行未休，东西文化两悠悠。

窗前静对浮云动，那个浮云肯我留？

书窗独坐

"不薄今人爱古人"，于无声处炼精神。

屈赋李诗秦汉画，南碑北碣六朝文。

颠张醉素已奇绝，青藤白石又超群。

衡宇悠悠思动息，长江滚滚议纵横。

时来风雨迷前路，信有禅灯独照行。

法无定法贵能变，虽师勿师惟存真。

揽魂探赜何时老，立异标奇又一新。

漫将新旧置镜里，惨淡经营夜夜心。

刘次八（1917—2001）

镇江人。松梅诗社原常务理事。

焦山等地写生抒情

焦山西麓六朝柏，苍秀雄奇千六百。
雪压雨淋容不改，高风亮节势磅礴。

茅山史从西汉起，巍巍峻拔亦称奇。
三天门上好穷日，满眼风光更旷怡。

屹立江滨北固山，悬崖险峻映清潭。
楼头喜看东流水，逝者如斯卷巨澜。

栖霞舍利塔悠悠，景点枫红导客游。
峻拔巍峨佳气满，大江浩浩天际流。

刘季高（1911—2007）

号山翁，镇江人。曾为上海市古典文学研究会顾问。有论文集《斗室文史杂著》，并为《方苞集》《惜抱轩诗文集》编校标点。

车过镇江

绿树丛丛十万家，云山三面作篱笆。
故乡可望不可即，七里荷塘七里花。

刘育正（1946— ）

镇江人。镇江市老年大学创研班学员，壮心诗社社员。镇江市诗词楹联协会会员。

树桩盆景

几株老朽隐泥盆，静对痴翁同一门。

虎踞虬根空谷梦，龙盘翠色大山魂。

迎春最喜梅含玉，消暑还怜雪落痕。

盛世无求今足矣，逍遥澹荡小乾坤。

紫砂茶壶

天赐紫砂藏绝冥，良工巧作赋神形。

嵌诗梅竹融肌骨，寄意方圆涵性灵。

春泛乳花香色醉，秋生碧雾鬓华馨。

冰心化入玉壶里，广纳虚怀日月星。

念奴娇·北固山春望，步言恭达先生韵

盘旋古道，正风和日丽，云闲峰碧。甘露流芳形胜地，第一江山连璧。眺望神州，琼楼北固，怀故思骚客。千年遗韵，咏吟深嵌磐石。　　寻迹豪俊孙刘，可知今日，一统东方赤。铁瓮焕然兴盛貌，吴楚延绵龙脉。莽莽山林，巍巍栋宇，壮阔丹青画。融身今昔，自强华夏精魄。

古城联

一水横陈，铁瓮幽深藏古韵；

三山鼎立，风云浩荡赋新诗。

政协联

风雨同舟，直挂云帆齐击棹；

海天破浪，迎来春色再兼程。

刘祖萌（1920—　　）

镇江人。曾为师、军级领导，中华诗词学会会员。有《六十年文史吟》等。

入冷口

昨渡重关险，初临旷野平。

千峰连辽热，万骑压幽并。

笑别都山远，欢逢蓟水清。

燕京飞羽至，急欲请长缨。

刘健民（1925—　　）

镇江人。多景诗社社员。

秋登长城

登临一览翠屏环，万里城山秋霭间。
雉堞逶迤描巨蟒，峰峦起伏拥雄关。
三边寥廓风沙静，四海清平日月闲。
且喜老年犹力健，开襟更向北楼攀。

秋游张家界金鞭溪

喜是金鞭半日程，辋川图里傍溪行。
云横翠巘浮如岛，石阻清泉泻有声。
曲径自萦幽壑远，秋林斜抹夕阳明。
时清更觉山河美，满目风光无限情。

题北固山祭江亭

梦断狼亭意未休，濒江吊祭泪长流。
侯门不及寒门女，耕织犹堪共白头。

临江仙·九三年秋登北固多景楼
参加诗社活动

秀岭参差亭榭。海门点点沙鸥，澄江似练直东流。凭栏闲纵目，山水景兼收。　　多景名楼高会，朗吟清唱赓酬，秋阳脉脉晚风柔。吾乡饶韵事，何羡入瀛洲。

刘淑衡（1923—1996）

女，镇江人。历任中小学教师。曾为多景诗社社员。

吊屈原

汉水潇湘踯躅哦，行吟泽畔恨偏多。
招魂宋玉空文藻，贾祸怀王自折磨。
报国精忠千古恨，骚风遗韵九章歌。
苍苍蒲剑难除佞，应悔沉沙葬汨罗。

刘朝宽（1955—　　）

镇江人。中国民间文艺家协会会员，中华诗词学会会员，润州区民间文艺家协会副主席兼秘书长，润州区诗词楹联协会副会长。著有《蒋乔民间故事》《家乡丝雨》诗词集等。

小　草

小草逢春自吐花，星星点点醉成霞。
虽无灞上千人慕，却有蜂迷到日斜。

访南山杜鹃

久慕南山老杜鹃，桃英菊蕊两重缘。
松间时见丛丛火，岭上常生朵朵棉。
鹃语空灵闻起伏，泉流清亮见盘旋。
欲寻旧径当年植，竹院萋萋飞雨烟。

采桑子·野菊

溪边岩下谁怜爱？正是秋浓，满眼蒿蓬，碎影闲愁薄暮中。　　一朝识得金风面，点点丛丛，火火红红，雨冷霜寒一扫空。

踏莎行·雪

如蝶如蝗，穿林比雾，清溪莽莽无人渡。寒梅向晚正吟愁，南山已著花千树。　　鸟雀无闻，琼枝不舞，江山此刻何须语？瑶池应逊白三分，诗家词在推敲处。

水调歌头·凭吊韦岗战斗纪念碑

野静硝烟远，目阔坎船消。高碑仰视如戟，豪气上云霄。八十年前中国，日寇魔蹄肆虐，此地灭其骄！粟裕排兵阵，风雨助枭枭。　　英雄迹，今瞻拜，思滔滔。当年烈士，身许革命搏喧嚣。舍却头颅热血，推倒大山三座，百姓得伸腰。但愿春花里，莫忘柏萧萧！

【双调】沉醉东风·郊农

喜刀豆黄瓜满架，赏青椒茄子槐花。且歇下手里耙，拍几张田园画，哪辈子修来的幸福生涯？也扫新闻看天下，也晒蔬果到网上签收惊讶。

拟冬赈局嵌名联

冬助棉衣，慈怀孤苦三春暖；
赈盈高义，善结平安五福缘。

润州名迹联

待渡小山楼，且登觉路上云台，览大江风貌；

听鹂招隐寺，堪洗文心游鸟外，书古润新奇。

刘紫柯（1918—2012）

丹徒人。多景诗社社员、丹徒诗社社员。

寻　春

寻春游目正时宜，柳陌桃林处处羁。

叶底风来香送暖，枝间蝶舞散还迟。

绵蛮鸟语留人驻，撩乱花飞扑眼迷。

一片闲云头上过，雨飘几点似催诗。

春　柳

点缀园亭应最宜，向人惯弄好腰肢。

妩媚取样明偷叶，妍曲题名每借枝。

洗眼常于逢雾后，开花偏爱有风时。

群芳争艳春融日，合共桃花一处栖。

春　竹

青阳召我试春衣，无事心闲那有羁。

微雨飘栏寒细细，轻烟笼柳意依依。

横塘水暖鱼欢跃，杂树花开莺乱飞。

底事犹言行不得，鹧鸪笑尔意全非。

镇江诗词楹联作品集

1949—2022

送 春

又听阳关折柳词，问何归路草萋萋。
杨花点点离人泪，骊唱声声惜别辞。
临水已过修禊集，赏花又待隔年期。
嗔春无语匆匆去，枉自多情笑我痴。

老 树

百年老树自拿空，雪压霜欺不屈弓。
本固根深香叶茂，花繁子盛绿荫浓。
雕栏玉蕊常愁雨，温室娇枝岂禁风。
兀立山冈绝依傍，蚍蜉欲撼笑无功。

秋郊早行

沙沙踏叶步亭皋，晨气清新透鬓毛。
初日金盆悬树顶，浮云玉带系山腰。
层林气爽先开雾，暗浦寒多不上潮。
隔水遥看如画处，楼台丹碧映岩峣。

郊 行

郊原再到景非陈，稚绿娇红入眼新。
有意横枝花挽客，多情啼树鸟留人。
山高一嶂偏遮日，雨漏微云恰洗尘。
京洛软红高十丈，春光端合付闲身。

致友人

春暮归家暂息忙，东阡南陌奇情长。

梅初结子青于豆，笋渐成篁粉似霜。

众鸟园林欣有托，满川风月不须偿。

重寻儿日同游地，故迹依稀尚未忘。

刘嘉禾（1904— ）

江苏扬州人。多景诗社社员。

苏东坡赤壁泛舟作赋 900 周年

鲈鱼斗酒客从游，大赋清词世罕俦。

一炬可怜余赤壁，三更犹喜泛轻舟。

高谈声色通禅理，太息英雄逐水流。

屈指韶华年九百，谁赓韵事赴黄州。

和李宗海先生

客是庭坚抑少游，参寥佛印孰为俦。

后前两赋千秋笔，主客三人一叶舟。

乱世雄才嗟水逝，谪居学士自风流。

高怀悟彻盈虚理，孰是黄州孰汴州。

刘翠峰（1914—2013）

天津人。多景诗社社员。有《闲情诗草》。

镇江诗词楹联作品集 1949—2022

海峡情思

浮槎远去恨悠悠，面改心衰两鬓秋。

窗后花残思往事，门前树老更生愁。

少年踪迹当还记，老去飘零应泪流。

日暮千帆竞相过，烟波江上觅归舟。

村　居

楼阁三间净，溪桥一径开。

猪牛关圈里，鹅鸭逐人来。

绿柳塘边绕，青松屋后栽。

村居无限乐，处处有蓬莱。

碧　海

碧海三千里，苍山一万重。

白头红泪尽，皓月满天空。

临江仙·送别

酒醉中堂天已暮，呆看窗外残花。无言相对月初华。不知离别苦，谁在弄琵琶？　　浪急长江帆吹去，别情紊乱如麻。孤舟明日到天涯。人间万籁寂，伫立听鸣蛙。

行香子·夜坐观水仙

似笑还悲，如痴犹非。夜沉沉、偷吐香霏。掌灯相对，情态睽睽。见黄花秀，青茎挺，绿枝肥。　　玉肌淡雅，胜过湘妃。喜相逢、白屋生辉。互亲恩爱，水上依偎。
值寒风细，月明皎，谢相陪。

渔家傲·本意

风吹荻芦声肃肃，媪翁相伴舱中宿。不思荣华思食足。村酒店，红泥火炉鲜鱼煮。　　渔户家家多质朴，相帮互助过寒暑。杨柳荫中张大罟。渔民乐，长江来去如闲步。

江慰庐（1922—2009）

镇江人。多景诗社社员，松梅诗社顾问。有《曹雪芹·红楼梦种种》《西辽文化史略》。

1945 年冬日书赠台湾省旅镇扬返里同胞

眼底旌旗故园开，还乡共唱凯歌回。

纷纷战伐成千劫，念念风云恫《七哀》。

海外谋心能削牍，天南抗手记深怀。

此行莫惜离人远，万里梯航咫尺台！

1957 年 7 月偕镇江师范学校同学游金山寺

三山信美招游屐，身意粗闲得快晴。

水上兰舟争渡好，花前羌笛入云清。

归来亭塔原无恙，目送帆樯别有情。

桃李芳菲真可乐，绿荫深处雅歌声。

1960 年深秋，偕家人金山赏看菊展

莫愬秋云暮，黄花秀可餐！

山清园趣好，海晏合家欢。

兴会如人愿，流光驻画看。

赏心期跃进，岂是在怀安。

1962 年新正与老母幼女合影

自著新衣女戴花，老亲苍劲最堪嘉！

合家欢笑迎春日，万里河山蔚彩霞。

岂有文章为国用？漫将肝胆向人夸！

行年不惑身犹壮，矢尽涓埃报物华！

八十咏叹

起落生涯类转蓬，云雷影幻梦魂中。

身经六代三千劫，寿及霜眉八十翁。

敢有蹉跎荒岁月，从无满足探鱼虫。

蓬山日近功难毕，"负此生才"憾未穷！

观音洞新景

栈道缘山百尺回，慈航像灿阁宏开。

坡阶迤逦通幽径，香雾氤氲净俗胎。

盛世喜观新名胜，危岩无复旧云台。

门前遥瞰古津渡，即兴高吟足骋怀。

许 霞（1976—　）

女，句容人。句容市诗词楹联协会会员，句容市诗歌协会会员。

春 风

娇莺啼暖树，喜道燕归来。

谁解春风意，新红一夜开。

春 吟

极目倚高阁，春光一览收。

人随芳草至，心逐碧波流。

明月照云影，清风唤渡舟。

寄情东逝水，何故惹闲愁。

许见远（1962—　）

安徽枞阳人。中华诗词学会会员，中国诗歌网会员，中国硬笔书法协会诗书画院副秘书长，镇江市作家协会理事、副秘书长。有诗集《风翎》。

初夏晨眺

闲云淡淡映汀沙，彩叶翩翩筛露霞。
翡翠砺成波下藕，鹭鸶剪掠岸丛花。
青峰豁荡抒胸臆，征雁嗥鸣觅吾家。
研尽兰香真水墨，诗成钤印寄天涯。

仰椿赋

千年蟲耸于崇阿，雨雪风霜四季歌。
怀抱纵观天地阔，尘间洞察世情多。
回眸温暖凝心处，放眼征程斩浪波。
江海鼓帆横绝后，方知岁月未蹉跎。

读　梧

满眼金黄欲坠时，回眸忽忆义山诗。
风横雁翅寒思缕，紫凤栖身何畏迟。

许宏觊（1920—　）

镇江人，唐代著名诗人许浑 36 代孙。曾为梅松诗社常务理事，多景诗社社员。有《六六生诗草》。

登南山顶峰鸟鸣亭

高峰顶兀散风霆，岭外云烟一脉青。
欲识南山真面目，轻衣直上鸟鸣亭。

悲送秋

遣却春光又送秋，痴人偏好管闲愁。
秋当老去谁青眼，睡少愁来多白头。
风送寒蛩吟古驿，晨收残菊备干馐。
年年往返原常事，且上高楼快意游。

庄内白菊

秋后花前月影斜，凌寒数朵最堪夸。
繁华不敢污高格，淡泊谁能及此花。
愧我俗情犹未净，羡伊晚节总无瑕。
素心安得同心者，清绝惟宜处士家。

清明日纪念焦山抗英将士

又是清明细雨残，子规啼偏朔风酸。
荒台寂寂青苔湿，古道萋萋白骨寒。
天堑江南空砥柱，将军干泪起波澜。
百年一瞬吊幽迹，暮色松涛浮玉阑。

端午吊屈原

端阳诗节客愁多，读罢离骚唤奈何？
新月云迷湘浦泪，西风木落汨罗波。
骚人犹恨楚天暗，屈姓终逢鼎革和。
千载谁堪为君叹，悠悠岁月几番过。

闲 居

生平逐利耻随人，皓月当空寄此身。
隐卧园林贫亦乐，诗书度日享天伦。

重游西津古渡

昔日西津此再游，且寻胜迹入深幽。
时来暮鼓金山寺，应觉晨钟北固楼。
浪止潮平江岸远，蟾沉雨霁海门浮。
千年古渡那无恙，犹话繁华满月秋。

晚下北固山

遥吸金山动晚钟，倦游缓缓曳归筇。
白云不忍轻离别，一路相随下碧峰。

许国其（1946— ）

江苏常州人。镇江市诗词楹联协会会员，市老年大学壮心诗社社员，松梅诗社社员。

望海潮·镇江新貌

寻常街陌，歌台舞榭，润州再度清嘉。青山绿水，英雄俊杰，河山处处丰佳。云树绕堤沙。夕阳映草树，望断天涯。浩瀚长江，历尽兴废泽繁花。　　惟今振兴中华。有齐心万众，富国强家。楼宇环立，交通九陌，大桥江面红霞。山影照湖洼。百姓安居业，喜乐交加。共创文明盛世，青史万民夸。

念奴娇·米芾书法公园，步韵言恭达词

凭空眺远，赏十里长山，岭奇云碧。群玉山林幽静处，海岳辉华朱壁。迤逦峰峦，气清静远，宝晋留嘉客。空灵清寂，研亭流恋碑石。　　松桂米帖徜徉，净名瑞墨，书海英光赤。看华堂如椽巨笔，昭晰中华文脉。刻石廊亭，洞天一品，效米君山画。思陵翰墨，凌云遐览魂魄。

北固山集句

丹阳北固是吴关，地注青螺出远山。

浮玉春醅江带绿，此身同寄水云间。

注：四句分别集自唐李白《永王东巡歌十一首》（其六），宋蔡肇《北固山》，宋张灵受《北固山》，宋苏轼《秋兴三首》（其一）。

虎年元宵春联

虎跃龙蟠，山水祥和嘉瑞日；

月圆花发，乾坤清净太平年。

许图南（1912—2001）

江苏兴化人。曾为江南诗词学会理事、镇江市诗词楹联协会和松梅诗社顾问、多景诗社名誉社长。有《郑板桥事迹考》《许图南诗词选》等。

庚午诗人节吊屈原

又届端阳日，招魂祀水滨。

沉江著忠愤，哀郢赋悲辛。

九死原无悔，三湘尚有神。

从来知爱国，千古仰诗人。

题《月竹图》为肖流同志作

竹影扶疏夜未央，一庭秋色月微茫。

毫端逸兴呈蓬勃，风尾龙梢百丈长。

题《画竹》写赠光年同志雅玩

种竹何如画竹难，立竿发叶要详参。

直须尽废诸家法，只当行书带草看。

题画竹

昨日焦山揽胜归，满山丛竹乱牵衣。

归来却写焦山竹，一片青苍翠染枝。

看　竹

老来爱竹住江干，时到金焦山上观。

解识新笆似纤细，拂云遮日刹那间。

镇江诗词楹联作品集 1949—2022

种　竹

庭前种得数竿竹，便觉心头眼底宽。
聊借此君医我俗，好持晚节向人间。

春日闻莺

草长莺飞舞碧空，江南三月正春浓。
出于幽谷迁乔木，无限风光绿映红。

北固山多景楼

北固江山多景楼，遗风余韵足千秋。
苏辛登览空伊郁，今我歌吟一畅游。

浣溪沙·咏松梅诗社金山诗会兼为诸诗友寿

佳节晴明意兴浓，名山高会我躬逢。唱酬随喜梵王宫。　极羡高标终不坠，寄情雅咏仰清风。壮心都在朗吟中。

鹧鸪天·江城即兴

江左名城数润州，山川锦绣壮千秋。多情最是烟波里，北固金焦在上头。　怀往迹，说风流，六朝三国逝悠悠，千门万户观当世，不是寻常巷陌留。

镇　江

万里奔腾，无如此水；
高峰掩映，有美三山。

芙蓉楼

楼外烟云连北固；

槛前景物见南朝。

江天禅寺大雄宝殿

宝殿此重修，梵宇宏开，诸方礼赞；

金容今再现，佛光普照，万福来朝。

江天禅寺藏经楼

藏万卷书，琼楼再现；

经百千劫，佛日重光。

梦溪园

梦境迷茫缘卜宅；

溪流堙郁忆高谈。

赠光年学棣

光怪陆离开视眼；

年华绍秀展思维。

贺茗山方丈八十寿

茗碗炉香诗供养；

山林古刹佛春秋。

挽李宗海

常记东城任教，忆年时风华正茂，每晨夕相过，笑言与共，往者不磨留契谊；

永怀山馆登云，念余生壮心未已，把诗书奉献，福寿全归，浩然仙去足安怡。

许涤生（1910—2007）

句容人。松梅诗社原常务理事。

长孙晋级欣喜嘉勉

鹊报孙儿喜晋迁，凌云欣沐艳阳天。

暮年野老无他嘱，应效贤良不敛钱。

孙 中（1940— ）

镇江人。中华诗词学会会员，江苏省"诗教先进个人"，镇江市诗词楹联协会特约研究员。曾任晚霞诗社社长。著有《孙中诗文集》《岁月留痕》《诗路情怀》，与人合著《诗书画三人行》《近体诗写作十二讲》等。

庐山远望

叠嶂层峦烟雨丛，鄱阳如镜映奇嵩。

青云俯坠悬飞瀑，白浪翻腾连碧空。

魂处迷宫临幻境，心归广宇探苍穹。

听由玄妙荡舟去，天上人居图画中。

鹧鸪天·秦皇岛笔会

水险山高地气灵，秦皇昔日不虚行。长城万里由斯始，千古疆场留汗青。　　迎墨客，纵怀情。泱泱笔会吐心声。妙言随意连珠出，画出秦城新旅程。

孙　捷（1966—　　）

女，扬中人。扬中市诗词学会会员，有个人诗文集《木兰诗文集》。

拾得青花罐

谁人信手抛？滚落旧城郊。

我爱青花罐，曾经烈火烧。

寄诗友秋叶飘零

一片冰心感别离，兰情蕙质浸新词。

春花绽放芳书简，秋叶飘零馈小诗。

孙小敏（1955—　　）

扬中人。中华诗词学会会员，中国楹联学会会员。

咏油菜花

冰河暗解雁声连，李白桃红映柳烟。

任侠此君谁得似？黄金一地买春天。

蒲公英

绮梦浸轻霜，漫坡嬉绿黄。

枝头尝翼翼，风表展扬扬。

荡荡飞千尺，孜孜系四疆。

天涯何计远，芳意播春光。

咏　蝶

谁引心情到碧丛，盈盈彩翼趁春风。

穿花自在双翻影，照水交飞半映空。

十丈软红怜比翅，三更虚白慕垂虹。

庄生有问焉能解，墨客于今画未穷。

采桑子·红叶

西风一夜山川冷，黄了篱丛，惊了飞鸿，落木纷纷任卷蓬。　　玉轮风色随烟裹，曾是青葱，转眼霜浓，欣看群山次第红。

竹铲画意书法

似疏墨气随斑驳；

自有诗心任纵横。

江西安义古村落群

安在深山，千载且容诗外走；

义生古厝，三村常遣梦中回。

孙凤翔（1921—2000）

江苏金湖人。曾任镇江市市长、市政协副主席、市诗词协会会长和名誉会长等。有诗词集《老竹吟》。

老竹吟

昔日山林竹一竿，长年风雪不知寒。

襟怀淡泊夕阳丽，世态炎凉心地宽。

岂屑篁边争水土，但求丝尽学春蚕。

老枝未朽根还在，劲节犹期青胜蓝。

八十岁生辰述怀

八十春秋今度欢，生平回首历程艰。

从戎岁月枪林遍，务政时期风雨繁。

曲折征途坚信念，和平环境戒心贪。

工龄半百尽绵薄，解甲为民怀寸丹。

孙立权（1956—　　）

扬中人。中华诗词学会会员。

蒲草滗

疏雨初晴嫩碧芦，东风送暖润新蒲。

香莲恬卧池塘翠，深滗微澜戏野凫。

五峰山大桥

五峰山架大银桥，公铁双层踏浪飘。

映日潮平金水岸，塔高托起玉龙腰。

品　茶

金芽润雪乐清悠，玉茗闻香上画楼。

看淡沉浮诗韵味，闲时共友品春秋。

乡村风情

风轻云淡柳堤游，鹊唱蛙鸣舞鹭鸥。

流碧竹溪添画意，青莲花艳靓江洲。

孙亚非（1955—　）

女，镇江人。镇江市诗词楹联协会会员，多景诗社、壮心诗社、松梅诗社社员。

临赵子昂东坡《赤壁赋》

拈毫寒夜更蹉磨，小草斜行腾且挪。

乘兴好追苏子棹，冰轮相与过东坡。

庚子三月十四圆于望日

凝望危楼南复东，破云一鉴正当空。

小风摇影凉如水，坐对新篁人不同。

元　日

一过斯日大千殊，风雨平生孰共扶。

乘兴放舟尚可梦，写怀分韵岂能无。

梅花送腊翻新曲，翠竹消寒得瑞图。

肯负春江百年约？来同鸥鹭两相呼。

春　暮

繁花渐落绿平芜，霞映流光漾碧湖。

双燕翩翩时剪叶，危巢恰恰每呼雏。

满天飞絮无边梦，近岸青阴一半芦。

陌树重看频感慨，夕阳勿负舞风雩。

听　雨

听雨听风数十秋，四时光景付东流。

青山隐隐思归梦，霜发飘飘添病愁。

有泪常为黎庶洒，多情每自雅音求。

何时鼓棹日边咏，笑乘烟霞湖海舟。

浣溪沙·庚子于云根岛望芙蓉楼

岁岁寻荷履为轻，重来还倚小山亭，画楼翠盖入云屏。　　一曲冰心天下唱，半湖松语十年听，恍然多少梦青青。

题淮安镇淮楼

坐拥楚州，关楼控扼纵横水；
俯看淮甸，河邑萦迴南北衢。

题京江路

广衢在在，轻车十万出京口；
古水悠悠，大舸一行过海门。

题百年恒顺

老坊兴大业，恒誉中华，调和五味；
香酿自名城，顺风四海，福利众生。

孙金振（1923—1992）

镇江人。文史学者。幼从舅鲍鼎、表兄柳诒徵学，后又受业于唐子均先生。多景诗社社员。著有《孙金振遗稿》。

秋　蚊

乾坤气转已秋回，犹是炎蒸郁不开。
也似斤斤争选票，饥蚊聚阵欲成雷。

篱　下

篱下寒英岭上枝，梅开偏早菊开迟。
山家一部春秋事，只有霜天晓月知。

李清照

多少须眉寂不哗，宋家艺苑发奇葩。
木兰老与流人伍，独对残书忆泼茶。

黄景仁

钱江潮水怒翻花，太白楼头日影斜。
绝代才人穷饿死，争传盛世是乾嘉。

1981 年 1 月，赴省档案馆采择史料

万瓦鳞鳞白有霜，小仓山色缈何方。
新诗当日传千首，故纸于今聚万箱。
缥缈红楼劳想象，沉埋青史待赓扬。
袁闳不识排风器，土室居然用庙堂。

镇江诗词楹联作品集 1949—2022

孙春华（1929—2015）

扬中人。曾为扬中诗词学会副会长、老干部诗歌书画协会副会长、《扬中诗词》执行主编，镇江市"诗教先进个人"。

献给诗教工作者

踏遍山丘地，拓荒植树来。
良木终成用，幼苗岁岁栽。

邻舍小景

片日小柴扉，今朝锦绣楼。
门前垂绿柳，户外绕清流。
南亩禾苗壮，东园花果稠。
邻家春色好，一角见江洲。

双新村一瞥

紫燕春归后，重来见旧游。
梁巢惊不见，处处耸高楼。

西江月·颂大江截流

梦寐移山倒海，殷期辟地开天。悠悠岁月似云烟，试看今朝实现。　　三代运筹帷幄，万民重任在肩。截流天堑转坤乾，高峡平湖惊变。

孙显文（1949— ）

扬中人。红枫翰墨园成员。

太华山春笋

冰天雪地润根荄，一夜春风破土来。
恰似雄兵千百万，风摇竹海浪花开。

孙登发（1941— ）

扬中人，扬中市诗词学会会员。

春　回

青青河畔草，珠露映晨妆。
雨润桃花艳，莺啼陌野芳。
游人行曲径，溪水绕村庄。
紫燕回乡里，衔泥早晚忙。

江洲小景

远山抹黛水长流，菱满河塘苇满洲。
永固堤边杨柳上，一双白鹭立枝头。

圌　山

圌峰屹立大江边，万里波涛枕下眠。
登上塔台东眺望，心随烟海入云天。

镇江诗词楹联作品集 1949—2022

均 金（生卒年不详）

曾为多景诗社社员。

和李老宗海游金山诗七绝四首原韵

才子群推李梦阳，久钦文笔擅三长。
老来赢得奚囊满，翠嶂丹崖任徜徉。

夕照亭边菊绽黄，重阳佳会几诗狂。
振衣此日登高望，南北东西尽乐乡。

山势迂回尚抱楼，西廊碣石至今留。
诗歌异代多糟粕，余势空谈笔力遒。

不似春光胜似春，秋园雨涤洁无尘。
正如我辈新思想，长学汤铭日日新。

花 嘉（1954—　）

镇江人。镇江市三中语文教师，多景诗社、晚霞诗社社员。

自 遣

未老先衰意怅然，空留遗恨对山川。
侈言射虎难圆梦，妄想屠龙只对天。
澹月和风诗画酒，名山事业水云烟。
衫干衫湿病非病，花落花开年复年。

116

秋兴二首

栉风沐雨五旬秋，励志潜心诗海游。

执教鞭垂红烛泪，驾轮椅作拓荒牛。

闲中立品琴为伴，淡处逢时笔是舟。

天道酬勤开慧眼，清辉漫漫大桥头。

叶老枝残演义秋，渐行渐远一孤舟。

梦临枕畔游天宇，情注笔端绘地球。

翰墨缘深思旧雨，焦桐韵远遣新愁。

比荒草里厮磨久，寄畅园中放白鸥。

严 明（1946—　　）

镇江人。多景诗社社员。

登东岳泰山

辰时举足未时还，上下紫微顷刻间。

满目飞云无际远，历朝题壁不胜看。

天门直欲扪参井，玉顶真堪触广寒。

我比少陵多望岳，已然一览小群山。

登西岳华山

嵩山游罢又华山，雨霁人稀我独攀。

揽索声回天汉外，登梯汗洒彩云间。

眼前渭洛青罗带，脚下秦川碧玉盘。
赤子讴歌浑不尽，河山壮丽美人寰。

登南岳衡山

衡岳如飞插紫峰，擎天南国不居功。
潇湘开发尊炎帝，烟火教施仰祝融。
岳麓洞庭收眼底，罗霄回雁纳胸中。
长衡古道多迁客，青史撩人觅旧踪。

登黄山

登峰造极上穹庐，始信此山入画图。
日出雄奇揽形胜，汤泉清冽涤襟裾。
神工绣出光明顶，鬼斧削成天子都。
拙笔难书黄岳美，留连几不返三吴。

严 锐（1984— ）

女，镇江人。润州区实验小学教师，诗词爱好者，学校鹤鸣诗社成员。

点绛唇·燕归且忆当时好

小径红稀，落花斜道烟熏草。数声啼鸟，归燕知多少？
聚是芽初，离是芽将老。茅檐翘，遍寻芳草，只忆当时好。

严忠婉（1918—2018）

女，镇江人。严惠宇之女，曾为多景诗社社员。

整理书籍有感

画卷诗书遭浩劫，如今勉力苦搜罗。

天假岁月常浏览，老眼昏花叹奈何。

赠媛妹出阁

此去为人妇，难云自在身。

温良遵古训，恭俭悦双亲。

家事宜多习，诗书慎莫停。

庭闱方瞩望，勿使不如人。

严锁琴（1970—　　）

女，丹阳人。丹阳市诗词楹联学会会员。

夏　夜

夜来梅雨后，空气倍清新。

明月潜池底，流萤戏草茵。

谷场他日静，歌舞此时频。

偶有南风过，偏惊独步人。

秋夜有怀

仰看碧落濯光华，此景世间无处赊。
但许一瓯藏淡泊，犹教长夜送清嘉。
庭前桂发西风起，案上灯明只影斜。
昨日已将心树种，何妨玄鬓对青芽。

好事近·春愁

晓出越溪风，扶起鹅黄新柳。极目晴光鹤影，入茫茫云岫。　　今年不与去年同，抱恙人消瘦。料峭春寒几度，问东君知否。

鹧鸪天·春日回故里

春到长陂处处妍，归乡难抑此心欢。且看杨柳风中曳，尚有梅英枝上眠。　　深巷里，故人前。何妨一笑问平安。明朝又要天涯去，独对冰轮思悄然。

江城子·桑梓忆

遥看村落几炊烟。入孤山，隐林间。更有残阳，拟把火云燃。流水小桥依旧在，愁又起，怎凭栏？　　曾经弄棹雨荷前。湿云鬟。抚娇颜。今日归来，惟见野凫翩。往事沉沉暝色里，多少次，向河湾。

严德煌（1928—　　）

镇江人。多景诗社社员。

镇江诗词楹联作品集

1949—2022

生　姜

身为南国种，自幼恶骄阳。

剑叶皆青直，根茎何厚黄。

性温寒士暖，味辣病夫强。

因欲九州净，从容赴沸汤。

南　瓜

我爱乘熏风，攀墙上瓦屋。

叶憨任蔓延，瓜老知甜熟。

耻叩富豪门，宁投饥馑粥。

心忧贫贱人，衣食何时足。

莲　藕

屈曲在淤泥，其身常自洁。

吸香通节茎，饮露滋花叶。

每欲暖冬心，亦思祛暑热。

炎凉未可平，托志与高逸。

青　菜

千家栽种万家尝，绿尽江南城镇乡。

驱暑未辞新叶嫩，经霜偏有菜根香。

身先九献终无悔，心系三春又欲黄。

不在华筵争上品，甘为百姓做羹汤。

题结婚 40 周年合影

患难相依四十年，分明非梦亦非烟。

蓬门我识天仙配，劫海君知董永贤。

风雨交加终未悔，夫妻情笃两相怜。

今宵互拭悲欢泪，偎倚花山看月圆。

四十伤怀

20 世纪 60 年代下放农场劳动，"文革"中同伙星散，1967 年春节独守空山，写此度岁。

请缨路断复何求，风雨催人早白头。

故旧流离何处是，战旗摇喊几时休。

垢颜惯对千夫指，浊酒难消万斛愁。

梦里闻鸡将起舞，临窗犹是夜悠悠。

苏士顺（1939—　　）

扬中人。扬中市诗词学会会员，励精文社成员。

咏枇杷二首

常年此树足精神，不逊梅花半点分。

阔叶经霜颜更翠，银花遇雪气尤芬。

焉同梅子酸而涩，胜似杏儿甘且醇。

摘尽枇杷金一树，轻吟浅醉几多人。

苏文生（1970—　　）

江西赣州人。镇江市"三国演义"学会副秘书长，江苏诗词协会会员，赣南诗词楹联学会会员，镇江市诗词楹联协会会员。

颂十九届六中全会

曦曦冬日霁氛融，翘楚磋商唱大风。

笔里横舟迎浪海，胸中定策破苍穹。

初心砥砺凌云志，华表盘龙济世功。

岁月如歌攀峻岭，堪惊鼎治贯长虹。

家乡久雨随感

一枕清幽暮雨沉，梅江夜涨染层林。

荷塘荡漾寒烟锁，归燕低飞夙愿寻。

对镜何需怜鬓发，凭阑无奈沐春心。

残红柳岸随流水，梦入乡山往事吟。

春色吟

燕剪枝头沐暖风，几蓑烟雨野花红。

河间碧绿迎春水，柳畔芬香入眼瞳。

清梦何堪雷电破，瑶琴岂止妙音通。

漫惊人世桃源景，垂钓兰溪看老翁。

苏善才（1937— ）

字梓文，江苏盐城人。多景诗诗社员。

农家小院

农家小院展新容，翠竹杏花绿映红。

白日耕余闲把酒，青衫拂柳坐春风。

杜子明（1936—2007）

镇江人。曾为多景诗社社员。

无　题

诸公笑我太疏狂，我羡诸公才气长。

茶到微浓深学问，酒逢小醉大文章。

楼头未让青莲驻，台上终留黄鹤藏。

天地悠悠多少事，千年说透也寻常。

李　云（1931—2006）

山东济南人。曾为松梅诗社秘书长、《松梅诗词》
副主编。

春 游

扑面春风剪嫩黄，小山垂影到池塘。

皱波恍若家乡水，忆否当年投笔郎。

踏莎行·松梅诗社金山诗会

竹苑神摇，花厅意纵，荷池碧染窗阴重，天香恰正入吟怀，安排翰墨殷勤用。　　即席联歌，挥毫献庆，清吟绕彻明堂栋。松梅好友会端阳，新裁妙句相评诵。

李汉中（1928— ）

号砥流，江苏江都人。江苏大学教授，绿野诗社社员。与人合著有《绿野诗宗》。

南乡子·欢迎机制 77 级校友返校

何处望三丘，满眼风光毓秀楼。改革春风华夏翥，腾虬。鹏鹤回翔喜共讴。　　四秩雨风稠，奉献殷勤血汗流。年近古稀攀险阻，悠悠。鬓发斑斑梦未休。

念奴娇·牛潜山怀诗仙

翠螺屹立，看江波桔渺，舟行如织。洞下三元惊浪涌，醉月竹松长碧。仙卧青山，骚人景仰，仆仆风尘谒。赋诗凭吊，盛传千古不息。　　遥想太白当年，才高气正，立意君王弼。万里鲲鹏方展翼，却坐受谗言袭。纵酒江湖，扁舟烟雨，古迹名山觅。十吟姑熟，清新豪放飘逸。

李永义（1950—　　）

丹徒人。镇江市润州区诗词楹联协会会员、中国网络日报记者。

秋菊二首

菊花踏韵簇幽香，惯看秋风扫叶黄。
不想凝寒随雁阵，几多乡梦诉斜阳。

含羞半敛花团簇，黛色撩人锁梦幽。
月影轻移云鬓动，谁携歌管起乡愁。

李名方（1934—2007）

扬中人。曾任扬中市副市长、中华诗词学会理事、扬中市诗词学会常务副会长、扬中市诗词学会顾问。出版有《李名方文集》《历代帝王诗词选》（合编）等。

访杜甫草堂

千载草堂竹万枝，花香鸟语动情思。
今人不是贫寒客，也忆当年风雨时。

镇江诗词楹联作品集

1949—2022

访郭沫若旧居

春风送我到沙湾，水气山岚绿树间。

大渡河边风景异，文星似斗照尘寰。

李兴保（1952— ）

扬中人。中华诗词学会会员。

临江仙·参观赵亚夫事迹馆

五十五年如一日，乡村土地摸爬。初衷不改志堪嘉。为民肩使命，农业作生涯。　　沥血呕心身系国，科研累累开花。福音送去万千家。亚夫为榜样，事迹感中华。

水调歌头 ·中秋孤月

千古一轮月，人世几中秋。如烟往事萦绕，生计问何求。身入江湖孤旅，漂泊天涯零落，不信命中囚。商海弄潮舞，逆水苦行舟。　　韶华负，嗟白首，梦难酬。蹉跎遗恨，常使随影在心头。忍看亲情离合，闲说人间荣辱，逝水付东流。遥望盈亏月，一笑解千愁。

李守静（1946— ）

蒙古族，镇江人。中华诗词学会会员，中国楹联学会会员，曾为镇江市诗词楹联协会常务理事。

游普陀山诗赠全山方丈戒忍大和尚

普陀胜境烛香连，奇石扶云莲叶鲜。

古洞雷鸣飞雪浪，峨碑字耀入青天。

海风飒飒吹衣袖，寺宇重重绕水烟。

更谢住持殷待客，海天佛国欲成仙。

李克俭（1949—　　）

笔名李北，安徽界首人，居镇江。中华诗词学会会员，安徽界首市诗词协会名誉会长，《润州诗词》主编。有《望云吟草》等。

夏夜吟作

月落松窗鸟不鸣，平添腹稿夜三更。

持疑敲句思难定，借韵虫吟一两声。

忆母三首

鸡鸣孤影院中忙，老小操持苦理桑。

最忆挑灯缝岁月，飞梭走线织情长。

纺织耘锄系一身，从无邻里诉艰辛。

思亲笑影常萦梦，最念补衣灯下人。

总把艰辛默默持，春荒最暖煮汤时。

情牵儿女补亏欠，白发仍抽老茧丝。

镇江诗词楹联作品集

1949—2022

甲子年春偶海口念武汉疫情

行旅偶衣单，倍知风雪寒。

乡思心易碎，鹤唳梦难安。

宁肯雄边共，焉能壁上观。

拈诗添笔力，鼓浪拍危栏。

江南春吟

岁启杨花梦，溪边草复萌。

童嬉攀折柳，林闹学啼莺。

击水汀葭乱，播春虫豸惊。

机鸣泥浪暖，鹭探野池清。

寺隐幽山暗，江开玉岸明。

腹空文瘦弱，韵雅笔充盈。

听察贵迟立，清风善早耕。

新程天地阔，俯仰赋心声。

踏莎行·清明时节

荒草孤坟，远尘辍步，追思村野河湾处。梨花化雨泪潸潸，也悲时下清魂去。　　节值清明，人归故土，思怀又踏前人路。春风静好念情长，新枝也学桑蚕吐。

无　题

万里大中华，碧水蓝天，玉景纷呈千卷画；

百年新世纪，富民强国，蓝图擘画满园春。

镇江诗词楹联作品集　1949—2022

题山林城市镇江

江天览胜，吟一帧画卷，呈绿水青山明眼底；
津渡寻幽，举千年灯火，任诗情画意满江南。

公益行动

云花漫径，春影含风，博爱凡间行者远；
血脉萦心，佛光布瑞，披情宇下德之高。

李金坤（1953—   ）

江苏金坛人。苏州大学文学博士，北京大学高级访问学者，江苏大学文学院教授，浙江树人大学及广东数所高校客座教授。出版《风骚诗脉与唐诗精神》等专著3部，参著《新编全唐诗校注》等20余部，在国内外重要刊物发表论文300余篇。

道心小吟

时观山水智而仁，鳞羽逍遥赏且亲。
身外无求齐万物，心有旭日百花春。

无　题

鸟微任意逐天空，鱼小随心跃海中。
二者古今诗赋众，愿如庄列御长风。

李建和（1972—　　）

江苏泰兴人。瘗鹤铭书法传播网执行总编。

过二十四桥

春风浩荡鸟啼鸣，清脆低飞有百灵。
廿四桥边波荡漾，无声冷月唤诗情。

李宗海（1905—1995）

江苏兴化人。曾为中华诗词学会会员，江南诗词学会副会长，镇江市书法家协会主席，多景诗社社长、名誉社长，市诗词楹联协会、松梅诗社顾问。有《北游诗词草》《甲寅唱酬集》《李宗海先生诗词楹联选》。

应湖北潜山诗社黄鹄诗人题松竹梅兰诗和作

松

干老参天耸，枝虬覆天阴。
风来千壑响，云起万山吟。

竹

虚心如学者，劲节类高人。
堪与松梅友，耐寒俱苦辛。

梅

疏影池中见，暗香山里闻。
百花君第一，岁岁报春勤。

兰

深山香草影，幽谷美人姿。

浩淼潇湘水，芳菲汉楚辞。

读毛主席诗词喜赋四首

盘盘大笔墨淋漓，信手写来文字奇。

咳唾成章皆宝玉，乐观主义贯全诗。

桓桓赫奕启诗风，一代高才百代雄。

扫尽千秋柔靡气，沁园春唱震人聋。

律诗一首咏长征，磅礴逶迤气纵横。

用字仅须五十六，山山水水万千程。

苏辛风格拓藩篱，现实浪漫又过之。

自是雄才高万古，伟人抱负伟人词。

和朱璋先生
"纪念李清照诞辰 900 周年"原韵

避兵远徙赴温州，舴艋能装几许愁。

真个黄花堪比瘦，谁云薄酒不悲秋。

箫声杳杳香盈袖，雁影迟迟月满楼。

此景此情难遣得，凄凄切切涌心头。

镇江诗词楹联作品集

1949—2022

"纪念苏东坡游赤壁 900 周年" 原韵
和朱璋先生

九百年前苏子游，洞箫吹伴大吟俦。

山高水落千寻壁，月白风清一叶舟。

天地悠悠抒积愫，诗歌朗朗漾中流。

吾曹亦有乘槎兴，欲赋篇章播九州。

自 遣

退思进，进思退，进退从容自得；

翁携孙，孙携翁，孙翁康乐相欢。

镇 江

是山水雄秀之区，有长江浩荡，金焦耸峙，北固巍峨，南郊静幽，堪供游览；

为人文荟萃之地，忆太白英豪，苏米风流，存中健笔，稼轩伟略，足示楷模。

金 山

坡老有遗踪，写经楞伽台，吟咏妙高台，风流万古；

金山多异境，悟佛白龙洞，参禅法海洞，壮丽千秋。

江天禅寺

金佛尊严，法相重光，江月圆明禅院静；

山灵赫奕，神威显示，天花纷坠寺门新。

镇江诗词楹联作品集 1949—2022

北固山

对广陵烟树，望淮海平原，向往京华瞻万里；

听扬子江涛，指金焦胜境，登临北固话三山。

多景楼

宜雨宜晴，山光水色何多景；

如诗如画，儿女英雄共此楼。

沈括梦溪园

沈酣于东海西湖南州北国之游，梦里溪山尤壮丽；

括囊乎天象地质人文物理之学，笔端谈论自纵横。

岳飞纪念馆

遗恨千秋，三字狱成莫须有；

垂名万古，百战功隳奈若价。

兴化郑板桥纪念馆

与吾家复堂老人，同为八怪高士；

继乃祖广文先哲，各称三绝奇才。

施耐庵纪念馆

有舍己为人义骨侠肠，却从李逵鲁达武松身上画出；

具掀天揭地深谋远略，乃自晁盖宋江吴用胸中吗来。

李培隽（1956—　）

祖籍扬州，出生于镇江。中国文联国内联络部原巡视员，中国楹联学会会长，中国书法家协会会员，中国书法家协会硬笔艺术部委员。出版《中国古代圣贤箴言系列硬笔碑版字帖·事业篇》等硬笔书法字帖30多本，著有《文履墨痕——李培隽诗词联墨集》。

思家燕

我家旧有双飞燕，嬉戏堂前相对呼。
二月春风今又至，不知可识主人无？

枫叶红了

我爱深秋火凤凰，为伊热烈为伊狂。
铅华退净槎桠在，抖擞精神又傲霜。

江南春早

露草清香花木妍，嫣红姹紫好江南。
一声布谷催人早，桃李满山秧满田。

咏泰山

拔地擎天只独尊，风霜雨雪赋灵魂。
三山五岳东为首，天下称雄万古存。

题扬州评话

从容评说春秋事，清脆悠扬唇齿间。
风月人情全话本，淮扬今古一从看。

中秋怀乡

万里秋光万里霜，秋思不绝水茫茫。
一轮明月人间共，暂把他乡作故乡。

镇江写意

北固金山一水中，长江浮玉更茏葱。
邀来天外风和月，千古江山万古雄。

夜书心经有感

世界原来五蕴空，色空不二了无中。
不生不灭缘相对，净尽菩提实大同。

忆江南·听春雨

听春雨，天水复涵涵。清冽长空梳草木，朦胧北国枕山岚。一梦到江南。

卜算子·丁亥中秋词

彩墨写秋风，诗韵和秋雨。不历秋风秋雨天，怎唱秋之赋？　把酒对月明，合乐随灯舞。不在人寰仙境时，正饮秋之露。

题名城镇江

三国东吴古邑；
长江锁钥新城。

扬子涛声犹在耳；
润州风韵常萦怀。

山水钟情，多情山水地；
镇江有爱，大爱镇江人。

老街古韵

百栈相连，古韵风情生蕴藉；
西津在望，新潮时尚入凡尘。

题溧水李巷江渭清旧居

驰骋江南唯马骏；
炳煌苏地有渭清。

题《光明日报》

光明启智怀风致；
文化润心焕物华。

题龙王宫

龙相昭昭，行云施雨呈膏泽；
光华灿灿，观瀑临泉焕帔霞。

题南京玄武湖荷花节

金陵紫气，吹度钟山淮水沧桑变；

玄武红莲，扮来十景五洲绰约新。

题中国楹联馆

菁华以萃，日月而光，博物典藏呈大美；

薪火相传，箕裘为继，楹联涵蕴焕新风。

题浙江省杭州市临安区昌化坡仙桥

横空飞架卧龙，迎红日，跨紫溪，巍耸一廊高阁；

坐浪闲看过客，继风流，存文脉，长怀千古东坡。

李植中（1925—2006）

镇江人。多景诗社社员。有《史勤丛稿》《晚华集》。

中秋佳节寄台亲妹

此夜一轮满，清光何处无？

吾妹暌离久，吹梦过澎湖。

为伏镇钧老祝嘏

亦友亦师三十年，镇江朝野颂公贤。

时人珍重桑榆晚，夕照流霞尚满天。

镇江诗词楹联作品集

1949—2022

游井冈山青龙潭

年迈七旬力已穷，不辞千里觅青龙。

炮声不复黄洋界，响彻深潭幽谷中。

李紫蓉（1974—　　）

女，丹徒人。中小学高级教师，现任镇江市孔家巷小学副校长，先后被评为市、区"优秀教育工作者""师德标兵"等。

无　题

竹影月移庭院凉，霓裳添色浅荷香。

落花风定闲来扫，一曲南楼入梦乡。

春　声

清风暖暖游人醉，柳叶青青百鸟鸣。

野外草花添秀色，河中鱼蟹戏春声。

杨　希（1911—　　）

湖南平江人。曾为多景诗社社员。

纪念苏东坡赤壁泛舟作赋 900 周年，和李宗海先生

赤壁千年赋壮游，纵横飘逸几人俦？
天边明月樽前酒，江上清风渚畔舟。
横槊何曾烦北望，临皋方寤会中流。
人生莫作须臾叹，豪气而今播九州。

杨 莹（1975— ）

女，句容人。江苏省作家协会会员，镇江市作家协会副秘书长，曾为句容市作家协会副主席兼秘书长。有作品集《能不忆江南》《坐看云起》《岭上多白云》《山里山外》等。

与友人茅山品茶

半间书院映回桥，曲水流觞翠袖娇。
五月蔷薇风拂过，茶香袅袅溢灵霄。

望茅山仙峰

峰险峦崎依静谷，尘心不染倚朱栏。
楼台庙宇飞烟处，疑是仙翁又炼丹。

茅山春晓

湖边垂柳初抽绿，白石清泉涨碧塘。
燕子新啼花上雨，杜鹃临水淡梳妆。

万寿宫中

万寿宫中升道乐，一山柳眼慰来思。
流泉间雨春归远，十里寒林绿满枝。

秋宿崇禧宫

秋风净野好时光，福地茅山赏靓妆。
曲径条条通幻境，纤云缕缕带花香。
崇禧殿上辉煌壁，万寿宫前抱朴冈。
谷内养生微啸起，堂中修道傲心藏。
清茶影里评书艺，一曲琴音绕画梁。

满庭芳·茅山半岛

半岛青山，四围碧树，岸花汀草云邻。细枝重羽，蝴蝶满园春。湖上田田莲叶，风过也、百味余熏。斜阳外，千声鸟啭，暮色久成痕。　　红尘烟水阔，流光一瞬，天地初分。愿归聚承渊，灯火黄昏。且指茶香代酒，安然坐、沉饮微醺。今朝乐，繁星垂野，不负有缘人。

水龙吟·东方紫酒

洞天福地茅山，惠风有信青如此。林峦望里，绿云层叠，碧天迢递。春早攀条，春深结子，渐春归矣。问桑花落处，麦香盈野，江南客，将何计。　　夏木阴阴浓翠，尽繁枝，红酥成缀。但寻果熟，清泉聊洗，牢封无际。三月和尘，半年凝露，暗香沉滞。料春城美酿，歌长生诀，兑东方紫。

杨　敏（1971—　　）

女，扬中人。镇江市诗词楹联协会理事，多景诗社理事。

西江月

妹妹一家遥居海外，言圣诞将归，不胜期盼，小词寄之。

倚罢秋江明月，听寒碧宇长箫。相思犹若水迢遥，夜夜潺湲到晓。　　传语归来时候，故园瑞雪初飘。春风消息绿杨桥，一点梅花正好。

清平乐·木偶

分花拂柳，善舞流云袖。忘却此身非我有，牵绊无声之手。　　百年沉醉何妨，输它如梦荒唐。一幕浮华落尽，知谁粉墨登场。

镇江诗词楹联作品集

1949—2022

风入松 · 已亥冬月十二，大学舍友江洲小聚，调寄风入松

寒霜清露水之涯，灯火故人家。薄茶淡酒闲滋味，忆当年，几许烟霞。念到湖山无恙，从来岁月流沙。　　梅花今夜可开些？好驻别离车。中年已是无多梦，纵悲喜，且自由他。记取绿深红浅，相看镜里秋华。

虞美人 · 春雨

凭谁识得春风面，沥沥春犹浅。溪头新涨绿波痕，些许薄寒还待酒来温。　　遥山一抹青如黛。人在青山外。欲从何处说缠绵，依旧眉尖心上与阶前。

河传

壬辰四月，游张家港凤凰古镇听《河阳山歌》（最古老的吴歌）

帘卷。屏掩。老生涯。何日飞飞燕来。柳边小桃故故开。青鞋。踏过长石街。　　细雨迷蒙风扑簌。倾鄜酩。谁唱吴侬曲？野人家，云半遮。桐花。灿如天上霞。

鹧鸪天 · 与友雨中同游平山堂

廿载流光一掷梭，重来情味更如何？遥山洗雨青犹在，檐马沉风感易多。　　凭旧梦，问长歌。看花对月几消磨。何人得似堂前柳，岁岁春回舞碧柯。

镇江诗词楹联作品集 1949—2022

鹧鸪天·宝华山行

踏破空蒙一径深，行行如梦梦氤氲。烟涵碧草花生树，鸟啭疏林月到门。　　闲院宇，旧蜗痕。人间风雨不相闻。青山别有真情味，朝听江声暮看云。

沁园春·雪夜

相见无因，相期无语，相望无涯。怅梨云浸浦、空江沉碧，愁分天角、梦落檐牙。待我来时，于君归去，瑟瑟东风杨柳斜。千山外，问谁横玉笛，一曲梅花？　　遥怜此夜清嘉。乘一叶扁舟过戴家。念红炉绿酒、人间情味，文章翰墨、纸上烟霞。沧海潮生，流光渐老，漫惹萧萧两鬓华。回眸处，有一灯微暖，映透窗纱。

扬州慢·重过扬州

柳下维舟，竹西呼酒，重来已是经年。认修篁曲径，听老树初蝉。倚栏望、烟迷故阁，雾笼津渡，寥落湖山。镇无言，风雨楼头，依约筝弦。　　玉箫梦远，更何人，轻语桥边？奈倦水流香，幽花着露，影事阑珊。谁识江南过客，空销领、聚散无端。念沧波南浦，斜阳又送归船。

汉宫春

踏梦重来，正湖山向晚，细雨零蒙。新凉妆就西子，淡淡颜容。菱歌小唱，有船儿、摇过桥东。堤畔柳、一枝拂水，依稀认得前踪。　　今夕故人何处？问天边归雁，曾否相逢？云笺还余旧墨，似淡犹浓。江南往事，渺烟波、采采芙蓉。风渐起，相思千斛，萧然散入秋空。

杨 镇（1967— ）

镇江人。中华诗词学会会员，中国书法家协会会员，镇江市书法家协会副主席，镇江市润州区文联副主席。

王文治

梦楼遗韵世称奇，秀逸潇疏淡墨姿。
仰止兰亭修禊地，书禅笔下几人知。

首夏杂感

阳春景色才离别，两部蛙声作鼓吹。
知它彻夜鸣何事，是为公乎是为私。

雨中月季花盛开

独占芬芳四季中，新葩怒放雨烟蒙。
湿枝润蕊花逾重，片片深红变浅红。

游招隐寺

戴公高隐久传名，踏径寻踪伴客行。
古刹梵音成往事，依稀犹似听鹂声。

刻印有感

摩挲印谱学雕虫，铁笔纵横艺苑中。
秀逸却由苍劲出，雄浑岂与混淆通。
奏刀冲切惟铦涩，组字新奇求异同。
向往前修吴缶老，恢恢游刃夺天工。

菊　花

万卉飘零菊始芳，奇葩吐艳傲寒霜。

叶繁犹自绿烟染，蕊素还须色泽妆。

瘦影入诗添逸兴，落英伴酒醉重阳。

寄身篱下思陶令，磊落嵚崎挹冷香。

春海棠

丽日迟迟万物醒，海棠生色映阶庭。

垂丝铁梗成鲜饰，翠叶奇葩似锦屏。

凡艳腻人憎粉白，幽姿作态入丹青。

春阴乞借传佳话，墨客吟哦见性灵。

"庆祝新中国成立 70 周年"联

七十载砥砺前行，走进新时代；

五千年沧桑巨变，改造旧山河。

杨太晚（1875—1953）

安徽人。早岁执教于南京高等师范学校，新中国成立后为江苏省文史馆馆员，晚年定居镇江，擅诗文书画。

赠许图南

图书翰墨分今古；

南北东西识道途。

杨正宏 （1953—　）

镇江人。镇江市诗词楹联协会会员，壮心诗社社员。

听锡剧有感

滩簧乍起激流酣，杂树鸣莺响玉潭。
梅影兰香清梦远，无端憔悴在江南。

壬寅正月江畔寻春

江亭曲径野藤长，桃李谁家可觅芳。
却看夕阳飞白鹭，蒹葭依旧朔风黄。

琴　梦

窗透清风赋快哉，随虫夜半赴瑶台。
琴音忽作悠悠起，原是故人乘月来。

秋　望

车马离喧闹，依山入暮秋。
鸿归低远树，霞落动江流。
几处炊烟袅，一潭菰叶浮。
临风凭鸟问，此处可安舟。

访竹林寺友人

品竹南山好，烟霞隐士家。
丹青常写菊，金石正开花。

负笈游天地，吟诗悟释迦。

了然尘世意，悠远夕阳斜。

临江仙

常忆笙歌连夜舞，湖东起看江明。春风杨柳画船轻，槛前青玉旆，荷送杜鹃鸣。　　红染溪边应似梦，回头原是星星。楼头雨霁洗山青，桑榆依旧在，对月唱诗情。

壬寅元宵节

和风剪燕，湖影摇天千里月；

虎步腾龙，笙歌动地九州圆。

闻宁镇扬诗协瓜洲茶叙迎春

梅隐瑶台，风满烟霞铺绿野；

茗香芳甸，梦催日月唤春山。

杨正觉（1914—1991）

镇江人。曾为多景诗社秘书长、市民革中山书画社社长、江南诗词学会副会长。

与李宗海、乐图南、姜亚东诸老
游金山看菊展二首

秋末游山兴致浓，相偕又上妙高峰。

画桥压水添新趣，丛菊依人夹道中。

今日名园多壮丽，者番佳友喜联踪。

何妨再订寻诗约，雪映红梅一过从。

酒罢茶余兴更浓，坐谈铁瓮两三峰。

焦岩欲渡愁风飔，北固登临入市中。

半郭半城悬塔影，宜茗宜啸泠泉踪。

吾来却是黄花会，诸曳长吟执笔从。

杨世华（1964— ）

句容人。现任中国道教协会副秘书长，句容市道教协会会长、茅山道院住持，江苏省政协常委、中国道教正一派授箓大师。编著有《茅山道教志》《葛洪研究二集》《茅山道院历代碑铭录》《第一福地茅山道院》《福地句容》等，发表诗词、楹联100多首（副）。

青海土楼观

土楼名观若悬空，殿宇亭台绿海中。

神像庄严家国佑，道长德厚有仙风。

茅山元符万宁宫

道通天地有形外；

山在虚无缥缈间。

仙缘到此多无路；

福地原来别有天。

青松幽映峰峦翠；

红日高悬涧水烟。

茅山九霄万福宫

东海寿添新甲子；

南山星转旧春秋。

一壶天地开仙境；

百里风烟入画屏。

一方共沐平安福；

四序均沾雨露恩。

炳烛焚香，讽真经而请福；

献花酹水，礼法忏以长生。

养性承天，仙教源流通圣教；

修真得地，华阳风景法嵩阳。

杨忠卫（1970—　　）

丹徒人。丹徒诗词协会会员。

菊

信步荒山寻菊黄，数枝隐约小溪旁。

当时未与东君约，独守西风一季凉。

思　归

朝迎日出暮闻潮，江海三年人近妖。

好在枕头犹有梦，乡思夜夜未曾饶。

杨积庆（1926—2000）

镇江人。曾为镇江师范专科学校中文系教授，梦溪诗社创始人之一。

癸酉秋日登焦岩访茗山长老不遇

洞额三诏旧迹非，吸江楼上看朝晖。

海门烘日霞飞练，佛屋凝烟雾作围。

宝殿诵经龙出岫，苍崖铭石鹤归矶。

禅房阒寂云游去，羡煞城南老布衣。

解连环·望梅

庭前蜡梅一株，小寒日数枝竞放，幽香扑鼻，盘桓树下，不忍遽去，因填小词为记。

小寒时节。渐彤云漫卷，朔风吹冽。惊北梢遍得阳和，傍出处、黄昏数枝齐发。时送芬芳，巧梳裹、揉酥

镇江诗词楹联作品集 1949—2022

搓蜜。尽包金嫩蕊。嵌玉落英，剔透冰洁。　　端庄更谁堪匹？正幽香浅水，疏影凉月。且莫论、铁骨仙姿，直傲视富贵荣华清绝。庭下徘徊，恍怨慕凄迷闻笛。待漫天飞雪，再恹此君三叠。

纪念沈括逝世 900 周年感赋

退处林下士，深居绝过从。

酬酌三悦友，赏娱九客同。

日抄宾朋语，时采阎里风。

稽讹正当世，博洽赅前踪。

眼见补时政，耳闻益困蒙。

地质兼律数，天文及河工。

诸家多援据，后代极推崇。

二疏乘东海，熙载误文公。

蚧壁原海陆，红光验吉凶。

投地陨星石，入溪饮水虹。

解知石烟价，特著胶版功。

九百周年祭，一编遗著彤。

遗址依然在，高斋渐生蓬。

梦化新境地，溪失旧形容。

瞻彼深渊博，仰止高山嵂。

座标名世界，伟哉一沈翁。

沁园春·毛主席百岁诞辰，敬依原韵

仙乐钧天，户诵家弦，响遏云飘。为工农革命，情系苍莽；人民解放，思逐奔滔。马上吟成，军中写就，

镇江诗词楹联作品集

1949—2022

谁个能与君比高？梅含笑,看山花烂漫,一片妖娆。 词坛百态千娇，有多少才人堪折腰。数苏辛豪迈，犹亏妩媚；周秦婉约，总欠风骚。亡国词君，江南后主，挥泪蒙尘恨早凋。俱陈迹，论擎天国手，百岁今朝。

代多景诗社挽李宗海名誉社长联

谪仙蜕去，京口痛失老耆宿，苦恨百年未满。引领多景诗坛，浅斟低唱，律细音圆植后进；

辽鹤归来，昭阳指认旧桑梓，堪慰千载难逢，赓续板桥书派，拂素飞毫，气清神健追前踪。

寄奴居

躬耕垄亩，伤药久传寄奴草；
亲执耒耜，遗教曾贮丹徒宫。

寿丘山下，漕水似争西津渡；
刘裕宅边，松涛疑演北府军。

杨效颜（1895—1976）

镇江人。曾为市民革副委。多景诗社社员。

漫兴（四首选一）

行年七十不稀奇，却喜生辰首夏时。
多景楼头飞紫燕，读书台畔听黄鹂。

鲥鱼买到连鳞煮，蚕豆餐来带壳宜。

更爱石榴花欲放，瓷瓶注水插新枝。

西江月·为政协题赠少年之家

一带垂杨如画，隔河几座红楼，满天云雾一齐收，旭日东升时候。　　寄语万千小友，慎毋闲度春秋，蹉跎白了少年头，愧煞吾侪老叟！

自　遣

家居事事漫相催，蔬菜香花择地栽。

扁豆丰收悬满架，番瓜秋老聚成堆。

妻调剩粥充鸡食，我惜残羹杜鼠来。

最爱绿荫深巷里，门前几处海棠开。

西江月·壬寅重九多景诗社成立喜赋

今日重阳佳节，联翩同上高峰。耆英笑语画楼中，更把韶华珍重。　　万顷波涛洗荡，风吹细雨蒙蒙。高歌一曲满江红，声溢山城铁瓮。

杨森焱（1979—　　）

女，河北人。报社编辑，句容市诗词楹联协会会员。

雨游茅山

山色雨空朦，清泉隐涧中。

驱车虬路进，疑上九天宫。

杨新勇（1951—　　）

镇江人。镇江市老干部诗词协会会员、松梅诗社社员。

梅　雨

南门咫尺间，极目数天宽。

泼泼龙舟水，招招虎踞山。

风生惊草木，曲尽拍栏杆。

濯足随源去，清凉顾我还。

浪淘沙·客居袁州

听雨伴无眠，思绪翩翩，腾云穿雾会神仙。世态炎凉多看透，一笑谁言？　　清气沐人间，泽润心田，何曾偷得半时闲。滚打跌爬虽往矣，仿佛昨天。

杨燕子（1973—　　）

女，笔名燕子，美籍华人。数学硕士，择术杏坛，耽于诗词。竹韵汉诗协会副会长兼竹韵海外诗刊主编。所作诗词俱出版于竹韵海外诗刊。

一张旧照片

泛黄旧照忆从前，往事依稀过似烟。

方格本涂浓淡字，橡皮筋跳短长篇。

轮回时可生圆月，岁逝终无复少年。

自看如今常碌碌，浮尘一粒也怡然。

周　末

屋外园林坐一隅，夕阳今又画秋图。

此间湖水蓝深浅，几处层峦黛有无。

时溯曹刘何慨尔，偶吟李杜也欣乎。

归庐小酌金风盏，周末如斯不负吾。

临江仙·随步公园

与友徜徉午后，携娃听桨园中。枝香摇落一重重。日移杨柳影，裙飐杏花风。　　燕说看轻荏苒，莺谈笑任穷通。一眸春色为吾浓。湖鸳濯浅碧，岸蕊叠深红。

风入松·持爆米花思祖母

米花今又啖他乡。圆粒裹焦糖。说来半捧寻常味，遣我回、年少时光。怡悦嚼时重叠，旧痕咽处思量。

长思蓝布碎花裳。纹浅鬓清霜。垂髫黄发常搀手，共穿行、流岁苍茫。谁酿衷情成阕，一笺滋味深藏。

临江仙·春晨独步

闲拾轻寒一径，澹烟几处蒙蒙。晨曦初上旧花丛。

浅黄涂晓月，嫩绿染和风。　　愁绪悄随云远，清心舒与山同。流莺花底问春容，纤纤新柳里，潋潋瘦湖中。

鹧鸪天·知春

轻绪随烟拂远空。片云冉冉霭蒙蒙。童追淡碧喧时影，吾倚幽香静处风。　　暮色异，素光同。小庭篱落晚花丛。挼来窗外稀疏瓣，又染离笺几片红。

高阳台·金庸作品人物之令狐冲

古径斜阳，青山野壑，疏狂犹似今朝。思过崖前，记曾同坐清宵。情伤冤事如霜雪，上眉梢、又染襟袍。且休休，剑误冲灵，曲认琴箫。　　尘寰回首风波叠，任纷争都付，涧水滔滔。相伴今生，云山烟水迢迢。侠心自古何须问，利与名、都是无聊。走天涯，笑傲江湖，物外逍遥。

束　昱（1991—　）

镇江人。多景诗社社员，吴门诗社社员。

马踏苍山

望山壮心在，驰骋踏崔嵬。

远涉日寒照，高瞻雪乱来。

云吞万井没，天向数峰开。
俯仰人何许？长空马啸哀。

过南普陀寺

宝山尘迹绝，松径法门通。
雨过数峰净，云开三界空。
涛声禅寂里，夕照梵音中。
我意复何执，心斋但慕风。

暮　春

芳意曾无限，韶光但有涯。
浮名随代谢，傲骨抱疴斜。
有玉难寻贾，经春未遇花。
聊将托锦瑟，弹指即年华。

途　穷

西风凉透听悲歌，岁暮途穷将奈何。
方出华容亡命道，旋临落凤不祥坡。
九重云路哭北辙，三十功名伤逝波。
书渐无心学无味，既知明日亦蹉跎。

登西津云台山

江开晚霁暗穷阴，扶病山川晚一临。
万井风高袭身简，千门木落逼年深。
人如旅雁迷天路，世似寒阳消壮心。
岁月重来又如许？是知津矣费他寻。

岁暮感事

大器雕磨晚未成，风华摇落又秋声。

空闻西蜀人题柱，惯看长安花满城。

乡里寒暄暗厚望，江湖遗笑托浮名。

青春一觉黄粱熟，岁暮途穷百味生。

步小妮（1971— ）

女，镇江人。中华诗词学会会员，润州区诗词楹联协会理事。诗词作品入编并发表于《中国诗赋》《江海诗词》《多景诗词》《润州诗词集》。有诗集《清风明月》等。

三　月

东风慢踱台城路，芳草萋萋柳似烟。

莺啭绿荫花雨落，人间正是絮飞天。

岩　松

萧萧岩上松，孤傲挺姿雄。

清影横天地，长歌啸宇穹。

忆秦娥

眉间俏，人生只道相逢好。相逢好，楼头月小，花间春早。　　当时难舍明眸笑，凭栏不尽关山渺。关山渺，半为峰影，半为夕照。

镇江诗词楹联作品集 1949—2022

沁园春·满眼风光北固楼

北固楼前，江山如画，旁眺无边。叹凌云西祭，望穿蜀道；稼轩北怅，拍遍栏杆。控楚襟吴，金戈铁马，烽燧狼烟映地残。荒凉处、任一江清月，千古同眠。　今朝意气峥然，长歌颂、朱方尽媚妍。看三山江枕，百舸竞渡；九泾桥陌，万荻倾欢。京口骄颜，华章胜景，妙境疑非尘世寰。征途畅、更风鹏正举，直上蓝天！

肖　流（1923—2011）

安徽舒城人。曾任镇江船舶学院（今江苏科技大学）院长、党委书记。中华诗词学会会员，市诗词楹联协会、松梅诗社顾问。有《学中吟》《老来吟》《枫叶集》《心声集》《肖流吟草》等。主编《夏冰流诗画选集》。

观钱塘江大潮

倒海排山卷怒涛，钱塘浪涌起狂飙。

四方云集江边客，遍是人潮看大潮。

西江月·再贺上海理工大学百年华诞

旧雨新知又集，嘉宾贵客纷临。更逢举校庆芳辰，多少时髦贤隽。　去岁曾来叙阔，今朝再作长吟。欣看桃李遍成林，回首百年兴奋。

注：上海理工大学是由原沪江大学和上海国立高机大学合并的。沪江大学成立于 1906 年，上海国立高机大学成立于 1907 年，故有两次校庆。

镇江诗词楹联作品集 1949—2022

肖奇光（1944— ）

湖南湘乡人。中华诗词学会会员、中国楹联学会会员。

焦山胜境

草莱花树报芳馨，指点松寥入画屏。

遐想竹庵雍意趣，侧闻僧寺动风铃。

务观题字摩崖迹，居父考碑瘗鹤铭。

结记江头千载度，益滋浮玉发新荣。

南山杜鹃

勃郁琼枝起惠风，花开阆苑润州逢。

踏行对景茸罗带，游赏南郊卉满丛。

可察盈成洼水绿，当思散播映山红。

绯衣女子升仙记，引客倾城每有衷。

湘潭碧泉湖公园联

互出灵奇，岸岛花荣，唯美片区林带映；

都来动静，泉溪水秀，四宜生态海绵涵。

齐梁故里牌坊联

钦仰古贤风，指顾江山，遥念帝王存正统；

熟精文选理，标扬翰墨，放知山水有清音。

镇江诗词楹联作品集 1949—2022

"李贽杯"征联

道形载自然，追光蹑景；

言意参先绪，至论藏书。

纪念弘一法师驻锡温州 100 周年联

徽宣祖国歌，新格演音，静雅修能分律绎；

式展高僧嘱，晚晴弘法，悲欣庆福显名尊。

钱学森纪念馆钱问阁联

敢悟机缘，通绎卡门钱，兼包术业三方父；

休疑器度，独标科学论，定比军兵五个师。

汤真洪（1966—　　）

又名正洪，号无香居士、菊花堂主。镇江中泠印社副社长，镇江市书法家协会理事，乌鲁木齐书画院副院长，乌鲁木齐美术馆副馆长。著有《江山入印痕》《南山烟雨》等。

贺鸿鹤齐舞小品展有感

元气淋漓翰墨浓，鸿儒硕学老陶翁。

梅妻鹤子归高隐，古籀芳兰妙笔工。

庚子春雨中游寒山寺

普明宝塔枫桥影，拾得寒山宿世缘。

竹经通幽禅院静，姑苏城外有情天。

庚子芒种西泠访友

缶翁铁笔孤山道，烟雨平湖柳色遥。

丹篆拓摹碑帖好，归来长忆石栏桥。

吴 强（1965— ）

号冠东、蓝山虚谷，江苏宝应人。现为镇江市诗词楹联协会特约研究员，中国民间文艺家协会会员，中国楹联学会会员，中国书法研究院理事，中国金陵印社理事，江苏金陵书画院副院长。

鹧鸪天·夏日清溪宽且长

夏日清溪宽且长。佳人偏向水中央。身如白鹭亭亭立，心似汀兰暗暗香。　　惊落雁，盖群芳。青山勉力倚新妆。愿君永遇长流水，不负痴情白月光。

鹧鸪天·夜半归来酒半醒

夜半归来酒半醒。街空楼静草虫鸣。远山漫漫灯光浅。近树幽幽风韵清。　　从醉里，忆曾经。几多心事诉谁听。此生只为心中梦。日月星辰伴我行。

述 怀

平生多意气，毫发亦风流。

壮志凌慷慨，奔流自不休。

诗书乘大义，琴剑度春秋。

星月莹千岁，仁心眷百忧。

皓德明万古，正大照九州。

忘我随缘去，桃源一叶舟。

云中几度梦，仙境又重游。

玉女采莲曲，花中卧锦酬。

霞光凝软露，旦日印双修。

吴 铸（1936— ）

镇江人。曾为连云港市诗词协会副秘书长，《东海诗词》副主编。

感 赋

垂暮禅心自悟时，炎凉得失任由之。

随缘不作长生梦，阅世宜从旷达师。

问舍求田虽已已，挥毫拈韵总迟迟。

深居蓬荜无风色，策杖春滩看鹭鸶。

致挚友沈恪

梦里犹乘访戴船，衷情欲诉渺如烟。

青春共读闻鸡舞，白发孤吟待雁传。

所幸沉疴痊过半，犹期拙作再盈千。

欲还诗债阎罗许，襄助求君二十年。

吴本玲（1977— ）

女，句容人。绝句小说新文体研究会执行会长，江苏省诗词协会会员。

无 题

临窗听夜雨，研墨写新诗。

陋室藏高远，凌云总有时。

壬寅元夜宿茅山

霓彩妆幽径，清池袅暖烟。

冷香萦福地，焰火映瑶天。

茗瀹云窗下，诗飞翠阁前。

凝眸遥眺月，独赏玉轮圆。

桂枝香·下蜀吟

凭栏立足。晚照夕阳红，几点鸿鹄。千里清波滟潋，荻芦如簇。舟归帆往来回里，棹歌飞、黑鸬舷匐。大江南岸，名城下蜀，宝华山麓。　　看今日繁华竞逐。那烟火霓虹，争燃相续。极目苍茫四野，画图难录。荣昌盛世谁堪比，便交通、铁路轮舳。待他年后，携壶歌酒，再吟新曲。

江城子·建党百年颂

南湖水碧漾红船，聚群贤，著鸿篇。歃血为盟，建党誓擎天。壮志凌云惊日月，披肝胆，舞征鞭。　　百

镇江诗词楹联作品集 1949—2022

经风雨灭狼烟，斧镰悬，赤旗翻。星火燎原，熙焰耀河山。史册谱新开巨制，神龙跃，九州欢。

吴邦英（1898—1980）

字瑞昌，号策勋，别号广居，江西修水人。1924年赴日本留学，1951年至1958年在省立镇江师范学校任教。有《朱溪集》。

论书诗二首

华阳真逸瘗鹤铭，书为神品实可称。

丰碑雄肆多变化，苍古超逸莫能名。

广武将军碑隶书，体似钟鼎之款识。

画虽瘦峭势基厚，别开生面不易得。

吴次藩（1886—1982）

镇江人。长文史，工诗词。曾为江苏省文史馆馆员。

感 怀

孤负须眉七尺躯，文章事业两均无。

远游本自宗王粲，盲目何曾识子都。

虚历风霜惊老大，空谈今古鲜分区。

疗贫休听刘郎语，问舍求田一鄙夫。

清明日途遇扫烈士墓群众口占（二首选一）

南宋冬青剧惨伤，唐陵汉寝亦芜荒。

羽轻山重评量定，赢得平民胜帝王。

北固山怀古

堂堂相业赞皇公，定乱筹边盖世功。

北固塔空留建置，南荒谪竟了英雄。

好词绝妙传坡老，雄略终辜惜稼翁。

爱国贤豪留爪迹，川辉岳映壮江东。

丙辰岁赠李退翁

芬芳翰墨夕阳天，文字与公有宿缘。

愧我江天苦萧瑟，输君乐似地行仙。

吴守恒（1952— ）

句容人。著有《茅山民间传说故事》。

葛　洪

抱朴先生曰葛洪，罗浮得道小仙翁。

句容大邑名门族，幼学精明事理融。

镇江诗词楹联作品集

1949—2022

秦淮河

悄绕青山缓慢流，芦滩栖鸭浪嬉鸥。

菜花灿灿禾苗绿，碧水丹峰景独幽。

葛仙湖公园

一方秀水靓城西，塔影湖光醉眼迷。

柳染鹅黄暖风起，游人如织压芳堤。

吴宗海（1936—　）

江苏兴化人。南京大学毕业，曾为镇江师范专科学校中文系主任，多景诗社社员。有与人合著《诗品今析》《全宋诗订补》，专著《养一斋诗话笺注》等。

悼王林书兄

廿载曾经秋肃，几年才获春温。

苍天不遗一老，令人泪飞倾盆。

吴诚龙（1950—　）

镇江人。市老干部诗词协会会员，松梅诗社社员，市老年大学壮心诗社社员,市作家协会会员,闻捷研究会会员。

冬 梅

池头斜映一株红，却是寒梅傲雪中。

缕缕清香堪醉客，月移花影舞苍穹。

赠蒋光年老师联

才见诗书画，京口堪誉名士；

德涵礼义仁，杏坛实是先生。

吴承良（1928— ）

镇江人。曾任镇江市十五中校长。晚霞诗社社员。

眼儿媚·游周庄

弯弯远河架石桥，船荡橹轻摇，屋排两岸，店开巷道，酒幌高标。　　往年老宅难寻觅，此地庭院高，沈厅仍在，依稀旧貌，古镇多娇。

吴俊彪（1971— ）

江苏高邮人。中华诗词学会会员，镇江市诗词楹联协会会员，润州区诗词楹联协会副会长。

【中吕·山坡羊】反腐倡廉

惩奸除贱，推贤扬善，中华复兴人民念。吏心莲，庶心连，扬清激浊波涛溅，扶正祛邪凭道远。贪，百姓怨；廉，百姓愿！

吴涤楼（1881—1952）

名棠，字涤楼，江苏扬州人。早年留学日本，曾执教于镇江师范等学校。

避地吟

泣下沾襟说乱离，庭闱消息费猜疑。
慰怀但饮他乡酒，忍死要看我国旗。
客信连宵投客梦，天伦无数在天涯。
归途忽闻听声起，满眼黄芦不见谁。

吴调公（1914—2000）

原名吴鼎第，笔名丁谛。镇江人。曾为南京师范大学中文系教授，中国古代文学研究会理事，《中国思想家评传》丛书副主编。著有《神韵论》。

临江仙·钟山诗会登中山陵纵目寄台湾同胞

满野寒梅芳未歇，春风又绿钟山。神州佳气郁龙蟠。风流思白傅，我亦爱江南。　　东望台澎萦骨肉，料应倦鸟知还。鸥腾鱼跃柳毵毵。归灯酬别梦，咫尺是乡关。

浪淘沙

西安唐诗讨论会毕，与华钧彦、陈迤冬、程千帆、舒芜、霍松林、金启华诸公同游杜陵，缅怀工部。

极目莽原春，诗史长青。十年冷炙剧悲辛。纵使填沟甘饿死，风挟雷霆。　　三昧最唐人，新禊如云。风骚湖海萃西京。愿共瓣香传一脉：骨肉苍生。

何满子·赠伯昂兄

才听竹西歌吹，又温铁瓮涛声。漫说儿时游眺地，树窠堞影难寻。白发初惊羁旅，青灯犹证前盟。　　肝胆照人余几，银台且共重登。岭上云情萦几席，眼青更助山青。莫惜匆匆投辖，豪谈愿续金陵。

邱建国（1972—　　）

江西武宁人，居镇江。中华诗词学会会员，镇江市润州区诗词楹联协会会员，"润州诗词"公众号编辑。

建党百年抒怀

南湖云涌浪潮奔，觉醒中华亿万民。

除寇驱魔明日月，战天斗地暗星辰。

红旗漫野丹心赤，烈火燎原主义真。

世纪蓝图描伟业，百年大党正青春。

何广林（1976— ）

扬中人。扬中市诗词学会会员。

暗香·过胥口有怀

登高临远，又江南秋去，故园将晚。夕照生烟，陌野苍茫入霄汉。十里峰峦叠嶂，归鸟疾、西风漫卷。枯枝折、水瘦山寒、恰似画中看。　　空叹，酒斟满。念岁月蹉跎，红尘纷乱。别离聚散，书剑恩仇一挥断。自古英雄寂寞。平生意、弯弓长箭。且笑我，霜发染，赤心难遣。

小重山·晚曲

天接平芜起峻峰。正余晖夕照、落霞红。孤帆一片暮光中。尘扑面、寥廓听禅风。　　沧海卷云龙。看千秋万古、荡英雄。人非物是转头空。归去矣、采菊在篱东。

西江月·早春赠友人

细雨和风生暖，青丝罗袜沾尘。一川烟色近黄昏，点滴心事谁问。　　梦醒不知去客，月明还照归人。何妨老酒换诗文，成败是非莫论。

南乡子·杂感

立志驾长风。飞上云台看劲松。邀影对花同煮酒。浓浓。心在江湖剑似虹。　　来去两从容。一枕黄粱万事空。岁月有情人有意。匆匆。雁字斜阳听晚钟。

临江仙·初夏夜

流水三分清浅，浮光一点朦胧。幽幽长笛落花中。画桥烟柳外，明月在楼东。　　小字红笺别样，歌声夜半谁同？丝丝香茗忆重逢。空阶犹伫立，心语寄南风。

破阵子·冬夜听雨

小筑凭风弄影，空阶听雨鸣弦。一曲宫商知冷暖，半世浮沉历苦艰。红尘看万千。　　美酒他乡醉客，孤心高枕难眠。纸上荣华终梦里，笔下沧桑似眼前。人无再少年。

何以范（1924—　　）

镇江人。松梅诗社常务理事，壮心诗社顾问，湖北东坡赤壁诗社社员。

春游山村

古树青藤野草花，小桥流水傍农家。
莺啼千里留春驻，牧笛随风弄晚霞。

镇江诗词楹联作品集 1949—2022

斑鸠

林壑深栖自在鸣，飞烟穿雨寸身轻。

霜峰雾月乌云散，只钓春光不钓名。

悼表兄骆文（二首选一）

恨天降祸卷硝烟，遽失奇才几让贤。

黄鹤悲啼江水啸，龟蛇疾首雨声咽！

追思侠胆炎黄魄，展读琴心赤子篇。

讵料今朝成永诀，心香凭吊梦犹寒！

何海茵（1957— ）

扬中人。中华诗词学会会员，扬中市诗词学会会员。

相见欢·夏日

蔷薇满架香时，碧蛙池。小麦覆田黄润、雀儿飞。

溪桥畔，鸭足乱。柳条垂。雨后满山花色、看参差。

何培树（1962— ）

丹徒人。中华诗词学会会员。江苏省诗词协会"江海诗词"公众号组委会副主任、镇江市诗词楹联协会副会长。

锦帐春·游梅花山

千枝微红，溪河清碧。叹冷雨寒风终毕。柳芽萌，梅粉艳，望景区染色。游人如织。　玉蝶娇羞，美人难觅。幸绿萼半开堪惜。嗅花香，挥巨笔。绘舟孤林密。径幽音寂。

鹧鸪天·腊日登圌山

结伴登山望劲松，大江两岸一桥通。塔边拜谒人潮拥，阶上穿梭年味浓。　踏石板，送寒风。报恩心境古今同。观阳已遂平生愿，我辈还能愧望中？

卜算子·题卖花渔村

盆景列前头，花朵开无数。雾掩云飞形似鱼，疑有仙人住。　松柏遍山坡，游客频回顾。念好勤劳致富经，迈向强村路。

采桑子·落花

蜡梅还剩兰花落。冬即萌红，春竞飘红。入夏香消沃土中。　叶生花谢寻常事。来会称雄，去可成龙。各领风骚韵味同。

鹧鸪天·独酌

无奈妖魔又犯狂。异乡独酌对孤墙。方闻东北千人染，又见周边百姓慌。　春乍到，雨仍凉。离人漂泊断愁肠。何时霾雾烟消去，还我江南清爽妆。

捣练子·贺神舟十三成功返回

巡宇宙，探空天。神舟逐梦震瀛寰。傲苍穹，谁敢拦？
挥巨笔，写新篇。半年往返有何难？喜归家，笑开颜。

念奴娇·端午吟怀

精挑苇叶，裹蛋黄糯米，粽香佳节。端午时分常忆
起，自古离骚堪绝。至善君心，忠诚赤胆，九死均难灭。
手书天问，望之堪比探月。　　往事欲说还休，汨罗江
畔，今喜龙舟越。浪急风高何所惧，一马当先如铁。谈
笑从容，雄姿英发，任那西风烈。激情澎湃。有期台海
擒鳌。

芳草渡·春情

桃花落，李枝留。风初起，雨方休。湖边飘柳使人愁。
寒意起，心绪乱，独登楼。　　鸳鸯散。情侣怨。寂寞
相思不倦。茶香溢，酒香稠。金难换。痴梦远。醉神游。

南歌子· 镇江香醋

恒顺同行冠，声名四海扬。开坛十里散绵香。健胃
美容消食，诱人尝。　　自古偏方酿，从来韵味长。而
今新品更芬芳。醋酒酱油调料，列成行。

卜算子·碧水绕金山

碧水绕金山，游客频回首。时见鱼儿雀跃来，此景
终常有。　　自律能牵头，治污同携手。高企倾心发力中，
看我江南秀。

余 忠（1947— ）

丹阳人。曾为沁芳诗社副社长。

乡歌一曲倍销魂

燕翔紫昊叩天门，莺序苍原啼柳村。
五色春花常媚客，九重秋叶足怡神。
沙场鼓角催人老，市间烟云寄浊尘。
莫教琴弦沾浴气，乡歌一曲倍销魂。

冷 城（1940— ）

丹徒人。现为江苏省诗词协会、镇江市诗词楹联协会会员，镇江市老干部诗词协会、丹徒区老干部诗词协会和镇江新区诗词协会会员。

咏小区全民核酸检测

斜照绿荫飞鸟鸣，防冠有序问津行。
殷勤天使未移步，不觉万家灯火明。

鹧鸪天·吟春

倾耳听莺看岁华，喃喃飞燕柳丝斜。层楼安住绕芳树，大道公交连海涯。　　山苍翠，水笼霞，乡村何处不清嘉。沃畴禾绿望无际，谢了桃英有菜花。

镇江诗词楹联作品集 1949—2022

虞美人·断山春色

垂丝雨润胭脂佼，荡漾嫣然曜。拱桥柳水隔尘埃，笑面桃花轻步抒心怀。　　绿荫深处楼清丽，高铁过乡里。沃畴芳苑鸟飞翔，宜地人勤何处不风光。

冷 遹（1882—1959）

丹徒人。南社社员，军事家、政治家，中国民主政团同盟（中国民主同盟前身）创始人、民主建国会（中国民主建国会前身）创始人。

过淮阴客栈

初听流莺两三声，为爱残春带雨行。

百岁光阴将过半，人生哪得几清明。

挽孙中山

三千年帝王本纪，一笔勾销，建中国新纪元，五族共和，旋乾转坤凭赤手；

四百兆人民主权，万邦公认，弃天下如敝屣，九州多难，披肝沥胆为苍生。

汪 玢（1925—2011）

字玢如，徽州婺源人。江苏工学院（今江苏大学）

镇江诗词楹联作品集

1949—2022

教授，多景诗社顾问。有《南窗韵语》《诗词散曲典藻例解》等数十种著作、译作行于世。

题朱继明《南冠集》

九月秋高草色黄，几多往事断人肠。
南冠一种鹃啼血，啼得天荒地也荒。

题于文清《映碧诗存》

白丝江东鲜粲粲，风情月意与消磨。
可怜市价君知否？不抵幺娘半阕歌。

题蒋光年《丘溪吟草》

丘溪诗作一百首，量来珠玉二三斗。
隋珠烂烂夜生光，汉玉温温春在手。
诗筒画板两皈依，人分天缘也合宜。
一副江南好鞍辔，伫看青阳道上马蹄飞。

望江南

丙戌春月回婺源，周游全县，拾旧迹，晤亲朋，大是快乐也。书小词六章以纪之。

婺源好，山翠逼人来。幽涧濛濛飞白雨，危崖艳艳野花开。水木绝尘埃。

婺源好，流水一湾湾。水面红鱼吹白浪，枝头黄鸟叫绵蛮。人倚画栏杆。

婺源好，古洞忒希奇。直下幽冥三万步，地河舟送出前溪。风日又光辉。

婺源好，况味说人文。朱氏佳城环绿树，天官老宅溢清芬。傩舞大招魂。

婺源好，风俗最淳真。家有诗书能贾福，山多宝货不忧贫。做个乐天人。

婺源好，我本婺源佬。耄耋归来拾旧踪，登山临水天光晓。高唱江南调。

赠光年

光华冉冉，天道恒新；
年月骎骎，自强不息。

游南山

两脚登山，竹韵鸟音真雅淡；
三杯下肚，词锋诗吻互纵横。

题金山泽心寺

老矣金山，昔昔今今，看白水东流，青烟幂地；
美哉泽寺，朝朝暮暮，仰法轮西运，梵呗浮天。

题北固山多景楼

北固临江，挹万里洪波，天低吴楚；

南姬去国，奠三分世业，功在孙刘。

题沈括纪念馆

数卷奇文，物态天心匀翠墨；

一钩初月，南航北驾为苍生。

题镇江古城

北水滔滔，挟一地吴云，九天楚雨，上国鱼龙往东去；

南山郁郁，出千竿翠竹，百斛珠泉，高僧衣钵自西来。

纪念鸦片战争 150 周年

四亿多民众起来，大野沉沉兵气合；

一个半世纪过去，中天荡荡月轮高。

汪稚青（1919—　）

安徽黟县人，号晚霞老人。多景诗社社员。有《柳如是别传》《晚霞韵语》。

金　山

遥睇云天搓倦眸，诸公吟啸兴何遒。

鸳盟龙战谈书史，蟹聚螺分数渚洲。

红玉援枹传壮烈，素贞倒海说风流。

向隅嗟我悭清福，剩把残编拥案头。

焦　山

千里文豪聚此中，挥毫分韵角雌雄。

看人妙手来探骊，几辈长缨敢缚龙。

驰逐云衢腾德骥，寂寥江岸隐冥鸿。

孝然渊默谁能识？蜷曲蜗庐梦彩虹。

北　固

当年青兕恸神州，剩水残山不尽愁。

无产英雄回日驭，今朝人物看风流。

名山胜景盍簪集，诗会群仙珥笔游。

俯唱遥吟飞逸兴，和声鸣盛竞歌讴。

招　隐

想见丹山隐士庄，柴门石砌薜萝墙。

鹏歌鼓吹诗情畅，文选矜严翰藻香。

尊酒论文饶逸韵，衣冠拜石岂真狂。

良辰美景招佳客，珠玉纷披满锦囊。

寄弟台岛

　　一封函札如亲面，两字平安抵万金。喜极翻疑身在
梦，狂欢纵笑泪沾襟。桃园夜宴酒微醺，花萼楼头望夕

曛。抚盏拥衾都系念，何须逢节始思君！云中屡见雁西飞，海外羁人胡不归？　　风尘行役嗟系念，读到风诗感式微。故乡何处路漫漫，画里家园壁上观。想象征人思我日，草山西向望玲山。雁影纷飞卅四年，一衣带水两心悬。寄言季子归须早，知否阿兄雪满颠。

沙一鸥 (1916—2013)

丹徒人。中医专家，多景诗社社员。著有《芜诗存稿》。

游大港绍隆寺

古寺藏山坞，幽深不可寻。
畦田一望远，村落几登临。
曲径疑迷路，圌峰作指针。
秋游兴尽晚，倦鸟欲归林。

省中医学会成立 30 周年

学会已臻而立年，曾从全省集英贤。
弘扬华夏岐黄术，续谱前贤药石篇。
经验交流多启迪，短长互补更增妍。
振兴有望风华茂，璀灿前程共着鞭。

贺多景诗社 45 周年联

情联咏友吟俦，历届传承，再五周年半世纪；

喜值和风丽日，群科邃密，正十七大始航程。

沈 恪（1936— ）

笔名秋野，镇江人。中华诗词学会会员，曾为镇江市诗词楹联协会常务理事，松梅诗社副社长，《多景诗报》副主编。

忆江南·焦山（七首选四）

焦山美，随季换时装。花袄绿裙堪洒脱，皮衣白帽亦端庄。舟过欲回航。

焦山叹，江畔展新屏。楼似攒峰云上露，舟如聚蚁浪中行。鱼鳖亦堪惊。

焦山恨，江恶失嘉宾。滩渚难寻丹顶鹤，潮流鲜见白鳍豚。何以待龙昆？

焦山静，无语对玄黄。潮去潮来由冷暖，花开花落任兴亡。听浪诉沧桑。

行香子·暴雨遐思

战鼓张扬，万马惊惶，起雷暴，倒海翻江。河干之众，鹄立神伤。怅人如鱼，村如岛，陆如洋。　　年年防患，岁岁遭殃。兴科技，重整玄黄，降龙伏虎，驾取阴阳。令雨天晴，旱天雨，热天凉。

阮郎归·江滨

江滨依偎月当头，清风阵阵柔。天水相映意相投，谁知是蜃楼？　　人阔别，景重游，渔灯点点愁。滔滔东去几时休，韶光随水流。

沈 琦（1913—1992）

别名葩丁，镇江人。有《葩丁唱晚》存世。

生查子·偕同学车水

昨天攀水车，头俯足别扭。蓦地吊冬瓜，车水回头溜。　　今天登水车，昂首长途走。洗耳听东风，脚下飞泉吼。

菩萨蛮·秧田破晓

东方红日烧残幕，秧田觉醒秧针怒。蛙鼓助声威，雄鸡号角吹。　　水车烟里转，瀑布田边绽。驱雀叫"嘀嗨"，雀逃云拨开。

镇江诗词楹联作品集 1949—2022

生查子·自得其乐

喘平闻墨香，心定听琴瑟，篆刻戏操刀，觅句玩平仄。　　门无车马喧，杯水留佳客。游目倚南窗，室有山林乐。

天净沙·双燕，长孙沈跃偕媳蜜月赴海南

差池其羽于飞，定巢千里相随。比翼同心力追，颉颃云水，海南波映朝晖。

渔歌子·题金婚照

同是培桃育李人，古稀相印妙年心。留俪影，祝金婚，灵魂无皱颊生春。

长相思·四代同堂庆中秋

夜谈天，畅谈天。同庆中秋四代欢，开筵迎玉蟾。
人团圆，月团圆。接待嫦娥来串连，小栏花影繁。

沈凤元（1935—　　）

镇江人。松梅诗社原常务理事，壮心诗社副社长。

游浙江天台山方广寺

深山举谷闻飞渡，古寺寥寥对石梁。
罗汉三千何处问，春秋来去自堂堂。

清平乐·黉门夕照

黉门夕照，风发青春少。重读诗书争暮晓，谁道榆已老。　　杏坛廿载芬芳，三千白发颠狂。吾更奋飞思远，莫耽百年时光。

宋 超（1923—2012）

字晓蒙，江苏盐城人。曾任镇江地委副书记。著有《简斋诗词钞》《晓蒙吟草》。

过三峡

急流飞逝过，峻岭刺穹空。

水怒穿山裂，波鸣震地崩。

要门锁猛虎，津口出蛟龙。

峡道风光美，大川天下雄。

迎春花

百草冬眠睡正香，金花怒放迓春芳。

小园点点饶新意，老干青青发玉光。

露爪盘根傲白雪，吐芽缠蔓胜垂杨。

群英催醒齐开放，万紫千红焕我乡。

张 开（1971— ）

镇江人。镇江市诗词楹联协会特约研究员，多景诗社社员。曾在"李杜杯""鹿鸣杯""个园杯""湘天华杯"等全国诗词大赛中获奖。

海 棠

未入杜陵句，能倾学士心。
胭脂怜露冷，和月亦堪斟。

题某诗词网

剧爱歌诗淡里真，红梅一树亦成春。
论坛信有十万众，多是滥竽充数人。

秋 荷

露白寒波下，田田剧可怜。
涉江思楚客，归雁别吴天。
翠冷风间乱，香余雨后湮。
冰蟾何皎洁，一一想清圆。

冬 望

岁晚心徒壮，登高气已平。
云沉涵雪意，野旷带寒声。
千树归鸦暝，孤舟断岸横。
谁家飞铁笛，吹雁过江城。

丁酉中秋后二日，得十四韵

中秋才二日，雨霁动新凉。冷雁归遥塞，寒蛩泣短墙。
因生脱尘想，聊作倚楼望。玉宇凝深碧，冰轮出浅黄。
婆娑明老桂，摇曳射幽篁。穿牖一泓水，临阶半榻霜。
卷帘人寂寂，对影思茫茫。阮籍在穷巷，刘伶犹醉乡。
缀文遗梦笔，得句检诗囊。事业潦而倒，形骸狷且狂。
花簪近彭泽，缨濯入沧浪。挟剑忆年少，欹灯叹夜长。
绿醅浇块垒，清气涤肝肠。立久云侵石，萋萋露滴裳。

步韵丁小玲先生春草三章（选一）

十里春风孰比邻，芬兰芳芷与香芸。
芊芊侵砌犹浮碧，冉冉当门自出群。
每共松杉餐沆瀣，羞从桃杏斗氛氲。
烟痕日日逐天远，不在红尘在水云。

寒　潮

海门树影坠深寒，猎猎惊风吼夜湍。
黄叶连天人欲老，彤云触地岁将阑。
霜欺三径余长叹，身寄一枝容暂安。
怕上危楼成独倚，西来万马破空攒。

长相思

草萧萧，木萧萧。谁向愁边起玉箫，寒窗风雨敲。
山迢迢，水迢迢。欲寄芦花鱼雁遥，心随万里潮。

清平乐

白云生处，忘了来时路。杖影零丁秋已暮，红叶黄花几度。　　从来心迹双清，销凝猿鹤堪惊。归去群山俱瘦，横空雁阵犹轻。

金缕曲

谙尽江湖味。是何年、花开红紫，竹摇苍翠。销得满城风雨后，秋叶依然静美。又总被、凉蟾筛碎。少岁疏狂浑一梦，到而今、梦醒心潮退。我与月，两无谓。　　休教凝伫杯空对。倩谁人、与东坡舞，共刘伶醉。经惯世间青白眼，说甚蛾眉谗毁。终不是、当时歌吹。闻道洲头芦将老，正相宜、橙菊兼鳌跪。萧寺下，话狐鬼。

张　玲（1976—　　）

女，号梅坡，祖籍濮阳，现居镇江。喜古典文学，雅好诗词。有《挹香集》《凌波集》等。

清平乐·昨日之迹

蝶园花海，碧落飘云彩。闲卧灵槎听欸乃，舒卷神思无碍。　　从教翠染红皴，探芳何惜行裙。万古春犹未老，堪怜惟是游人。

沁园春·深杯浅夏

杯汝来前，可识今朝，巾帼须眉？藉易安词笔，聊舒襟袖，幼安英气，暂脱闺帏。善养精神，可浇块垒，何以无分是与非？都休问，且听吾娇叱，效汝征麾。　　通灵蛙鼓如吹。更绿水青山白鹭飞。记荷风初起，酡颜月见，荇花乍放，粉蝶香迷。清景寻常，良辰不待，消得梅坡扶醉归。罍倾也，但后期记省，前事难追。

醉桃源·千棵柳

楝花香已满江城，春归如梦轻。千株老柳忘年庚，月华兼日精。　　随冷暖，自枯荣。柔条折更生。繁华阅尽仁长汀，人间若独醒。

菩萨蛮

东君自负丹青笔，山河绘就谁堪匹？日日画中游，十香歌未休。　　莫嗔花信急，有月还如昔。无我不成春，眉梢到梦根。

世业洲

地势形江表，天成世业洲。
农时鹃劝稼，暇日柳垂钩。
水至吴头秀，山从楚尾柔。
宗风犹绍续，堪泊武陵舟。

张 涛（1960— ）

字丈六，号成斋，江苏溧潼人。镇江市诗词楹联协会理事，多景诗社社员，京口区诗词学会副会长。

过退思园

进退思维谷，林泉一径开。
尘嚣千万里，莫向此中来。

重午寄怀

艾酒怀人醉，孤篷逐浪飞。
白鸥声婉转，华发影依稀。
千载风骚客，一重冰雪衣。
舷边催寂寞，天际暮云归。

重阳寄远

清和菊萼紫英香，饮到微醺意态狂。
挥手抟云沾雁影，回头望月画龙章。
缠绵不尽芦湾雪，寂寞还生竹岭霜。
只道凭高能自许，无灾无病过重阳。

南歌子·中秋

霁雨开新景，盈盈月满楼。还闻桂子带清幽。三径黄英风露好淹留。 春里长思忖，分花到九秋。徘徊餐佩一壶收。漫与重磨飞镜作神游。

〔仙吕宫·一半儿〕谷雨神游汲之堂品茗

林庐春色接天涯，七碗香柔笼碧纱，梦里几回游应家，试新芽，急煞煞心儿乱如麻，寻路罢，一半儿轻车一半儿马。

张 勤（1975— ）

女，镇江人。镇江市润州区诗词楹联协会会员，南徐小学诗社副社长。

已是人间四月天

已是人间四月天，缤纷花雨舞翩跹。
清吟小曲轻旋步，吾乃蓬莱一散仙。

张 静（1969— ）

女，镇江人。《金山》杂志副主编，多景诗社社员。

捣练子·农家乐

春歇处，一篱花，问酒汀洲紫竹家。兴尽不思城市路，小轩闲话啜新茶。

如梦令

南岭噙幽含翠，宿露梢头还憩。鸟语逐风来，鸣碎一潭云水。沉醉，沉醉，心与碧川闲对。

镇江诗词楹联作品集

1949—2022

张 震（1976— ）

笔名箫声客，句容人。江苏省句容高级中学教师，中国民主同盟江苏省委委员会诗词楹联协会理事，镇江市作协会员，句容市诗词楹联协会理事。

三月十九雨中观辛夷花

曾经屈子共愁觞，今日逢君野径旁。
莫笑无聊空举笔，一天风雨写回肠。

元夕两首（其二）

春意尤难定，几枝颇可怜。
知时凝冰雪，随喜映清圆。
苔影根留梦，花痕墨褪烟。
流光自兹去，同是在风前。

贺多景诗社成立 60 周年

柳风又至共晴柔，将赋华章六十秋。
新调难成惭旧雨，春芳随意夺青眸。
疏窗遥望南山月，长夜轻吟北固楼。
盛世同谁歌盛景，大江一曲向东流。

忆秦娥·近冬节

近冬节，西风拭净西窗月。西窗月，年年伴我，惯看圆缺。　　几番冷暖箫声咽，几番纸上尘心绝，尘心绝，梅花可待，再千千阙。

张一琚（1943—　）

江苏阜宁人。中华诗词学会会员，松梅诗社社员。

北固楼远眺

雨霁江城远岫青，归帆冉冉入沧溟。

秋风乍起江波绿，偶见飞鸿下晚汀。

江边晚眺

独立江滨岸柳长，三山远隐水茫茫。

江鸥逐浪风波里，帆落舟归载夕阳。

赏　菊

独爱黄花晚节香，大江连雨入重阳。

秋风亦学春风巧，剪出金英满苑芳。

张云龙（1988—　）

河北衡水人。中华诗词学会会员，六普钻井分公司石油魂诗学社社员，润州区诗词楹联协会会员。

重庆印象

郁树重山百隧穿，半腰叠翠有人烟。

东边岚起西边雨，一路盘空上九天。

镇江诗词楹联作品集

1949—2022

山野两首

繁华渐远鸟空灵，烟缈孤村涧水青。

锄罢西山迎日落，一洼灯火夜飘零。

山崇谷秀野云闲，鱼戏清波几道弯。

欲跃龙门衔落月，夜光独映水潺潺。

捣练子·井架

渝贵地，路盘山。塔立林中化自然。不见曾经烟气障，一身挺作古松寒。

浣溪沙·石油钻井工人

总把他乡作故乡。行囊难舍是红装。青春留在塔中央。　　钢齿且磨金岁月，营房犹忆旧时光。几多风雨打残窗。

张仁里（1927—2018）

扬中人。曾任扬中市诗词学会副会长，并担任《扬中诗词》编辑工作。

咏　萤

腐草孵生体洁莹，茫茫黑夜献光明。

莫言亮点小如许，洒向人间总是情。

张月兰（1947—   ）

笔名兰草，南京人。现为中华诗词学会会员，江苏省诗词协会、镇江市诗词楹联协会会员，丹阳市诗词楹联学会首届理事。创建丹阳市老年大学诗词楹联学会，任会长兼秘书长。为《学诗词》执行主编，《沁芳吟草》主编。

归 雁

乡愁长万里，极目未徘徊。
尚有知音伴，春随踏雪来。

东坡肉

无意葱姜待酒醺，微微炉火起氤氲。
醇香绕舌心中味，未息浮烟不可闻。

几诗友小聚

紧随左右拥还扶，唱和依然梦不孤。
已惯开襟勋可问，犹凭携手寿非图。
才堪济世知余岁，情可交心酒一壶。
应醉眼前痴老子，正添厚茧细雕珠。

春返知青地

一声好日唤天涯，雨后自然无面纱。
放眼扶时桥压壑，开怀跃处石撑崖。
入庄乃见依塘柳，进校还寻伴我娃。
仍是当年黄土味，三杯陈酿佐梅花。

夏夜家乡院中乘凉

近溪傍树绕回风，数点明星月正中。

耳放侧门传犬吠，足蹬横石敞心篷。

蜷身怜见娘添被，支帐厌爬衣跳虫。

扯片浮云扔脑后，自然入梦暖融融。

游早春曲阿水晶山

遥看一点压云低，半露瑶池半掩姿。

壑逐凌波开境界，鸟盘危石啄青皮。

收霜破雾溪穿柳，绕径酿香芽泛枝。

莫说此山真矮小，顿教无语久攀之。

张传明（1970—　　）

河南固始人，现居镇江。就职于运输企业，诗词爱好者。

北固夕眺

长江后浪推前浪，满目青山下夕阳。

淘尽昆仑千丈石，入归沙渚一星黄。

西江月·寄侄（新韵）

江柳初黄无絮，山竹常绿虚心。千年松柏自繁荫。苍狗白云难信。　　莫怨年华易老，百花也趁韶春。光阴一寸胜黄金。落了樱花遗恨。

西江月·望渝

解放碑前耍闹，南温泉里逍遥。七公里处弄江潮。人比春花俊俏。　　北国南疆雨飘，西原东海沙淘。卅年蜀水起渝桥。山上红楼可好？

张兴淮 (1949—)

湖南常宁人，现居镇江。江苏省摄影家协会会员，镇江市摄影家协会会员。曾为镇江市润州区诗词楹联协会理事，《润州诗词》副主编。

致老伴

天下姻缘一线连，茫茫人海识君贤。
前生来世不须问，昨夕今朝即是缘。
滚滚红尘同结伴，浓浓情意共缠绵。
倾心厮守无遗憾，真爱相亲一万年。

张红云 (1979—)

女，扬中人。扬中市诗词学会会员，12 册校本教材《小学古诗词阅读入门》编委。

秋

红叶泛萧萧，亭台影自摇。
残云归一水，疏雨过三桥。

树色随林渺，江声入海遥。

登楼独望月，犹自梦回飘。

张英来（1947— ）

丹阳人。中国楹联学会会员，江苏省诗词协会会员，丹阳市诗词楹联学会会员。

校园读书亭联

空气新鲜，人在亭边停步久；

阳光灿烂，手遮目上看书多。

张贤荣（1945— ）

镇江人。江苏省诗词协会、镇江市诗词楹联协会会员，丹徒区老干部诗词协会副会长。

沁园春·母校 123 周年校庆抒怀

天地交通，华夏韶光，跨纪诞辰。喜栉风沐雨，弦歌不辍，庄严学府，博大精深。桃李芬芳，风云砥砺，渊薮栋梁宏愿忱。兴科技，庆智才卓著，纬武经文。　　风华六载青春，感母校恩培惠终身。值沧桑半纪，堂园重返，欢声笑语，豪气干云。霭霭师尊，莘莘学子，美德优风昭后人。五洲梦，创一流大学，强国富民。

水调歌头·建党 100 周年颂

华夏救星见，百载建奇功。圣船引领航向、井冈战旗红。亿万工农奋起，三座大山击碎，四海焕新容。筑梦复兴路，举世傲称雄。　　振军力，强科技，党为公。惊涛骇浪穿越，苦难万千重。反腐倡廉自律，勤政为民尽瘁，浩气贯长虹。盛誉五洲仰，代代复昌隆。

张泯剑（1962—　　）

句容人。曾为句容市诗词楹联协会常务副会长。

落　梅

深山一树梅，瘦骨伴寒苔。
惟恐人难识，飘香逐水来。

索　茶

春雨敲窗梦不成，举灯棂上尽飞樱。
平明应去浮山麓，坐索新茶带露烹。

浮山品茗

千亩春风生秀色，一方云水入瑶台。
浮山待客无他物，叠翠冰瓯香自来。

重访空青山

春生绿意叠成峰，日照翠微珠碧同。

篁立幽蹊迎逸客，鸟传新语化清风。

巅寒不弃邱墟寂，云暖常怜残寺空。

一纪重临人已老，青山依旧杜鹃红。

张建农（1955—　　）

　　号桃园居士、秋风，扬中人，祖籍江苏常州。中国楹联学会会员，中华诗词学会会员。

减字木兰花

朦胧楼影，雨后轻寒碧水静。槁叶飞花，两岸风摇细柳斜。

汀洲鸥鹭，蒌草滩边闲信步。欲作春风，一任乘云向宇穹。

长相思

江水长，秋水长。物换星移鬓已霜。相思欲断肠。

天茫茫，地茫茫。惜别天涯各一方。倚栏泪两行。

武陵春

　　绿满红消春已暮，景旧复流光。惆怅平添共草长，归去两茫茫。　　灾祸横生行路断，愁眼望家乡。无语凝噎恨入肠，往事俱成伤。

镇江诗词楹联作品集

1949—2022

忆王孙·春思

江南春暮草萋萋，窗外楼高人语稀。冷雨穿心愁万丝，更谁知，渐尽残红催落晖。

清平乐

风停雨住，春已归来处。陌上樟花开满树，芳草萋萋饮露。　　匆匆岁月如流，残阳斜倚西楼。物转星移几度，烟云飘过悠悠。

张持鸢（1993—　）

女，笔名十一娘，句容人，句容市诗词楹联协会会员。

七夕口占

竹案兰盆几瓣花，阑珊灯影映窗纱。
青葳叶上小虫睡，淡淡风声北斗斜。

还　山

策杖还山去，心闲万事轻。
风吹松籁响，白鹤一声鸣。

山居（新韵）

春泉掬手饮，露供采蔷薇。
绿霭宜山色，飘花落晚晖。

心逐云水逝，身向洞天归。

团月垂香殿，虚坛谒太微。

张政权（1947—2016）

字致晨，安徽舒城人。中华诗词学会会员，曾为镇江市诗词楹联协会常务理事，松梅诗社副社长兼秘书长。

西江月·登井冈山

叠岭重峦深壑，欣然万木葱茏。巍峨雄秀点奇峰。革命丰碑高耸。　　不觉心驰神往，如闻杀敌声隆，风尘戎马战旗红，捷报欢歌雷动。

张桂生（1949—　　）

安徽肥东人，现居扬中。中华诗词学会会员，扬中市诗词学会常务理事、副秘书长，《扬中诗词》副主编、《校园诗草》主编、《新坝诗词》总编、《宝晋诗词》主编。有《张桂生诗文选》。

秋　菊

溪畔地头边，黄花灿若仙。

立身无媚骨，矢志伴枯莲。

不比春桃丽，独钟陶令妍。

枝头抱香死，大德出天然。

风 筝

朗朗晴空一线牵，如同云里看游仙。

葫芦伴奏春光曲，天籁和鸣盛世弦。

莫道逍遥无束缚，须知守节更安然。

东风起舞人皆仰，笑看云霄万重天。

临江仙·扶贫干部

百计千方圆梦想，实施精准扶贫。改山改水拔穷根。困难何所惧，意志比昆仑。　　山路如弦弹妙曲，肥多叶茂花芬。张张笑脸若虹云。家家奔富路，实现小康村。

贺镇江书画协会成立 35 周年联

雨雪风云皆入画；

梅兰菊竹可为诗。

自题联

揽一帘风雨，笑对炎凉冷暖；

怀四壁云山，坐看东北西南。

南京仪凤门联

三孔拱门，门纳千年风雨；

两条水洞，洞开万里江山。

张晓波（1974— ）

女，江苏武进人，现居镇江。镇江市作家协会理事。润州区诗词楹联协会原副会长。作品入编并发表于《中国诗赋》《江海诗词》《多景诗词》《润州诗词集》。

怀焦光（三首）

身是焦山客，心为四海家。
听风寻境界，书梦至天涯。
千代堪彰表，万年能吐葩。
诏三知世味，名利莫相加。

君本山中客，日深难记年。
繁华观未觉，时事挽仍迁。
舞有翩跹意，书成骀荡天。
诏三谁不起？千古却安然。

容身小天地，心底大蓬莱。
野衲扫余照，樵夫担峭台。
朝鸥江上起，暮色石边来。
最忆焦公隐，堪称世俊才。

无　题

润州回梦大江头，依旧繁华入眼眸。
北固山横峦叠翠，芙蓉楼立浪浮鸥。
伤心谁见蛇仙泪？叠韵唯凭曲水流。
一路春风人不识，钢成百炼恣情柔。

张晓斌（1967—　　）

江苏盐城人。中华诗词学会会员，镇江市润州区诗词楹联协会理事。

蛙

呱呱一语破天惊，未以身微视自轻。

守得门前三尺地，看谁敢作害人精。

静山吟

人间无处不奇门，莫用高低问贵尊。

但看苔微花却艳，小山依旧效昆仑。

题结婚 30 周年纪念日

岭生碎雪没青葱，总羡桃开谢又红。

皱落眉间休说老，对眸依旧动春风。

重读《水调歌头·重上井冈山》有感

无须屈指说辉煌，锦绣山河眼可量。

揽月飞天今便易，遣龙捉鳖已寻常。

新将好梦耕千度，更把蓝图寄五洋。

虽说西枝残叶在，东风必定扫枯黄。

一剪梅·春意

一记寒霜力已微，梅艳芳枝，燕又新归。池边细柳嫩芽黄，萌草还青，露出春机。 趁把东风唤入扉，富了清思，动了琴徽。诗茶作伴复凭栏，远负常安，许我心飞。

贺多景诗社成立 60 周年

多景花开，六十春秋承一脉；

百家辙合，三千曲律举群雄。

贺润州诗协成立 10 周年

倾情国韵，群贤共约；

助力南徐，十载同歌。

援沪抗疫

携手除魔，热血千夫担大义；

并肩守沪，真情一路化春风。

张家春（1925— ）

扬中人。曾任扬中诗词学会秘书长。

浪客吟

四海为家习以常，朝秦暮晋宿魏梁。

天山渴饮千年雪，岱岳遥看万里洋。

燕士豪情强怯胆，吴姬软语荡回肠。

风尘仆仆人云苦，野鹤无羁任自翔。

扬子桥晚眺

扬子金桥卧碧波，舟车来往似穿梭。

书生蹀躞丛花径，爱侣偎依细柳坡。

明月如茗尘虑少，宵风若酪快思多。

当年一片榛芜地，今日康庄载满歌。

张涵宇（1975—　　）

笔名钝笔无锋，镇江人。镇江市诗词楹联协会副秘书长，多景诗社副秘书长，《多景诗词》编委，诗昆论坛总版主。有《闲呓集》。

未秋兴

玄蝉惊晓梦，落木起秋声。

瘴掩东城阁，天寒碧玉笙。

纤华虚勿待，潮汐久难平。

欲奉莼鲈志，何须海岳清。

初夏夜读步韵明世宗

关河渡厄起英豪，百战锋寒偃月刀。

巨鹿沉舟神鬼颤，崖山赴海节行高。

当擎六纛除邪孽，欲奋三军摄遁逃。

掩卷谁诠遗史梦，书生还著旧青袍。

贺丘溪先生六十寿辰步原韵

大椿枝茂历春秋，笑看云烟亦复求？
砚底波清莲唯馥，纸间岱峻意还稠。
妙高台上当崇酒，多景栏前且朗讴。
一览诗林嘉木众，泉鸣娓娓道因由。

纪念鲁迅先生诞辰 140 周年依无题韵

百年倥偬复秋时，谁共西窗话《语丝》。
棉布袍藏凌傲骨，新文苑掌五方旗。
寂寥战罢遗残戟，混沌寒侵著刺诗。
三味堂前游者织，当从猛士辨参差。

忆江南·京江

京江好，过客总余情。北固枕涛如锦绣，中泠流碧似天澄，茵蕴画中行。

殢人娇·次大晏韵

斜日生寒，残照衰兰一路，说不得、恼人情绪。雁鱼寂寂，任旧襟新污，空折柳、古来客心难住。　　孤夜应销，双星曾聚，寻常也、更阑倚柱。光阴弹指，问寄怀何处，称忘却、梦中依稀来去。

翠楼吟·遣怀

野渡舟横，蓝桥水曲，蛙声起经行处。风荷如处子，竞婷袅、翩连澄宇。韶华几许，藉丽日淳辉，依依

归去。终无据，彩灯初上，渐呈星雨。　　入暮。箫
嗬蓉楼，一哂当休却，几回闲绪。玉尊犹不胜，望新月、
且同私语。东关烟树，又往昔葳蕤，云舆堪住。天知否，
似伤春已，满城飞絮。

康复医院百年庆典联

数代悬壶施妙手；

百年济世显仁心。

贺多景诗社 60 周年联

上攀唐宋，毓南徐、文杰无量；

雄踞楚吴，歌北府、家山有情。

赠　女

承远志，朱梅香馥苦寒后；

迓东风，张柳翠浓芝苑前。

张敬亭（1976—　）

句容人。句容市作家协会会员，句容市诗歌协会理
事，句容市诗词楹联协会理事。

木梨硍

小径凌虚入翠微，崚嶒四合碧成围。
躬登身畔云来去，无限青山一望归。

乌衣巷

每咏诗名慕巷堂，来寻燕子绕檐梁。
关情最是庭前树，度了春风度夕阳。

老门东

南城市井几参差，绮陌风情怨去迟。
烟火萦萦深仄巷，淮灯初上月明时。

秦淮河

九转轻舟㳠水摇，后庭八艳曲皆销。
古今物是惟明月，夜枕烟波忆六朝。

夫子庙

由来立学问功名，教化文章共一听。
孔壁深藏灯影里，江南雨过聚星亭。

壬寅元宵咏怀

城居事索然，驹逝杳云烟。
别久愁深抱，逢初意不眠。
一霄元夕月，万古杏花天。
此忆春风里，相思复有年。

行香子·容城蔷薇墙打卡

一沐春光，粉了花墙。些微雨、叶朵煌煌。轻匀绡翠，疏淡生香。惹莺儿过，蜂儿舞，蝶儿狂。　　婆娑风卷，陶然别具。任平生、开谢寻常。行来留影，三二姑娘。正一时颦，一时笑，一时妆。

张镇华（1959—　　）

女，镇江人。镇江市诗词楹联协会会员，市老年大学壮心诗社社员，市老年大学诗词创研班学员。

静夜思

无眠忆故山，柳外有鸣蝉。

花影裁明月，蛙声透暮烟。

多年蓬径过，何日竹篱眠。

遥望繁星闪，乡思写满天。

秋　游

北固秋烟绘彩坡，赤橙黄绿舞婆娑。

霞飞铁塔依崖壁，霜染枫林映碧波。

两岸风平帆影尽，一川潮静雁声多。

欲询狼石东吴事，江水滔滔自作歌。

阮郎归·秋思

星移时转近中秋。银辉照小楼。暮蝉鸣瑟冷风惆，飘零往事浮。　　江岸隐，碧波流。家山水那头。离巢倦鸟怎消愁？无言月色幽。

题古城镇江

梦里家乡，泉流千古墨香，水沐烟霞吟北固；

人间福地，江映一城山色，云飞翠黛唱金焦。

联说林则徐

海纳百川，正气盈天，言含哲理常鞭己；

烟销万担，丹心报国，魂立虎门更醒人。

联说李渔

写荡气歌，悦耳八音，婉转声传国粹；

编开蒙韵，回肠九曲，铿锵律启联魂。

联说郑板桥

咬定青山，情生竹石兰，神形脱俗留绝唱；

弘扬国粹，墨染诗书画，风韵惊尘逸异香。

张耀林（1962—　）

江苏溧阳人。中华诗词学会会员，镇江市润州区诗词楹联协会常务副会长兼秘书长，江苏大学梦溪诗社学生辅导员。

到临安

穿山傍竹住云端，纯酿蘑菇伴晚餐。
君问此番何处属，重阳节里到临安。

游武当山

云雾追风变幻中，攀登俯察且从容。
途经劲士松涛处，飞跃翻岩过险峰。

陆晨光（1969—　）

扬中人。扬中市诗词学会会员。

城北探梅

幽台素影风传信，同坐香云几树春。
千叶白头今胜雪，疏狂不负旧时人。

栀子花

无心争九色，酽白绿为衣。
随雨来宜夏，传香深透帏。

沉酣倾玉蝶，入静觅幽机。

的的流萤落，凝然照月妃。

辛丑重阳兼自寿

流年嗟素鬓，相待只寻常。

云鹭分青白，江花收短长。

囊萸重九意，簪菊两三香。

归使九秋露，从兹桂魄凉。

秋　叶

西风连漠碧，林壑泻秋声。

霜讯寥寥至，天威穆穆呈。

萧疏犹守志，淡泊尚含贞。

行止非由意，何言一岭轻。

陈　杰（1948—　）

扬中人。中华诗词学会会员，江苏省诗词协会会员，扬中市诗词学会会员。《新坝诗词》主编。

己亥初夏南山采风

夏初招隐游，缘径遍寻幽。

溪水潺湲伴，鹂声婉转啾。

广陵成绝响，文选耀千秋。

注目如斯石，攀登鸟外楼。

春 柳

扶风屡弱柳，俯首向根生。
秀发丝丝软，柔肠寸寸情。
迓迎人远至，牵挽客将行。
宛转知心语，黄鹂树上鸣。

生态湿地

沿堤亲湿地，生态美江滩。
十月飞芦雪，三春摘马兰。
潮平沟壑满，柳绿鹭鸶欢。
共谱和谐曲，风光更好看。

秋日随感

金蕊绽枝头，银丝系别愁。
鱼书沉素手，蝶梦暗双眸。
雅院箫声细，南山月色稠。
清风黄绿草，桂酒酹东流。

孟冬感怀

朔风生夜凉，白露化清霜。
晚菊疏花绽，公孙落叶黄。
行年堪叹咏，往事漫追伤。
得失塞翁在，是非园吏忘。

陈 荣（1972— ）

　　镇江新区人。诗词楹联作品被收录于《龙腾中华楹联大典》《中华十二生肖大典》《中华诗词楹联名家录》《中华艺术名人金榜》《新编唐诗三百首》"中华诗词名家丛书"等。

山隐遐思

向晚清风起，扁舟逐浪轻。

帆摇掠山影，泉响压潮声。

双子盘中落，孤阳松外行。

悠然山水顾，何必搏功名。

秋山高仕

山色晴堪赏，登楼望远天。

江波连草木，花影落风烟。

云淡迷飞雁，人稀听静蝉。

哪方秋更好，只道在林泉。

山水澄怀

烟壑春方绿，云峰雨后青。

鱼游浮碧沼，燕舞挂朱棂。

竹树摇窗影，江湖入钓亭。

渔舟时往返，灯火照沙町。

渔家傲·鱼隐

水光山色萦昏晓。松烟云瀑晴方好。览胜寻仙人未老。齐称道。放歌一阕渔家傲。　　飞雁悠闲天际杳。浮生一梦知多少。醉眼蒙胧当一笑。且算了。抛开俗事红尘渺。

卜算子·羊城新春偶感

春日酒当歌，唯缺梅花雪。蝴蝶蹁跹落花丛，谁解千千结？　　我醉情亦真，我意邀明月。我赋清词寄东君，不觉眉间悦。

陈　敏（1980—　　）

女，扬中人。扬中市诗词学会会员。

梅弄影·春梅

一宵春雨，未肯收余怒。园内群芳未舞，只有春梅，展妍香气露。　　近前轻数，醉在花深处。翠柳陪伊私语，最怕骚人，幽然还自取。

陈　辉（1985—　　）

号雪斋，丹阳人。江苏省诗词协会会员，镇江市文联第四期文艺新秀，镇江市诗词楹联协会理事，丹阳市诗词楹联学会常务副会长。有《雪斋近吟》。

夏日村中即景

赤日当空正午天，老翁老妪坐庭前。

偏偏相对无言语，只在槐荫厚处眠。

咏蜡梅

数九天寒见玉芽，生来傲骨说梅花。

园中自得清高趣，我是精神富贵家。

过瞿塘峡

一道夔门天地襟，飞岩直壁落江心。

凭君莫效瞿塘贾，赚了黄金误了琴。

钓鱼叟

一蓑烟雨半生过，不羡封侯不奈何。

手握钓竿堪入画，也如画里少风波。

丹阳市珥陵镇左墓桥村入口石牌坊联

珥渎涛声翻紫气；

茅峰夕照拥青云。

丹阳市万善公园曲阿雅集楼抱柱联

一樽满饮，六朝往事随流水；

四下清风，七级重檐落盏中。

丹阳市老西门城楼东侧抱柱联

十里春风迎万贾；

三吴碧浪起千帆。

丹阳市老西门城楼西侧抱柱联

两朝帝里雄关峙；

七省通衢邑路开。

陈 瑶（1970— ）

女，丹阳人。师从熊东遨先生。中华诗词学会会员，镇江市诗词楹联协会理事，丹阳市诗词楹联学会副会长，多景诗社社员。

画堂春·看望吾师熊东遨有寄

鸟啼幽径树婆娑，春风染醉秋波。悄梳往事笑呵呵，岁月如梭。 诗卷轻轻捧读，清香润到心窝。师生缘分是支歌，再见难么？

采桑子·黄连山村

粉墙黛瓦松筠护，绿遍山峦。香浸心田，胜日寻芳笑语欢。 小桥流水风花映，鱼戏云间。人倚栏杆，采得仙音载梦还。

减字木兰花 · 偶成

时光流淌，谁是谁非成过往。托意于琴，有朵闲云驻我心。　　茶烟暖暖，香到衣襟清到腕。约好春天，写入桃花第一笺。

鹧鸪天 · 盼春

愁雨连绵涨小池，清寒漠漠织成丝。桃枝不敢添新蕊，柳线何曾绣碧衣。　　呼燕子，唤莺儿。谁衔晴日领春归？忽闻玉笛飞春曲，暖到心尖绿到眉。

南歌子 · 冬夜

圆月轩窗照，伊人小阁回。流光纵使鬓边移，不悔渐宽衣带两心知。　　雪茶初煮，横箫曲未吹。晕生双颊映瓶梅，此际梦焉非梦笑还疑。

南歌子 · 春色

波戏闲云影，风搓碧柳丝。桃花淡淡草萋萋，紫燕娇莺笑逐过清溪。　　人借斜阳倚，心随彩蝶飞。漫将春色入新词，轻染素衣双鬓尽芳菲。

满庭芳 · 雨巷

石板青青，雨丝细细，独持纸伞流连。素裙香袭，回首旧墙前。满树玲珑栀子，开无语、珠泪清圆。深深惜，轻轻折朵，插鬓鬓含烟。　　琴潺。催往事，时光缓转，邂近当年。只惊鸿一瞥，结了尘缘。牵手悠长古巷，童谣唱，心蝶翩翩。犹聆得，那声低唤，可是故人还？

浣溪沙·冬日小坐感悟

世事恰如手里沙，人生不过减和加。任凭鬓角染霜华。　　漫遣花香来入韵，闲拈诗味煮成茶。暖阳正透薄窗纱。

南歌子·中秋夜有寄

圆月倾柔色，仙娥试淡妆。夜风吹过绿池塘，有叶小舟泊在水中央。　　何处传幽曲，此时念异乡。料君浓醉枕词章，清梦一帘浮动桂花香。

浮玉秋思雅集

喜赴群贤约，时清景自幽。

疏钟禅院静，红叶碧波秋。

佳气毫端涌，天音指上流。

茗余廊下坐，心共白云悠。

陈 燕（1955— ）

女，北京人。江苏大学绿野诗社社长，镇江市润州区"银发生辉"诗教分队成员，润州区诗教指导老师。有《雕刻时光》《秋天我们一起走过》等。

一丛花 · 校园秋日

流光溢彩画秋浓，诗意竟无穷。枫红竹翠兼葭白，舞黄叶，银杏金丰。桂枝千叠，蓝天万里，遥看尽飘蓬。　　忽闻书剑唱苍穹，浩荡大江东。百年学府书香远，育英才，学理函弘。格致论道，层楼欲上，久久见真功。

画堂春 · 郁金香花展有思

阳春三月郁金香，粉红墨紫金黄。一樽真爱寄东方，蝶舞霓裳。　　还记那年春雨，与君此地徜徉。一生岁月共沧桑，携手风霜。

陈　燕（1981—　　）

女，丹徒人，丹徒区高资中心小学教师，丹徒区诗词协会理事。

校园早春行

五洲山北运河西，树影婆娑燕子啼。
最爱清泉行不足，馨香扑鼻蝶飞迷。

校园游春

大道香樟叶茂新，池塘逐浪泛鱼鳞。
蜂追蝶舞黄莺唱，大地花开万物春。

清泉池边赏春

黄杨雀舌绿纱长，遒劲龙鳞着翠裳。

菡萏海棠含笑放，清泉垂柳正梳妆。

陈小坤（1964—　　　）

镇江人。中华诗词学会会员，镇江市润州区诗词楹联协会原七里甸街道分会会长。有《五州山诗岚》。

赏月赏景依阿倍仲麻吕（日本）《望月望乡》韵

江涌涛声传，齐游古渡边。

云台山顶上，赏月共团圆。

季子庙沸泉

季子庙前生六井，三清三浊见分明。

沸泉不歇千秋唱，苦涩甘甜自酿成。

谷雨五州山

淡雾朝霞染，松茶愈绿葱。

难寻靴峡宕，忽见鸽坟崇。

霭白溪莲紫，风清野杜红。

五洲山景色，谷雨最空蒙。

镇江诗词楹联作品集 1949—2022

陈云华（1955— ）

女，镇江人。

杏　花

李后梅先不与争，娇羞脉脉自含情。

倩谁拈得出墙句，千载枉承轻薄名。

元　夜

焰火喧窗夜未阑，素琴弦冷与谁弹。

白云已共孤鸿远，一缕清辉入梦寒。

蜘　蛛

不慎居高位，何期好运长。

乘风迎客旅，恣意作文章。

鼓动经纶腹，逡巡八卦乡。

闲来温旧梦，一网尽沧桑。

南京方山斜塔

听雨青山外，扶风醉影斜。

烟云低紫陌，炉烬冷袈裟。

千载金陵梦，一蓬闲草花。

谁将今古事，时向后人夸。

虎跳峡

崖危蔽红日，石冷绝青苔。

雪浪惊天涌，雷震动地来。

云低凭虎跃，航险问谁开。

只许东风过，涤清千古埃。

陈文华（1953— ）

扬中人。中华诗词学会会员，扬中市诗词学会会员。

芦 花

不妒黄花艳，同随落叶秋。

扶风摇自在，飘伴水云悠。

探 梅

群芳酣睡早春迟，夜雪悄然落故枝。

原是黄梅花蕊绽，听香索句正逢时。

陈圣英（1963— ）

女，镇江人。中华诗词学会会员，镇江市诗词楹联协会会员，润州区诗词楹联协会诗词研究员。作品发表于《诗词月刊》《多景诗词》《润州诗词》等刊物。

招隐小雪

水畔蒹葭瘦，深山露已凉。

清幽招隐寺，小雪雨微茫。

陈达夫（1923— ）

笔名晓斋，镇江丹徒人。中华诗词学会会员，江苏省诗词协会会员，松梅诗社常务副社长、顾问。著有《晓斋吟草》《艺海一叶》。

重阳有感

登高胜似举飞觞，落帽凌风舞态狂。

不羡春光柔色美，黄花原自傲寒霜。

陈伟远（1930— ）

江苏宜兴人。曾任江苏省诗词协会顾问，镇江市诗词楹联协会会员，毛泽东诗词研究会会长。有《笔耕录——陈伟远诗文选》。

鹊桥仙·镇江金山寺怀古

百川东注，中流一柱，转眼沧桑几度。风吹浪打总巍然，却还是江天佳处。　　裴陀掘土，东坡起舞，红玉亲擂战鼓。先贤远去迹犹存，伴山水流芳千古。

句容袁巷瓦屋山雨中采风

烟雨蒙蒙笼碧山，崎岖曲径试登攀。

苍松如盖蹲顽鼠，翠竹临风啼杜鹃。

湖面粼粼光闪闪，泉流叠叠水潺潺。

桃源世外依稀见，游伴催归兴未阑。

诉衷情·瞻仰烈士陵园《北固英烈》群雕

当年浩气贯长虹，誓死搏苍龙。英雄血洒何处？华夏大旗红。　　思往事，忆音容，步遗踪。眼前浮现，雪里红梅，岩上青松。

纪念红军长征 70 周年

千难万险苦犹甜，九死一生视等闲。

留得丹心耀青史，长存浩气撼人间。

周恩来总理 100 周年诞辰

鞠躬尽瘁百年身，公仆精神万代尊。

淞沪三番驱旧阀，南昌八一创新军。

呕心沥血兴民族，忍辱含辛护国魂。

清正无私称典范，高风博得众人钦。

鹧鸪天·句容茅山新四军纪念馆怀陈毅元帅

名将诗人集一身，铜琶铁板记征程。卫岗初战惊天地，梅岭三章泣鬼神。　　东进曲，记犹新。茅峰今日再登临，秋来红叶满山谷，寄托相思无限情。

参加国庆招待会观赏焰火有感

江畔礼花耀夜空，似闻远去炮声隆。

如今歌舞升平日，毋忘国旗血染红。

鹧鸪天·赞美故乡宜兴湖㳇

溶洞奇观当代冠，苍山竹海漫无边。岳飞系马金沙寺，苏轼烹茶阳羡泉。　　峰叠叠，水潺潺。天然氧吧美名传。梦中借得神来笔，画我家乡景万千。

八八回眸

耄耋之身聊早年，历经坎坷志弥坚。

孩提欢乐匆匆过，少小苦难节节连。

绝处逢生疑路窄，云开日出现天宽。

抚今追昔无遗憾，多彩人生带笑看。

有感于母女两代劳模

悠悠岁月若车轮，勤劳家风仰继承。

一片丹心融祖国，鞠躬尽瘁为人民。

北固山

金焦成一线，北固新姿昭日月；

吴楚接两端，南徐古迹话沧桑。

三山四塔

金山，焦山，北固山，三山竞秀；
铁塔，石塔，砖木塔，四塔争雄。

题鸦片战争镇江保卫战北固山忠烈祠碑

眼前忽现群雄影；
耳际犹闻杀敌声。

纪念新四军创建茅山抗日根据地 60 周年

思往昔，茅山竖战戟，锄奸抗日惊敌胆；
看今朝，老区换新颜，改革开放暖人心。

烈士陵园

北固有幸埋忠骨，忆昔腥风血雨力挽狂澜，抚今追昔歌豪杰；

长城无恙慰英灵，而今国泰民安宏图再展，继往开来赞英雄。

贺无锡碧山吟社成立 20 周年

碧玉如丝，妆成一水千般景；
山峰似笔，写就百家万首诗。

悼念许图南先生

笔走龙蛇，警世诗文惊四座；
心萦兰竹，诲人美德誉三山。

风景城邦

十里长山开画屏，近看先贤米芾，仰天泼墨挥毫，今日家家好风景；

一泓湖水亮菱镜，远眺生态丹徒，遍地琼楼玉宇，来年处处是城邦。

法中航线对联广告词

鹏程万里远，稳似泰山，亚欧来往飞银燕；

客运当天还，情如亲友，中法交流架鹊桥。

伟远清华

伟业维艰，任重道远；

清新刚健，秋实春华。

陈克刚（1936—　　）

字沉潜。安徽怀远人，现居镇江。

泛舟京江

几回重上木兰桡，闲对群山卧听潮。

诗史千年传北固，豪华六代逐南朝。

云开峰影金陵渡，风送涛声玉带桥。

莫道江天如画本，丹青粉墨总难调。

秋　柳

江潭摇落亦堪怜，不系高阳载酒船。

冷雨萧疏犹弄影，春风骀荡更生烟。

灞桥西岸撚羌笛，彭泽东篱拨阮弦。

此日枝条君折取，相逢二月待来年。

秦淮河上，得四截句用哀骀它先生韵

绿树深深曲径中，南朝风物尽成空。

人家门巷栖香燕，犹背斜阳一抹红。

紫玉红牙说胜朝，念家山破事非遥。

而今呜咽春潮水，却似深宫唱绿腰。

青溪芳草了无痕，莫向行人问旧村。

长板桥头裙屐客，阿谁能识玉京魂。

湘真手弄紫檀槽，梅竹桐花记尚牢。

棋罢酒阑重寓目，萧萧旧院露春桃。

江师慰庐先生贶诗步韵奉和

抚罢凌云一案孤，高轩忽过共掀须。

笑谈坟典公诚健，愧列门墙我太愚。

憔悴讵怜青首白，蹉跎敢问有诗无。

醴陵彩笔挥犹劲，欲溯穷桑到海隅。

忆秦娥·夜梦至西泠

翩翩蝶，今宵去处堪相忆。堪相忆，临窗听雨，凭栏看月。　　长堤烟柳空消歇，归来更向谁人说。谁人说，湖山胜韵，旧时情结。

永遇乐·九日登北固山

滚滚江流，千年磨洗，谈麈歌扇。多景楼头，稼翁石叟，《消息》弦声远。艨艟开府，荧荧庭火，空剩朝元归燕。凭谁问、风檐展读，孤臣旧日行馆。　　簪花携卷，袷衣轻帽，来此登临未晚。指顾风华，南徐酒好，莫教樽杯浅。褰裳濡足，凌云意趣，最是河山缱绻。再回首，霜红锦簇，喜看巨变。

高阳台

一缕轻寒、些痕澹彩，今宵却似前年。执手津桥，三星犹媚冰天。晓风才拂临河树，待初阳弄笛梅边。便归来，新施胭脂、重整花钿。　　沉沉消息知何许，纵高穷碧落、下极重泉。料应牢愁，累箱也上云鬟。寻巢燕燕帘栊住，问斯人底事无眠。觑窗纱，几炷香销、几叶诗残。

陈宏嘉（1941—2021）

　　镇江人。中学高级教师。中华诗词学会会员，曾为镇江市诗词楹联协会特约研究员、润州区诗教指导老师、《润州诗词》副主编，晚霞诗社社长。有《家在江南》《北固览胜》等。

访延安革命根据地

宝塔巍巍夕照明，延河滚滚水波清。
重温窑洞当年事，不负乡亲一片情。

陈国平（1956—　　）

　　江苏金坛人。高级经济师。镇江市诗词楹联协会副会长，镇江市老干部诗词协会会长，松梅诗社社长，长江作家协会主席团成员。著有《心路》。

颂赛珍珠

时光迢递柳如烟，大地书开在眼前。
友谊之桥连彼岸，文章四海意绵绵。

夜雨寄怀

夜雨连明芳草香，朦胧窗影柳丝长。
满塘蛙鼓唤星月，一派诗情入梦乡。

陈顺平（1958—　）

笔名帅克，镇江人。江苏省诗词协会理事，镇江市诗词楹联协会副秘书长，多景诗社社员。有作品入选《当代律诗钞》《中华诗人千家诗》《中华古韵》《镇江新咏》《江上行歌集》等，部分作品以帅克等笔名发表于网络或纸质媒体。

春分到世业洲

麦色青青柳淡黄，荠花开后菜花香。
蜂勤缘晓梅芳早，燕舞正逢草叶长。
世业洲头风煦暖，京江渡口水苍茫。
金焦一带春涛碧，白鹭银帆争远航。

次韵贺蒋光年六十初度

岁绽芳华自获秋，更勤春夏种希求。
芸窗友米峰峦聚，橼笔连云意趣稠。
桂折丁年生异彩，梅探甲子发清讴。
研山墨舞林泉乐，听雨听风伴许由。

壬寅正月初七大雪

寒光凝处玉琳琅，飞絮纷纷满夜堂。
一片素罗裁舞袖，几支红烛照歌梁。
天花影落瑶坛静，宫漏声沉银汉长。
春色几重君莫问，琼林默默赠高唐。

寒 潮

寒潮陡降满平川，云霭沉沉水自怜。

风里断霞孤屿外，雨中移步晚亭前。

遥峰乍敛山岚湿，曲栈微惊夜气偏。

我欲凭栏无限意，将身独立夕阳船。

重阳登金山妙高台

吟到重阳诗未得，感拈秋韵总难成。

抬头不见征鸿影，侧耳犹闻涛浪声。

小憩亭前欣有菊，长歌月下恐无筝。

风铃响处谁人舞？我自丛中觅落英。

题镇江北固山柳永墓

填词应不难，市井声中常有句；

出仕谈何易，黄金榜上总无名。

题镇江京岘山宗泽墓

请帝还京，二十道奏疏应犹在；

尽忠报国，七十年壮志尚未酬。

题镇江大学士山鲁肃墓

大业身后定，功高堪比周公瑾；

丰碑墓前横，智慧不输忠武侯。

题镇江北固山

立石行山，何曾剑气随风去；

枕江听浪，依旧涛声入梦来。

贺多景诗社成立 60 周年

放歌云渚，九重风雅呈多景；

踏浪海门，六轶诗涛垂盛名。

陈辉棣（1906—1996）

江苏泰州人。曾为多景诗社社员。

镇　江

北固凭栏，天下江山第一；

南徐入画，此间风景无双。

梦溪园联

梦里溪山，八年小憩；

胸中宇宙，百代重光。

一枝春菜馆

玉骨庭梅一枝秀；

郊蔬园笋四时春。

京城饭店

京口三珍肴醋面；

江天一览秀雄宽。

宴春酒楼

名庖誉满群贤宴；

美酒香飘四座春。

陈智勇（1949— 2012）

丹阳人。中华诗词学会、中国楹联学会、江苏省楹联研究会会员，曾为丹阳诗词楹联学会会长。编有《历代诗人咏丹阳》《少阳集注》等。

春游环翠峪赠山人

翠峪纵横断欲连，周峰拱列接青天。

催花流蝶烟霞后，落涧飞岩竹树前。

野径碧桃迎远客，孤村红杏暖春泉。

白云深处开仙境，一醉君家枕石眠。

读谭嗣同《绝命》诗作

颓波入海尽暗昏，虎豹沉沉卧九阍。

苦雨有心消耻辱，凄风无力正乾坤。

丈夫碧血江湖泪，豪杰朝衣燕市魂。

束发痛吟杀贼句，断头何必听雍门！

吟　梅

开到梅花自不同，春光漏泄数枝中。

参差疏影窗前月，浅淡清香雪后风。

傲骨凌寒居自得，空庭逸韵画难工。

谁言天道无私处，独与悠闲在尔躬。

谒陈少阳墓

纵横河岳未可移，英气凛然日月垂。

白眼世情浮宦恶，布衣忠愤坠谗夷。

千年丘垄秋芜碧，满目烟波夕照悲。

过客如今谁吊古，青山寂寂草离离。

春暮渡瓜洲

烟波一笛两分悠，微雨飘飘入碧流。

日坠天寒风碎鸟，山低江净月投钩。

野桥渔火芦边动，暮霭螺峰浪里浮。

闻得扣舷歌未已，揽情胜处是瓜洲。

浪淘沙·中秋夜观高炉出铁

秋露润清风，皓魄蟾宫。忽闻炉侧数声钟。不尽漾金翻作浪，吐焰如虹。　　飞粟夜凝空，万簇千丛。人心花蕊一般红。欲与吴刚斟桂醑，同祝英雄。

陈静逸（1978—　　）

　　女，河南漯河人。1999 年起旅居日本，2010 年回国定居江苏镇江。文化部艺术人才库入库艺术家，文化部首届书画艺术评审金奖艺术家，首届《中华诗词报》十大词女。

韬　略

诡道兵之法，无常胜负归。

绸缪应黠捷，骄躁必衰微。

若布阵营稳，何愁鞍马稀。

运筹帷幄处，妙计破重围。

游梦溪园有感

洞悉清冥有几人，梦溪园里辨星辰。

幽虚气象非云幕，玄妙天机依日轮。

遐想从来超世界，奇谈自此胜仙神。

纵观甲子多庸碌，谁惜先贤学问珍？

苗小轩（1880—1966）

　　别署辛叟，江苏淮阴人。擅诗、书、画，曾为多景诗社社员。

京江话雨图

旧雨逢今雨，闲吟入画图。

他乡同作客，天堑此中枢。

济济多高士，庸庸是老夫。

每当文会友，韵事古无殊。

自题八十生辰

八十辛勤叟，研抚绘事工。

频年增马齿，垂老不龙钟。

敢谓仁者寿，倾心儒素风。

须眉如雪古，写入画图中。

重九雅集北固山，喜极赋此

山雄北固郁苍苍，雅集人文聚一堂。

极目江天多胜概，登高乘兴赏重阳。

凤凰池

剑劈石开，壮丽江山历今古；

池存凤去，英雄事业藐孙刘。

范 然 (1949—)

扬中人。曾任镇江市政协常委、教卫文体委主任，兼任镇江市诗词楹联协会会长。

读山斋

窗恋四围山，葱青秀可餐。

幽岩生绿芜，古涧泻清泉。

红叶朝暾霭，青萝暮霭烟。

山光看不够，一读一开颜。

云台霞蔚

崇楼百尺峙江天，虹彩霞光满蒜山。

试问九霄春几许，可如高阁月明圆？

岘山古道春信

湖如新月挂苍天，道若神龙矫首蟠。

一夜梅香池畔路，半分春漏雪中山。

檀　山

檀山耸立势巍巍，宛有碑铭载是非。

江左长城如不毁，元嘉岂不更光辉？

京口救生会

京江拯溺数千载，创会当称四海先。

德政善行黎庶福，红船佳话代相传。

宝塔山梅樱园

塔前一镜似天池，四面梅樱种万枝。

香气袭衣浓若雾，仙娥想已居多时。

镇江诗词六进感怀

万咏千题诵小康，江城无处不诗香。

垂髫摇膝裁新韵，鲐背昂头啸古腔。

鲍照遗风能继缵，许浑传唱得弘扬。
谁言骚雅今荒甚，六进依稀见盛唐。

扬中油菜花

百味还推菜味长，爱看花发满山乡。
遍栽市肆应无地，但出城坊便有香。
腊尽翠云蔚岫岭，春开金彩耀峰冈。
街前无数千红紫，难及农家一陇黄。

江城冬雪

玉龙酣战飞鳞甲，庭砌纷然集玉鸢。
城市忽开银色界，江河幻出粉图烟。
琼花杳渺维扬树，瑶彩迷离鲁楚天。
莫谓严寒生意少，雪妃恰已报春妍。

浣溪沙·步范诗银方家韵以答谢

五岭飞楼挂璧盘，三山杰阁绕城弯。谁唱水调月明圆。　　皓月似知兵政老，夜阑仍照酒筵前。共期追梦百年欢。

北固楼联

峻壁冠崇楼，万里江山，纵目犹如观米画；
雄图开绝顶，千秋风月，骋怀每欲咏辛词。

云台阁顶层内柱联

杰阁俯苍溟，观九万里鲲运鹏抟，四海云澜生眼底；
大江横古渡，听三千年龙吟虎啸，五湖风月入胸怀。

镇江诗词楹联作品集

1949—2022

赠时代楷模赵亚夫联

一条背袋，两片干粮，越七坎八沟，助百姓种摇钱树；
满腔热忱，十分心志，进千家万户，为兆民浇幸福花。

善园大爱镇江牌坊联

善德薪传，昭美千年史乘；
爱心律动，馨香万世风标。

北固湾东吴文化长廊联

往昔三分天下，东吴开霸业；
而今千古江山，北固展雄图。

黄鹤山风景名胜区联

胜地画图开，是仲若丹青，米家山水；
灵山诗文曜，有东坡绝唱，周子爱莲。

西津渡诗词碑林联

大江流墨韵；
古渡涌诗情。

鲁肃墓联

友亮亲瑜，千秋佳话；
拒操联备，一代奇才。

南山鹤林阁联

杰阁飞楼，地踞雄州焕吴楚；

金戈铁马，天留壮气振山河。

大运千秋牌坊联

万里洪流，营成漕舸埭桥，波光帆影皆诗画；

千秋胜迹，缮就园林台榭，文采风流越晋唐。

范黎笋（1975—　　）

丹阳人。丹阳市诗词楹联学会会员。

暗香·赋兰

云鬟翠玦，向梅窗夜色，默然清发。此意谁同，吹起孤芳动庭月。不恨潇湘梦远，恨金谷、露垂如咽。背冷镜、灯火燃城，寥落哪从说？　　幽绝，自郁郁。奈楚客别过，素心空结。短操久阔，不忍葱茏又弹彻。纫取霜华旧畹，和一缕、馨香消歇。待离魂、分水佩，杳然梦接。

临江仙·寥落翩过蝴蝶

寥落翩过蝴蝶，幽思追逐蜻蜓。万千人处看人行。去来风一阵，犹自夜多情。　　惘若烟花开灭，欢同春梦无凭。远山归后任盈盈。隔屏如隔夜，摇动两三星。

饮茶歌

独爱花间情自真，拈花一笑任纷纷。无缘飞去三山路，有幸斠来二月春。　　谁识壶中阳羡树？我元市上武陵人。殷勤多谢四泉水，又向东篱绕白云。

雨夜幽坐

独坐幽深即远方，潇潇楚雨亦疏凉。吹梅闻笛猗兰语，燔石篆烟龙髓香。　　始信无聊还有味，何妨寥落是平常。篆烟一缕堪怡悦，万壑轻雷隔铝窗。

大左赠茶歌

金厄何足羡？子亦爱山丘。

青鸟衔烟翠，方壶挂玉流。

欲从云涧树，长解武陵舟。

七碗千寻上，分拈一叶秋。

十　维

十维或虚构，野马与尘埃。

碧树吹黄叶，须弥落劫灰。

三餐早中晚，一梦去今来。

星宿摇池水，微风拂镜台。

秋风辞（二首）

黍稻知盐味，风灯剥月光。未猜征雁梦，或忆旧池塘。

词向木樨发，情因天气凉。深空不堪仰，秦鉴满星霜。

山河渐苍老，襟袖已微凉。犹笑满塘雁，堪持一碗汤。

寒虫如咒语，真谛或砭霜。咽下秋深处，镰刀与月光。

茅以昇（1896—1989）

　　镇江人，桥梁工程专家。曾主持设计了钱塘江大桥、武汉长江大桥、重庆石板坡长江大桥。著有《中国桥梁史》《中国的古桥和新桥》等。

别钱塘三首

钱塘江上大桥横，众志成城万马腾。

突破难关八十一，惊涛投险学唐僧。

天堑茫茫连沃焦，秦皇何事不安桥。

安桥岂是干戈事，同轨同文无浪潮。

陡地风云突变色，炸桥挥泪断通途。

五行缺火真来火，不复原桥不丈夫。

林少雄（1986—　）

福建莆田人。多景诗社社员，现就职于江苏科技大学。

归闽道中

越岭山花次第开，故园犹是旧亭台。
客途归燕衔枝过，不见春波渡影来。

六　月

黄梅时节雨如丝，织得轻愁欲入诗。
写到情深成恨字，故园荔熟正斯时。

城南嶂山村郊行遇雨

陌上桃红妆十里，春堤柳绿水云低。
山风乍起忽来雨，三五野鸥争出溪。

中秋焦山望月忆舍弟

万丈清辉照大江，松风煮茗赏秋香。
短笺难尽家山远，谁解相思比梦长。

大雪前夜西津渡饯别同窗有怀兼寄吟友

十年离别梦同游，梧叶飘黄逢润州。
秉烛历谈沧海事，举樽长叹稻粱谋。
君居巴蜀文尤茂，我客江南志未酬。
夜雨对床与谁诉，一轮明月大江流。

岁暮归家

一帆风雨路三千，梦里故园今在前。

堂燕衔泥寻旧主，池鱼穿石觅新渊。

流年深折衣痕里，世事长埋鬓角边。

自笑此生浑似雁，北归南渡月中眠。

寒　潮

风挟寒霜动地摇，一江舟楫任浮漂。

泉枯草偃余亭角，叶落虫僵卧树腰。

村酒醒来人寂寂，乡书读罢雨潇潇。

天涯望断迷离处，唯见三山两岸潮。

柳梢青·江南春日

春到江南。春花似火，春水如蓝。新燕衔枝，迁莺出谷，岸柳鬖鬖。　山亭闲坐漫谈。风习习、萍浮碧潭。荇菜参差，飞凫款款，一片晴岚。

木兰花慢·夜游金山湖

倚南徐苍冥，抚松影，抱涛声。正皓月婵娟，楼远水隐，点点华灯。芦枕晚潮拍岸，晕波心，杨柳荡荒坪。羁心谁识吴地，几曲旧梦新痕。　霜冷不语对星辰，残醉忆前尘。望静峙青峰，一汪秋水，如斯古城！吴风楚韵犹在，任自流，洗尽古今情。寂寞梧桐安好，乡思付与归程。

金缕曲·夜读红楼梦步昆阳师韵

独爱红楼味。大观园、海棠结社，花妍山翠。看绛珠神瑛初识，恰似云轻泉美。语成谶，香魂梦碎。木石前盟还泪尽，大厦倾、鸟散江潮退。叹世事，无常谓。

婵娟不语愁相对，论富贵、过眼烟云，人生当醉。长恨曹公书未完，灰线草蛇遭毁，晚风起，芦生怨吹。生死分离谁能躲，盛与衰、天数何须跪。霜叶坠，唱山鬼。

多景诗社成立 60 周年贺联

结社重阳节，秋菊抱云烟，高朋甘露寺闲情偶寄；

行歌第一山，大江流日夜，胜友多景楼逸兴遄飞。

咏芙蓉楼联

残星映青荷，楼依近水离离影；

白露洇红叶，月挂疏枝浅浅愁。

咏乌镇联

渔夫撑出船如月；

织女裁开练似虹。

镇江康复医院百年院庆贺联

橘井泉香，获三山美誉；

杏林春暖，树百载丰碑。

林振华（1968— ）

丹阳人。丹阳市诗词楹联学会会员。

爬圌山

山不高雄石不奇，拾阶寻径两由之。
当年瑞气今何在，一路山花应不疑。

练湖二首

数亩荷塘傍旧村，二三鸡犬食同盆。
清风翻过田田叶，一树鸣蝉不与论。

何以练湖名此湖，周郎故事描宏图。
回头千百年间事，苍狗浮云两不殊。

生日自嘲一首聊作自寿

少年意气又如何，五十三年一掷梭。
检点浮生多少事，痛和快乐一般多。

小区红色电影

初夏时无花竞芳，草青树碧自清香。
白银幕上红故事，正说当年李向阳。

秋天樱花开

旧枝新发似春痕，秋水渐寒天尚温。

不向东君问消息，一开一谢亦天恩。

骑单车重游古村柳茹村

秋深冬浅趁天清，还向古村行一程。

庠序成林先驻足，犹闻昔日读书声。

西门老街警钟楼

三思桥北警钟楼，斑驳苍苔近百秋。

都说钟鸣不堪听，民声或比钟声遒。

西门老街正仪坊

临街户牖略零残，是处人家尚小安。

独有石坊无意味，犹教过客正衣冠。

林惠芳（1961—　）

女，江苏常州人，现居京口。镇江市老年大学诗词
创研班学员，壮心诗社社员。

暮　春

晴阳高树绿成荫，杜宇声中春已深。

遍地飞花流水过，春愁无数落衣襟。

镇江诗词楹联作品集　1949—2022

眼儿媚·离思

蒲叶风荷柳千丝,斜照暮云低。莲偎翠盖,鹭飞双影,人隔天涯。 曾经携手花蹊畔,相拥兴归迟。而今徒剩,一溪淡月,两岸离思。

念奴娇·焦山,步言恭达先生韵

长江浩荡,卷千顷雪浪,奔腾清碧。欲镇中流砥柱,山矗波心苍壁。海岳晴光,别峰胜迹,曾住焦樵客。追思探访,更看千古碑石。 常记骚客神游,寻铭瘗鹤,妙韵华光赤。瑞墨宝轩凝大雅,延续书香文脉。斜倚楼台,神怡心旷,梦入诗书画。纵情遥目,顿时通透心魄。

茅山春联

峰萦紫气居洞天,仰观万象;
泉涤清心来福地,俯拾皆春。

金 燕（1967— ）

女,镇江人。江苏省诗词协会理事,曾任镇江市诗词楹联协会秘书长、《多景诗词》副主编。

西江月·北湖

苇草浅深霜露,朝云明暗浮桥。江风过处起波涛,惊醒两三鸥鸟。 识得山间石径,曾经纵马挥刀。望江亭外望江潮,涨落浮沉多少。

清平乐·南山

银杏黄透，难抵西风骤。禅院深深青石皱，满地落英残瘦。　　独走空寂南山，佛心参悟几番。忽见半天枫叶，予我片刻清欢。

周文齐（1948—　　）

新区人。镇江市新区中学退休教师。镇江市诗词楹联协会会员，多景诗社社员。

过西津渡（新韵）

云台曾伴望江亭，古道昭关今又行。
叠翠流丹花未语，似闻漕运旧时声。

题镇江新区

不忘初心，新区再创新高地；
拴牢使命，宜地重开宜舜天。

周文娟（1966—　　）

女，镇江人。镇江市政协副主席，镇江市书法家协会顾问，镇江市诗词楹联协会名誉会长。

题"百花争艳"江苏女书画家作品展

争奇斗艳百花鲜，墨韵书香喜气连。

十载墨缘无限好，丹青妙笔写春天。

贺南京大学 120 周年校庆

重开花甲又逢春，学子初闻愉十分。

雄创一流行大道，弦歌不绝著功勋。

贺柳诒徵研究会成立

国学大师，德施当代；

儒林泰斗，福泽后昆。

贺镇江"三国演义"学会成立 30 周年

倾心三国名城研究；

致力六朝文化传承。

题山水镇江

北水梵音传大地；

南山鹏调发新声。

泥叫人生

泥叫太平祈盛世；

艺臻大美入非遗。

周宜龙（1970—　）

笔名龙一周，句容人。镇江市作家协会会员，句容市诗词楹联协会理事，《华阳诗韵》编辑。

扫黑除恶赞

乾坤朗朗起风雷，荡涤沉渣扫落灰。

笑看神州迎丽日，青山碧水照红梅。

下蜀之春

江南藏古镇，下蜀沫春晖。

小径鸣黄鸟，大棚垂绿帏。

芊芊茶叶嫩，漫漫笋林肥。

云雾缭苍黛，千年鹤不归。

周春仑（1938—　）

安徽天长人。中华诗词学会会员，江苏省诗词协会理事，镇江市诗词楹联协会原副会长，松梅诗社原社长、名誉社长。《松梅诗词》原主编。

中秋吟怀

长空碧透一河悬，两岸群星隔海天。

遥望东南思绪乱，冰轮彻夜照无眠。

沁园春·京江赋

第一江山，腋挟长河，背枕大江。望黄金水道，彩虹飞跨，山林城市，胜境仙乡。湿地天成，北湖初现，欲与苏杭比短长。君信否？看江湖神韵，别样风光。

南徐历尽沧桑，教历代朝廷设重防。惜焦山古炮，六朝遗址，东吴铁瓮，曾卫家邦。扬子江中，金山脚下，无数英雄为国殇。千秋计，看谁能做足，山水文章。

题遛马涧

登千阶北固，惊坡陡岩危，哪堪遛马；

看万里长江，喜水深风顺，正好扬帆。

敬贺双亲九十华诞寿联

人间二老同庚，年庚甲半，子孝孙贤承祖德；

玉宇双星共寿，福寿两全，枝繁叶茂赖根深。

周锦凤（1953— ）

女，扬中人。中华诗词学会会员，扬中市诗词学会新坝分会会员。

虹

雨后天晴七彩虹，靓丽如画美如弓。

霓桥一座托风影，疑是瑶台在梦中。

镇江诗词楹联作品集

1949—2022

秋　趣

金风阵阵送清凉，雨后西天七彩光。

深树寒蝉不知倦，歌声唱得菊花黄。

秋日感怀

漫野氤氲色，长空雁影来。

秋风挥画笔，霜菊醉诗才。

惬意心头起，幽情象外开。

抚琴堪纵酒，谁与啸高台。

郑为人（1967—　　）

镇江人。镇江市诗词楹联协会副会长，镇江市书法家协会副主席，江苏大学艺术学院副教授，镇江诗书画院执行院长。

补　衲

枯坐幽篁里，衲衣细细缝。

禅心无挂碍，世界纳其中。

书　经

天寒冬日短，黄卷伴青灯。

砚冻坚如铁，常磨去俗尘。

扫 叶

庭前秋叶落，尘浊竹�清。
无念随风起，忽生欢喜心。

迁居江山名洲有感

浮玉遥相望，枕江入大荒。
心随钟磬远，身寄云山狂。
墨气吞羲献，诗情接老庄。
纵横涂抹罢，一笑著禅床。

除夕和梅墨生诗

爆竹声声耳不闻，繁华簇簇空如尘。
乾坤吐纳等闲看，春色待归且闭门。

题梅花

老夫常作逍遥游，满纸云烟掩碧丘。
花上梅枝冬去早，横涂竖抹也风流。

随文联采风团赴陕北

塞上归来画满筐，征尘未洗翻检忙。
胸中丘壑殊关荆，不忌齐黄笑我狂。

楹联六副

焚香磨墨，傍崖拓帖；
扫叶烹茗，竹院听风。

长河夕照千尊佛；
大漠风吹一纸经。

持麈妙高台对空说法；
结跏大彻堂闭户参禅。

高士观云忽有妙悟；
仙人瘗鹤今传佳铭。

培松置石，乃为娱目；
课字焚香，犹可静心。

松亭临涧好听瀑；
古刹傍崖常看云。

郑叔裔（1943—   ）

扬中人。中华诗词学会会员，扬中市诗词学会理事，《三茅诗词》名誉主编。有诗文集《江洲草》。

贺三茅诗书画分会联

乐在诗山寻瑰宝；

敢为砥柱立中流。

宗 齐（1947— ）

女，镇江人。壮心诗社社员。

暮春（轱辘体）

残红随雨落泥涂，莲叶临风绿水舒。

四月桃樱花落半，拈香一瓣夹诗书。

蕉叶沐风墙角孤，残红随雨落泥涂。

忽闻树杪黄莺噪，鹊占鸠巢哺幼雏。

四月花开春气暖，忽闻雷响风沙沌。

残红随雨落泥涂，车碾香尘行迹远。

春来春去景如图，七十人生百味俱。

新绿临风烟柳岸，残红随雨落泥涂。

醉乡春·暮春游湿地公园

四月柳飞轻絮。平野藕塘飘去。水面白，芰荷香，鸥鹭戏滩栖暮。　　浅醉已忘归路。信步江边苇处。小船泊，赏斜阳，照甘露寺边新渡。

居才友（1955—　）

句容人。中华诗词学会、江苏省诗词协会、镇江诗词楹联协会会员。句容诗词楹联协会副秘书长。

游宝华山

莲中古寺远凡尘，四壁青峰接斗辰。
圣殿梵音传岭外，清流翠色漫江滨。
兰香带冷凝轻雨，竹韵生烟唱浅春。
六幸帝王留史册，千华夜月醉闲人。

夜宿龙川村

枕山面水竹村烟，民宿温馨土菜鲜。
一盏浊醪难尽兴，临窗眺月照溪川。

洪素琴（1970—　）

女，镇江人。镇江市诗词楹联协会会员，松梅诗社、壮心诗社社员。

夏　夜

纤纤残月挂黄昏，蝉噪恼人深闭门。
父母重疴分两地，问天不管惹愁根。

浣溪沙·山涧清韵

山脉蜿蜒连海洲，潺潺溪水涧中流。闲云飘荡日悠悠。　　飞鸟伏岩歌锦绣，野花含笑暗香幽。清音旋律向天投。

百年恒顺

佳酿百年，香飘万里；

故乡一味，色润三山。

悼李文亮医师

燕子来时，信使披肝千古恨；

梨花落后，哨音在耳万人恩。

赵　光（1944—　　）

镇江人。教授，从事高校教育工作，江苏大学绿野诗社社员。

相见欢·白驹过隙日月如梭

菊花对饮莲蓬，色朦胧。如水时光消失、急匆匆。芙蓉坠，雨似泪，湿无穷。涌出一江秋水、尽朝东。

楹　联

以礼相交天下少；

因财而散世间多。

赵　伟（1970—　　）

安徽无为人。毕业于安徽师范大学中文系，镇江市诗词楹联协会副会长，镇江市书法家协会副主席。

米公祠

虹县法书米公帖；

苕溪诗卷研山铭。

米　芾

集诗书画不拘一格，势若危峰，形同流水；

与蔡苏黄并列四家，性多怪异，情更癫狂。

咏　茶

一壶春色，尽收来碧涧泉声，青峰岚气；

满室炉香，好悟得禅心有定，世事无求。

无为中学 70 周年校庆

无为笃志，七十载春秋，孜孜不倦育新苗，梦想国之风采，夺目长城，内外惊讶，韶华无悔；

秀水腾波，一万年岁月，滚滚狂奔辉史册，高扬师者情怀，投身教学，炎寒淡待，豪气何休！

翰墨情怀

香誉镇江，艺海丹青添秀色；
情浓苏水，联坛翰墨溢奇香。

吴楚书香，志益诗联当会友；
水山笔阵，情弥墨楮自成群。

云开寄意，楹丹吐锦香中外；
夜静挥毫，联美生花灿古今。

名城胜地，商贾往来，韵写千年，大江南北豪情壮；
盛世新风，文人鸣和，联襄首届，华夏东西翰墨香。

赵 勇 (1969—)

句容人。中华诗词导刊学会会员，句容市诗词楹联协会副秘书长，句容市作家协会会员，多景诗社社员。

春 柳

碧叶参差织帷幄，柔荑曳地落轻烟。
春风不断岂无意，却为侬情系客船。

观紫藤花长廊

春光未老凯风回，媚紫藤萝带露开。
燕过长廊帘影动，流香静待故人来。

访镇江赛珍珠故居有感

登云山上碧云斜，双燕归来认旧家。
寂寞空庭人去后，年年桃李发新花。

中秋感怀

独步池亭外，寒蛩杂水声。
云来花影淡，桂落晚烟横。
万里秋悲至，中情岁感生。
谁言天上月，今夜更鲜明。

蒜山怀古

西津怅望渚沙迷，烟雨登台惹客悲。
曾记玉山诸葛策，犹闻金缕杜秋词。
千帆难镇两潮落，一月能圆万里思。
多少兴衰今古事，江流共棹向东移。

步韵彭茗斋《赋得残莺知夏浅》

送春莺语隔芳林，窗外轻云叠翠阴。
芍药依栏香正郁，楝花辞树果初沉。
物华已换东风老，杯酒难酬岁月深。
消得浮生何所寄，青山入目久成吟。

城头月·春思

南窗独倚春光照，翠色庭前绕。燕语飞花，轻愁问柳，弄起相思调。　　小舟一去音容渺，夜梦知多少。绪乱烟波，魂牵别岸，心事谁人晓。

踏莎行·立夏日逢雨

春断琼窗，情残老柳。红稀绿暗愁沽酒。蔷薇忽雨湿罗裙，杜鹃声里相思瘦。　　燕去能回，人能归否。几时相执纤纤手。梦拈飞絮绽花枝，可曾照得钗痕旧。

赵才才（1941—　　）

笔名柴复，镇江人。1965 年毕业于南京师范学院中文系，镇江市作协会员，江苏省杂文学会会员。曾任镇江市杂文学会副会长、镇江市诗词楹联协会副会长。

贺陈鹤锦新著出版

头角峥嵘谁不知，风流岂止少年时！
美人舞罢英雄出，夕照青山美若诗。

清明怀祖母二首

坟头荒草复离离，欲见离魂唯梦思。
悲哭声声双泪涌，行行都是断肠诗。

茹苦含辛年复年，枝繁叶茂子孙贤。

春晖欲报无由报，徒向阴曹送纸钱。

赵文富（1949—　　）

大港人。中学校长退休。

题　画

海畔红桑七十春，麻姑兴叹几扬尘。

砚边换取新天地，丈幅漫题妙入神。

退休生活

把酒三壶笔一支，身心浸透墨香池。

性情色洒山中雨，行草莺啼柳上枝。

留白云闲天地阔，挂悬水急竹色篱。

春秋七十年方少，正是流金岁月时。

赵过之（1920—2000）

镇江人。毕业于上海交通大学。有《自珍集》。

虎丘纪游

宿雨洗芳尘，来探虎阜春。

山庄余古迹，石洞话仙人。

高阁寒梅早，遥岑积雪新。
临风凭眺望，古塔自嶙峋。

敬和父亲《以博消夏》原韵四绝

身世逍遥物外心，炎歊苦我欲弹琴。
劝君试作樗蒲戏，胳膊声中乐最深。

四贤同座悄无言，忖度推敲不觉繁。
雅士高人休笑我，此中自有武陵源。

林钟烈日逞炎威，博弈吟诗与俗违。
漫笑纷争还得失，却因此物悟禅机。

把酒敲棋思悄然，薰风拂柳正炎天。
虽云酷暑何妨博，围坐方城也近禅。

感　怀

世事棋枰楚汉争，静观大陆几升沉。
省亲难报三春爱，独坐常怀万里人。
粪土文章犹待价，蹉跎书剑两无成。
不如解甲归田里，野鹤闲云自在身。

赵永东（1969—　　）

丹阳人，江苏省诗词协会会员，江苏省楹联研究会会员，镇江市诗词楹联协会常务理事，丹阳市诗词楹联学会会长。

无得（新韵）

雪域高原景色奇，心明澄敬仰佛仪。
不辞长拜衔泥叩，自在无得法象宜。

万善宝塔

一叶一花清世界；
万慈万善大菩提。

赵金柏（1956— ）

大港人。镇江市诗词楹联协会会员，《圌山诗词》
执行主编，镇江新区大港历史文化研究会副会长，江苏
省美术家协会会员。

涂鸦（新韵）

零头废纸案边留，无事拿来乱笔勾。
不去跟风忙粉饰，涂鸦一快乐悠悠。

五峰山长江大桥

山塔连云存旧梦，江关叱咤一条龙。
秦皇圌字休围困，王气冲天出五峰。

拆迁户

窗前栖鸟闹喳喳，麻雀八哥和老鸦。
我是白头翁一个，秋风树下置新家。

饭堂偶得

华灯已上意阑珊，继晷焚膏打晚餐。

莫问老牛能饭否，耕耘不息奋蹄欢。

五峰山长江大桥

五峰山下高桥，横空出世；

扬子江边大港，吞吐乾坤。

注：大港与高桥为大桥与港口所在的两岸古镇。

赵思伯（1898—1973）

镇江人。曾为镇江中学校长，多景诗社首任社长。

一萼红·一九六二年重九组成多景诗社有作

骋游踪，又凭高击节，吟啸压西风。篱菊黄初，江枫红半，端赖人补天工。漫惆怅孙刘霸业，再煮酒论定几英雄！指点山川，商量晴雨，都入诗筒。　　如此楼头多景，纵荣萁消息，一例匆匆！每忆当年，烟波横渡，依旧气贯长虹。且举杯招鸥呼鹭，铸新词呵壁走蛟龙。留待年年重九，乐与今同。

注：一九六二年重九，市政协邀作北固竟日游。咸以得从容呼吸于盛世胜境为快，后经刘（锡康）、李（瑞吉）二秘书长倡议组成诗社，取名多景，诚第一江山之佳话也。

菩萨蛮·六五年秋与宗海、伯和、唐坦、王骧诸同志商辑多景诗社近稿于"唐萼楼"，赋此纪快

江枫篱菊添吟稿，谁持彩笔安排好。相对发清讴，风生"唐萼楼"。　　望中多雁侣，不作惊寒语：比翼向前津，心先天地春！

北固山

蹈腾第一江山，寂寞鱼龙同起舞；
俯仰大千世界，风流人物共讴歌。

赵俊悟（1950—　　）

大港人。镇江新区诗词楹联协会会员，镇江新区大港历史文化研究会秘书长。

蝶恋花·赵声赞（新韵）

星月蒙尘黑漫漫，骤起狂飙，横扫千重暗。钢铁肩头承重担，洪溪赤子披肝胆。　　一曲高歌豪气贯，举义羊城，碧血黄花染。终喜云开红日现，天香含笑神州灿。

赵润之（1925—　）

女，镇江人。

赠忠婉姊

数载追随久，相亲转恨迟。

言行钦卓荦，辨析启奇痴。

款款情如姊，循循诱若师。

敢云同癖好，把酒共论诗。

壬午春过故人茶园

故人备车乘，邀我至郊园。

室雅饶情趣，茗香涤虑烦。

村边绿树合，山外淡云存。

盛意殷勤甚，铭心却忘言。

赵家驹（1949—　）

句容人。曾任中共扬州市委老干部局办公室主任、市诗词协会副秘书长兼《扬州诗文》编辑。镇江新区诗词楹联协会会员。

采桑子·消夏

古藤片绿难遮榻，云逸天晴。神倦肢横，叵耐蝉音绕树明。　　满塘溪客宜人愿。莲动风轻，摇曳生情。径赴清河擢九卿。

鹧鸪天·牵牛花

一缕晨风拂槿栏，清晖屡曳圃生寒。
数支喇叭朝天颂，几股藤萝匝地弯。
蓝欲醉，秀能餐，秋光烂漫可怜观。
人间阆苑花千树，不羡奢华恋此欢。

千秋岁·五峰山大桥礼赞

三江水急。千棹惊心魄。圌山兀，群峰揖。烟波涵
雾罩，飞鹊云间集。君可见，腾龙穿浪无穷碧。　　抚
鼓迎新客，为乐清音律。销魂处，长鸣笛。纵横天下路，
呼啸交通脉。多景也，五星添彩诗中画。

题城市书房联

箧蕴烟霞，品人间况味；
胸怀锦绣，涵世上芳华。

茗 山（1914—2000）

江苏盐城人。曾为焦山定慧寺方丈，中国佛教协会
副会长，市诗词楹联协会、多景诗社顾问。著有《茗山
文集》。

和赵朴老焦山壮观亭得句

华严阁上共筹谋，盛宴从来出镆鋣。
空殿新修宜塑像，慧灯待续实堪忧。

镇江诗词楹联作品集 | 1949—2022

六朝胜迹称浮玉，千古江山数润州。
指日重兴仗鼎力，再来更上一层楼。

六返焦山有感

弹指山居数十年，六番来往有前缘。
兴衰成败浑闲梦，离合悲欢付逝川。
利乐有情应无我，庄严东土作西天。
迎来佛像晨昏礼，祝愿千秋万古传。

颂焦山

参天绿树映黄墙，古寺钟声断复常。
红日金波光闪闪，茂林修竹色苍苍。
焦公洞里辞三诏，瘗鹤铭边隐上皇。
四面尘埃飞不到，一山端坐水中央。

访泰观感

刹那万里掠晴天，曼谷风光落眼前。
托钵黄衣沿路过，如林金塔耸云边。
僧王答问慈心切，佛像交流道谊绵。
寄语泰中诸长老，藏经互译结来缘。

定慧寺山门殿

戒定如山，智慧如海；
慈悲为室，方便为门。

定慧寺山门牌楼

云影波光天接地；

风平浪静月沉江。

泉声鸟声钟鼓声，声声是幻；

山色云色草木色，色色皆空。

定慧寺大殿

从东汉开山，经一千八百载，利生弘法；

自初唐建殿，历五代十朝人，不变随缘。

茗山亭

真平等待人如己；

大丈夫以国为家。

焦山亭

焦公隐居，三诏不起；

静老追远，千里而来。

海云堂

海涌莲花花涌佛；

云笼宝树树笼山。

定慧寺伽蓝殿

随缘饮食起居，座客莫嫌斋饭淡；
疏略应酬交际，山僧未识世情浓。

万佛塔

一塔摩霄邻北斗；
双峰如柱砥中流。

小码头观音洞

具无缘慈随类化身，紫竹林中观自在；
运同体悲寻声救苦，普陀岩上见如来。

胡邦彦（1915—2004）

字彦和、文伯，号寨翁，镇江人。毕业于无锡国学专修学校。曾在上海教育出版社工作直至退休。应邀参加新中国成立后第一部《辞海》《辞源》的编纂工作。曾为华东师范大学、上海师范大学古籍所研究生讲授文字学。1987年赴美国普林斯顿大学和纽约市立大学当访问学者，主讲中国古代文化若干专题。后人辑有《胡邦彦文存》。

香港回归感赋

前尘历历记蝌蟮，罂粟花红赋国殇。
鼎鼎百年龙起陆，漫漫千劫海生桑。

孤悬未觉南溟远，一掬弥亲厚土香。

胜欲重游还览胜，海天鹏翼入苍茫。

致张炳勋《怀馨阁杂俎》

茗溪丛语吾家事，诗总分门艺苑传。

剥复贞元余韵在，酉阳而后此余编。

胡红林（1970—　）

女，句容人。中华诗词学会会员，中国楹联学会会员，句容诗词楹联协会副会长、秘书长，多景诗社社员。

立　夏

今朝春步远，骤雨瓦生烟。

秀草迷三径，繁花落两舷。

茶香招客至，酒罢倚窗眠。

应谢时光转，相知又一年。

浮山采风

偶作浮山客，挑泉待煮茶。

相看眉上翠，分插鬓边华。

闲路删新笋，沿溪拣落花。

主人频带笑，可羡武陵家？

卜算子·问梅

素手摘梅花，缘是春风透。幻影随花步步移，景是人如旧。　　回首问梅花，入梦君知否？岂料清魂笑我痴，疏影为谁瘦？

临江仙·夜游千华古村

入夜繁星璀璨，古村吴韵淙淙。长廊灯影几回重，丽人临水岸，归鸟栖梧桐。　　醉卧秋风深巷，秦淮烟水朦胧。一船新曲兴尤浓，千华摇碎月，万古共清风。

胡湘生（1935—2000）

号冷堂，湖南常德人。曾为多景诗社副社长。

访胡适故居

先生故里几番来，两次门关一次开。

五四声名曾赫赫，千家笔伐亦恢恢。

缘悭马列甘当卒，流落美台应自哀。

毁誉由人谁管得，桃蹊幽远莫疑猜。

游昭君墓

弱质出深闺，含恨入宫闱。不求汉君宠，宁羡胡王妃？

和亲朝廷策，远嫁寸衷违。寒笳毡帐起，琵琶马上挥。

乡心随梦渺，清泪暗沾衣。塞外留青冢，芳魂应思归。

无端论功过，文人弄是非。古今明妃曲，可叹知音稀。

柳诒徵（1879—1956）

字翼谋，号劬堂。镇江人。著名历史学家、教育家、书法家、图书馆学家。长期在高校、图书馆系统任职。新中国成立后，任上海市文物管理委员会委员。著有《历代史略》《国史要义》，主编《江苏省立国学图书馆图书总目》《焦山书藏书目》等。

双十日绍宗藏书楼宴集

重九联双十，登高不厌重。

树人兼树木，文物胜文宗。

绝顶收多景，雄谈拯瘵松。

虹光贯日月，海岳共追踪。

焦山瘗鹤铭

枯木堂前春雨足，宝墨亭边春草绿。

搜奇选胜来焦岩，华阳真逸铭堪录。

真逸由来隐姓名，莫将字体辨分明。

沧州好事出诸水，小儒聚讼空纷争。

体遒笔劲形模古，潮打雷轰字莫补。

鹤寿不知其几年，华表空思飞皓羽。

隐居顾况漫传疑，山樵姓字伊谁知？

来禽莫便共题品，汉鼎雅堪同护持。

摩挲片碣重三叹，是王是陶难妄断。

君不见诸葛铜鼓属伏波，古来陈迹堪疑多。

北固山甘露寺

大千世界；

第一江山。

伯先公园

朝晖夕雨，江山第一；

云车风马，国士无双。

挽丁传靖

以竹垞竹汀相期，晚岁恒思论旧学；

继横山东山而逝，江乡共叹失通儒。

挽吴寄尘

嗣统南通，从商场艰苦支持，伟业未隳大生厂；

皈心西上，忆病榻弥留款语，本原炳著绍宗楼。

自题宅门

镜湖元自属闲人，柳外寻春，花边得句；

青笈不妨娱老眼，池香洗砚，山秀藏书。

柳耐冬（1918—1987）

号冬碧庵主，江苏盐城人。幼岁得柳诒徵先生指点，
擅诗文、书法。犹擅操琴，精于文物鉴定。多景诗社社员。

多景诗社雅集楞伽台

可无诗翰壮豪情，景象今朝处处新。

秋去冬来霜菊健，江天晴日满园春。

钟　澜（1921—2003）

丹阳人。丹阳市沁芳诗社社员。

赏菊有感

东篱丛菊灿如霞，常伴高人醉月华。

多少市朝名利客，只看榆叶不看花。

金山寺

一塔巍巍倚翠微，碧空数点鸟飞飞。

桃腮柳眼凝春色，殿宇参差照夕晖。

钟振振（1950—　　）

江苏南京人。毕业于南京师范大学。曾在镇江师范专科学校中文系执教。现为南京师范大学教授，博士生导师。兼任清华大学教授，中华诗词学会顾问（原副会长），中国韵文学会名誉会长（原会长），全球汉诗总会副会长，央视诗词大会总顾问。国家图书馆特聘教授。著有《中山诗校注》等。

为中国韵文学会贺宋代文学国际研讨会开幕

学术因时变，文章有代雄。

好裁天水碧，快写满江红。

红　豆

海外捐红豆，镶钟十二时。

心针巡日夜，无刻不相思。

独步北京大学校园，见蔡元培先生铜像

铸就精铜不坏身，未名湖侧对松筠。

上庠祭酒知何限，青史偏传蔡孑民。

中秋寄怀台海故人

海峡鸿沟五十年，一衣带水即天渊。

阳台夜夜东南望，今夜中秋月又圆。

世界和平

我为寰球祷上苍，三生心事一炉香。

清词只写唐人句，兵气销为日月光。

泰　山

特立东方若虎蹲，浩然作气满乾坤。

千年风雨撼不动，此是中华民族魂。

镇江诗词楹联作品集

1949—2022

松花湖

松花秋水一湖清，四百里山围玉枰。

最爱夕阳红湿处，渔船似在火中行。

长白山天池

千仞山围百丈池，英雄怀抱美人姿。

谁知水石绸缪处，曾有火浆喷吐时。

贺新郎·香港回归

月晦珠离蚌。百年来、几多屈辱，几多悲怆！可惜虎门烟销后，朝议昏瞀葸让。自坏了、天南屏障。锁国闭关真计拙，奈坚船利炮频冲撞？蛇蝮口，欲吞象。　　九州却喜风雷降。看潜龙、拿云攫雨，奋飞千丈。盛世岂容金瓯缺？统一人心所向。今日事、先收香港。义勇军歌行进曲，上太平山顶高声唱。音未落，海涛壮！

百字令·贺南京师大校报出刊百期用东坡韵

百年大计，莫过于、树育世间人物。百岁名庠龙虎卧，东望紫云如壁。百味平生，甘甜每在、辛苦寒窗雪。百金跃冶，镆铘争铸雄杰。　　百辑矻矻编成，辞宜而气盛，要非轻发。百读深思长不厌，芒角料难磨灭。百尺竿头，更前行一步，待吹毛发。百言吟就，仰看天半秋月。

注："跃冶"，见《庄子·大宗师》。东坡诗有"旧书不厌百回读，熟读深思子自知"句。

哭恩师唐圭璋先生

无语江河中有泪；

不言桃李下成蹊。

南京阅江楼

千古江声流夕照；

九天楼影俯朝飞。

南京静海寺警钟亭

南京条约于此胁成，寺颜静海，百年间，瀛海何曾一日静；

东亚纪元自今更始，亭翼鸣钟，千载后，警钟应亦中宵鸣。

浙东天姥山

水眼山眉，元丰逐客偏神往；

月湖日海，天宝谪仙曾梦游。

杭州西溪湿地秋雪庵

秋声最后到芦荻；

雪色争先入苇庵。

采石矶翠螺峰三台阁

放舟可掬江心月；

倚阁欲扪天外星。

亡父灵堂

师之子，师之婿，师之夫，师之父，师亦其终身事业；

贵在清，贵在勤，贵在让，贵在群，贵非所刻意经营。

挽李汝伦先生

异军旗帜张吾辈；

短剑锋芒李汝伦。

南京师范大学 110 周年校庆

南邻东大，东邻南大；

师以道存，道以师存。

施毓霖（1922—1997）

句容人。曾为沁芳诗社编委。编有《工曲轩诗稿》。

春日闲眺

春日踏青步代车，连天芳草碧无涯。

莺莺燕燕间关语，白白红红遍地花。

短褐布襟耕陇亩，轻衫翠袖采新茶。

谁家翁媪真多事，屋后门前遍种瓜。

姜可生（1893—1959）

字君西，号杏痴，别署慧禅。丹阳人。南社早期社员，曾为柳亚子的私人秘书。江苏文史馆、上海文史馆馆员。

亚子归，匆迫间未能走送，定交两月，又作离人，黯然赋此，代简步鹓雏韵

黄浦风云恶，归欤息浪游。

老猿相视笑，绿草尽含愁。

堂上开颜问，明侪蹙额留。

征装甫卸罢，慢上读书楼。

奔走天涯久，观云便忆家。

闲吟翻韵谱，幽怨付铜琶。

抱瓮偏泥酒，系铃独护花。

一朝命驾去，收拾晚天霞。

寄怀亚子

天空云净倚阑时，无限关山在目思。

烂醉生涯聊自解，穷愁心迹倩君知。

惊看漠北先投笔，坐困江南独赋诗。

雁过书成寒柝起，微风斜月在高枝。

寒　衣

一袍解赠寻常见，客邸重逢去国遥。

卒岁人思山谷褐，当筵酒换阮孚貂。

悬鹑未改雍容步，束苇犹堪瑟缩宵。

我爱援朝诸战士，披裘踏雪马蹄骄。

力子书来赋此却寄，并柬右任、季陶、布雷、楚伧、亨颐、耿光

平生竺念惟师友，若我索居亦已久。

四十无闻今过之，二毛惧遂成衰朽。

萧瑟江南庾信哀，故家乔木安在哉？

窜身伏匿次江渚，但见城邑残破莱。

举室飘摇何所托？不化虫沙即猿鹤。

誓当击剑从祖生，风雨鸡声况非恶。

在昔曾闻蜀道难，只身西上行间关。

我来岂独访知旧，报国拟掬心与肝。

诘晨缀席吾将往，直上岷峨气莽苍。

诗成先报故人知，脱走兵间幸无恙。

锡三、清皓抢救盟国飞将军，与寇作殊死战，此诗壮之，并示景琦

垓下闻歌讶合围，谁欤旧起鲁戈挥。

曾看卧地铜驼泣，喜见漫天铁鸟飞。

巷战呼声情已馁，悔防颓势局全非。

将军浴血鲸鲵斩，鼓鼓蓬蓬奏凯归。

祝 诚 (1942—)

镇江人。古典文学教授。曾任镇江市高等专科学校校长、江南大学太湖学院院长，中国《文心雕龙》学会理事，中国《文选》学会理事，镇江市诗词楹联协会、多景诗社顾问。

寄诗友

时尚多崇近体诗，清词丽句似相知。

愿君旧罐装新酒，写到生时是熟时。

破阵子·习主席朱日和沙场阅兵，庆祝建军90周年。为赋壮词以赞之，用稼轩韵

霸气辉煌亮剑，雄师威武连营。八万里传习总令，九战群扬狮吼声。沙场大阅兵。 导弹超音的准，战车镇敌魂惊。鹰击长空天下定，赢得寰球常胜名。赞歌心底生。

祝亚星（1980— ）

女，扬中人。多景诗社社员。有《忘味集》。

客中送客

算来无计买佳邻，指破流光倦有因。
十万寒星空坐望，三年客梦竟沉沦。
榴花似火风前落，疾雨如常别后亲。
最是春归留不得，辛夷树下远游人。

听　秋

江洲一夜听秋声，落叶流星两失衡。
天到晓时寒入骨，我从醉后忘其行。
觉来大笑谈风月，惯以无情对死生。
心是飞鸿身有住，经年不肯出围城。

无　题

托病相思不可医，人生或许惯分离。
扶风温酒寻常夜，步月探梅三两枝。
一念多情沉海后，诸天无我卧云时。
谁翻黑白新棋势，省识输赢算未痴。

无　题

地阔天高碧四垂，红尘多劫困孤危。
时来自锁琉璃界，别去歌倾翡翠卮。
昨夜江城听月落，一声芦笛放云追。
凭谁百世悬明镜，遽有人心不可窥。

桃花潭记

未许行舟归海涯，踏歌人挽老藤花。
烟波已酿三春雨，酒肆新开十万家。
小巷纸灯红不落，曲潭蛙鼓杂无遮。
尔来山水如相隔，久坐渐忘尘路赊。

鼎石游春小记

连天风雨骤然晴，鼎石寻踪载酒行。
三径流香因客到，一时飞鸟隔花鸣。
高墙未许窥僧塔，野笛何堪作梵声。
解说真如春不应，梅樱开落碧云横。

看越剧孔雀东南飞

水袖低旋悲莫禁，须臾弦管转消沉。
振衣一啸余愁色，击节长歌动客心。
天不怜人孤愤久，世无安处两情深。
尘缘乖隔三千界，生若飞蓬死可寻。

问　天

我今有惑问于天，魔役苍生佛在渊。
追梦成囚犹逆旅，留春无计隔他年。
一时身化瑶池鹤，十丈花开玉井莲。
此际相逢尘海阔，譬如星月久苍然。

撩 天

撩天无据夜纵横，月枕星河灯满城。

时事已疏花事竟，春心渐死壮心平。

锋芒收敛虚风骨，祭日缄封聚甲兵。

转历红尘千百劫，中涵万象未分明。

祝瑞洪（1956—　）

扬中人，副研究员。1982年毕业于南京大学哲学系。先后在镇江市宣传、广播电视及城建部门工作，近二十多年一直从事镇江市历史文化街区保护修缮和文史研究工作。

西津十八景（选四）

一眼千年

羁旅凭窗星火无，忍看张祜客家孤。

东坡诗稿喜青壁，白塔祥云生紫梧。

三尺老坑难见底，千秋故事可平湖。

阅尽人间多少事，层层迭迭尽归途。

古街新韵

大红灯笼花旗幌，黛瓦乱砖老木门。

待渡亭前非渡客，小山楼外满山人。

欢声笑语如潮水，酒肆茶楼若泰辰。

昨夜古琴弹古曲，今朝江水煮江珍。

玉山留春

楝子花开谷雨迟，玉山阁上苦香痴。

翩翩翠盖临风舞，漫漫紫云凭石宜。

品茗如禅初入定，寻诗若梦醒忘词。

借来崖壁柴爿地，留得春深待渡时。

闲田骚客

银岭不知一亩宫，郡公有意隐苏翁。

东坡新筑闲田苑，京畿初篁绕绿松。

古渡魂归鱼饮水，金山会散月悬弓。

鸿儒书画盘云意，骚客摩崖寄寓公。

江南忆·丁酉清明前读陈世荣先生河豚鱼画有怀

江洲忆，最忆一江春。柳絮如烟长水碧，轻舟江上钓河豚。鱼跃雨纷纷。

江洲忆，再忆醉春分。袅袅炊烟柴火灶，青青秧草炖河豚，馋煞我家邻。

江洲忆，更忆那年春。一树桃花依翠柳，两坡青竹刻书痕，清夜梦昆仑。

拟京口救生会门联（小码头街门）

同登觉路，一尊白塔平常性；
共渡慈航，数点红帆自在心。

普陀岩下，潮升潮落，义士乐施怀善德；
扬子江中，帆去帆来，红船拯溺济苍生。

镇江诗词楹联作品集

1949—2022

拟镇江救生博物馆主楼门联

大江济困，此舟传载利川德；

千古救生，斯馆留存义士名。

拟京口救生会馆北楼门楼

京口救生，千古传奇第一善；

大江济渡，万民称颂本初心。

云台阁

来大码头，修道修儒修释，一生平安幸福；

登云台阁，乐山乐水乐城，满眼盛世风光。

游南山北入口欲为文心楼拟联

山开澄鉴，南朝人物此间隐；

泉涌青莲，京口文章天下雄。

姚以燧 （1933—　 ）

江苏扬州人，居镇江。为江苏大学绿野诗社社
员，有《涂鸦集》。与李汉中、程庆澜合著《绿野诗宗》
诗集。

迎新春二首

丰稔黄牛志，霞丹赤子心。

吟诗云聚庆，耄耋舞芳春。

镇江诗词楹联作品集 1949—2022

律回春晖渐，始更万象新。

穑丰原众望，牛奋力千钧。

庆祝中国共产党成立 90 周年

九秩辛劳，千秋幸福；

四维固壮，一道康庄。

九秩耀天，造化蒸黎，春不老；

五星辉地，振兴华夏，日常新。

姚恒俊（1971— ）

扬中人。扬中市诗词学会会员。

夏夜无眠（新韵）

残花羞春色，新月出高槐。

才醉流星雨，又听蛙鼓来。

江边听涛

听岸涛声绝，望云雁字悠。

风来愁绪解，飞鹭起潮头。

秋寒近（新韵）

晨寒雁字惊，霜露点山风。

秋晚玉蝉隐，岁阴红叶生。

中庭香桂约，故里稻田丰。

淘尽奔流色，归途鸡犬鸣。

旅程天晴

晨旅鸡鸣里，无为眺晚秋。

日辉扶绿韵，鹭影越清流。

野旷客寻趣，奔波我忘忧。

谁知前路远，同醉壮心酬。

姚桂玉 (1982—   )

女，广东广州人，现居句容。教师。句容市诗词楹联协会理事，多景诗社社员。

望　月

一钩细小挂疏帘，素淡如眉玉影纤。

犹似相思初种得，盈盈未满好增添。

秋行石象路

满山落叶帝陵前，秋草又枯凝冷烟。

世道人心皆易变，争如石兽守千年。

过玉门关

昔日旌旗去不回，将军战骨已成灰。

悠悠绿草斜阳外，一片春风自往来。

南歌子

桂子空庭落，蟾光满户生。清霜一枕梦难成。惆怅
无边思忆与谁倾。　　宝镜团如月，檀梳淡有馨。那时
双影入云屏。轻点朱唇欲语笑盈盈。

行香子·春闲

庭院风轻，细碎鹂鸣。疏帘卷、影落帷屏。慵慵欹
枕，午梦初生。任柳烟飞，茶烟细，水烟明。　　醒来
无事，把卷闲行。长吟罢、燕过云停。此中为乐，遍赏
春汀。有海棠红，野鸥白，远山青。

姚锡钧（1893—1954）

字伯雄，别署鹓雏，笔名龙公，上海人。曾是《太
平洋报》《民国日报》《星加坡国民日报》等刊物编辑。
曾任民国南京市府秘书长，新中国成立后曾任松江县副
县长，上海文史馆员，南社社员。与于右任、叶楚伧、
苏曼殊、刘三、李叔同、汪东、沈尹默等有文字交，与
柳亚子最善。曾于镇江敏成小学任教。有《恬养簃诗》《苍
雪词》传世。

过镇江望金焦

晚钟已歇出林声，古寺层楼为眼明。

塔畔一铃惟独语，烟中短棹亦孤行。

江山北固风和雨，人物南徐酒共兵。

独抱奇愁对雄镇，伤心一片画难成。

移灯一首，示亚子

移灯微叹想无端，乍觉春风到酒寒。

去日是非谁复省，频年哀乐未全阑。

江头蓬鬓扁舟在，劫外莺花泪眼看。

剩搯檀槽一回顾，可应怊怅解人难。

姜粟香、张韫斯诸君要饮镇江酒楼，罢归，怆念亡弟

西风吹雁过江城，庭树悬知失旧荣。

落叶无声秋暗至，微云不滓月孤明。

花开酒美伤今日，地迥楼高识此情。

异地故人能念我，对床闲话尽残更。

怀刘三

江海诗人刘季平，早年意气小寰瀛。

酒家遗带犹题壁，山墅栽花当将兵。

绣獬一官秋士老，镜鸾双舞草书成。

横云天马烽烟遍，何处芒鞋踏落英。

四月十八日晓起

南徐倦客一青毡，支骨藤床坐欲穿。

凋悴已嗟民力尽，迂疏独赖长官怜。

壤流微末惭叨禄，风雨萧骚更废眠。

世计身谋俱失望，蹉跎岂仅在求田。

镇江城外荒池荷花

柳丝风软不藏鸦，十亩荒潭翠盖斜。
一种奇怀谁与赏，独无人处作高花。

沪宁车中

袖中缩手意何如，雷动飙轮破晓初。
吴甸山川纷向背，残春风雨莽萧疏。
愁多只办匆匆老，事怪空成咄咄书。
欲向金焦舒倦足，眼中塔影是南徐。

闭门（二选一）

说剑吹箫意久阑，更抛蜡屐罢寻山。
闭门书味浓于酒，愿得常偷半晌闲。

望江南（十二首选一）

江南好，北固雨潇潇。柑酒从容过竹院，刀鲥络绎
上江潮。门外是金焦。

秦宗慈（1947—2019）

北京人。中华诗词学会会员，多景诗社社员，壮心
诗社社员，松梅诗社社员。曾为镇江市诗词楹联协会理事，
特约研究员。有《秦宗慈诗词集》等。

谒中山陵三首

形胜东南第一冈，青连吴楚郁苍苍。
山因功绩标高誉，人藉巍峨寄大纲。
早燕拂云追浩气，夕阳挂柏恋仙乡。
匆匆来去观光客，谁向宫墙读几章。

山风秋叶动情思，似见曾飘五色旗。
碧血许流千里土，黄花犹写一腔诗。
共和未竟心忧日，同志仍须语重时。
值此人人称后继，先生当喜抑当悲。

中道崩殂忍别离，谁教飘渺作佳期。
由来五宪三民事，可要经年累月时。
陵墓渐颓枯坐久，遗言长忆践行迟。
神州处处酬先辈，一派升平奏竹丝。

津渡流光

谁将彩笔写氤氲？夜气云台入望新。
灯影晦明山着色，涛声近远旅过频。
孤亭一宿诗犹在，古道千年辙未湮。
兴至举杯倾作雨，浮尘尽洗助精神。

袁德新（1953—　　）

江苏泗洪人，居镇江。润州区诗词协会会员，润州区"银发生辉"词教分队成员。

转应曲·元宵节

灯节，灯节，爆竹云霄响彻。红梅报喜春天，皎洁冰轮满圆。圆满，圆满，福愿安康永远。

十六字令·献给戍边英雄烈士

山，将士忠心铸石磐。龙鳞甲，欲血戍边关。

学诗有感

年华向晚赋诗词，学浅才疏心自知。
只为闲暇寻雅趣，读书得间问能师。

高层建筑外墙清洗（新韵）

邀来碧水洗遥空，除却浮尘现丽容。
试问八荒九州客，新颜是否旧时同？

耿　震（1976—　　）

扬中人。从京口丁小玲先生学诗。镇江市诗词楹联协会理事，多景诗社副秘书长，《多景诗词》副主编。承社、平山诗社社员。

路　转

路转溪桥篱落斜，江村僻处有人家。
不辞晴雨特相过，为爱门前栀子花。

一 带

一带山峦雨洗青，离离沙际暮云停。
烟舟自逐江流去，但见群鸥入蓼汀。

望 远

万里烟云迷远望，一樽谁与暂开眉。
振衣高阁孤还迥，回首寒花淡更奇。
如此残年余咄咄，不胜斜日下迟迟。
自扪犹得初心在，且寄吟怀当此时。

向 晚

向晚凉风取次经，日斜山影坐江亭。
年光有限空歌啸，世路无涯任醉醒。
一带野烟迷岸草，数声渔唱入沙汀。
深蒲浅蓼花开后，寂寞天垂处士星。

笋 干

镬煮刀加节不移，癯容瘦质出尘姿。
真能酒肉烟霞味，信有襟怀风雨时。
蕴藉禅心诚苦淡，棱层诗骨益清奇。
中宵每作凌云想，此意人间识者谁。

镇江诗词楹联作品集 1949—2022

庚子清明后一日诸老约往新胜王老宅中
赏牡丹恨不能同行怅然有寄

春光好处欲何之，遥想牡丹应满枝。
可喜风流元自得，便看烂漫更相宜。
新花来眼酬清兴，迟日与谈怀旧知。
数语怊惆呈众老，明年定不负芳时。

缺兮

缺兮圆矣又经年，此夜依然江上悬。
去后孤鸿成故事，归来处士有新篇。
酒浇书味偏宜醉，梦入尘情别是禅。
寒水澹烟篱落畔，为谁惆怅伫花前。

秋蔷薇

逢秋未肯便开残，数朵要留知己看。
红到斜阳烟景异，香分野渡水云寒。
身耽浮世心何有，梦结孤松意所欢。
霜露一襟风满袖，星河立望夜漫漫。

霜欺露浥未教残，肃肃秋风老尚看。
剩有一枝红到骨，犹存数叶碧生寒。
幽香独抱深春梦，冷艳谁同竟夕欢。
星渚夜倾光万斛，蓼汀芦岸浩漫漫。

多景戊戌秋课再赋"明月几时有"

大野起秋风，萧萧入户牖。

窗鸡破夜清，明月几时有。

人生天地间，万事一杯酒。

呫呫向空书，唾壶凹也久。

青山阻且遥，谁与嗟髡柳。

松柏自山岩，贞心还独守。

题三余琴馆

碗茗炉烟，共三余雅事；

春云秋月，伴一枕高风。

题南山六艺馆之数馆联

盈限割圆，数能穷理；

弥年考影，学可窥天。

题鹤林寺杜鹃楼联

寄奴去后，古寺更无黄鹤驻；

踯躅开时，深林长有白云飞。

为高三学子撰联

数载寒窗，蟾宫应许攀丹桂；

一朝胜景，虎榜还教上青云。

镇江诗词楹联作品集 1949—2022

题北固楼联

兵雄北府，忆铁马金戈，回首千秋功业；

楼镇南徐，览吴风楚韵，放怀第一江山。

题镇江康复医院 100 周年

布德从医，犹忆初衷呈博爱；

悬壶济世，竟看妙手起沉疴。

耿会芳（1965—　　）

女，中华诗词学会会员，扬中市诗词学会会员。

夜

醒来独坐忆君家，透户清辉暖似纱。

欲醉可怜无好酒，拈来小字寄天涯。

唐多令·秋夜思

隙月透轩窗，乱蛩坐嫩凉。忆旧游、空阁彷徨。半插凤钗云鬓倦，漫阶是、露凝霜。　　对镜懒梳妆，凝眸阅赋章。这些年、底事空望。身远飞鸿无处寄，终恰是、一黄粱。

巫山一段云·七夕

一枕横波梦。三番入骨愁。鹊桥如为女儿谋，试将风雨收。　　星汉重深难渡，相见一时忒苦。同君别后盼来年，奈何数百天。

江城子·荷

绿裙浮水水生波，影婆娑，梦婆娑。照水娇容、粉似画中娥。偶有蜻蜓尖上立，邀风雨，几番歌。　　溪琴一曲惜新荷，著轻罗，有谁呵。今曳柔姿、正待旧人么？堪嵌诗腰修玉骨，谩赢得，不蹉跎。

留春令·惜春

暮春时候，雨疏风骤，草萋花瘦。岸柳扶风约流波，兑一碗、伤春酒。　　泪咽无声曾相守。正时光依旧。孤夜犹闻杜鹃啼，惹推枕、凭栏久。

贾玉书（1943—　　）

山东济宁人。曾任镇江市文联主席、镇江市书法家协会主席。

芙蓉楼观雨

蓉楼小憩意如何，烟水迷蒙起碧波。
难得今天闲态度，坐观急雨打新荷。

乙酉岁秋，重游龙门

初踏龙门一倚哦，心如滇水起长波。
此来憔悴风尘里，再至龙门感喟多。

洪泽湖

空蒙大泽水天连，百里蒹葭袅翠烟。
扑棱一群惊鹜起，轻波荡出小渔船。

牡　丹

国色天香解语时，迎风招展赚歌诗。
环肥燕瘦随人喜，魏紫姚黄各竞姿。

三游洞

唐三游后宋三游，十百歌诗万古留。
莫叹西陵山水险，下牢一洞半空幽。

顾莲邨（1908—1993）

名汝嫘，又字莲村，江苏射阳人。1937年毕业于中央大学艺术系，1942年在盐城参加由陈毅倡导的"湖海艺文社"。1946年应吕凤子邀请任教于丹阳正则艺专。1983年，任丹阳正则画院院长。

狱　中

倭寇日围门，出山苦相迫。

逼我以白刃，诱我以厚禄。

坚贞全大节，父子同入狱。

死生置度外，敌前誓不辱。

坐定百感生，老夫仰天哭。

国破家何在，存没毋庸卜。

父老今已矣，儿才三十六。

况有乳下孙，周岁还未足。

劝父莫悲伤，胜败看全局。

希望于无声，一唱天下白。

知否原上草，春风吹又绿。

登庐山铁船峰

风定雨余春睡足，披衣小坐静观台。

万山如岛云如海，我驾铁船天上来。

答庞老并为画《承平图》

客况何堪问，天寒岁复闻。

关山正萧索，草木已凋残。

倦鹤思归急，征鸿觅食难。

承平应有待，先着画图看。

忆儿时题画

少小喜临池，日书数十行。

灯下依爷坐，笔笔论短长。

爱书兼爱画，爱画花之王。

姚黄杂魏紫，供奉瓶中央。

阿猫同我好，终日守花旁。

朝为花写照，暮张迎宾堂。

座客多勖勉，老大莫悲伤。

迄今无所成，愧畏不能忘。

鹊桥仙·故宫志感

苍松影碎，斜阳如坠，无限凄凉滋味，雕梁画栋总成空，何必问、两朝兴废？　　珠辉璧丽，飞红点翠，多少人间血泪？谁知花落水东流。尚有人，魂迷心醉。

点绛唇·坐颐和园长廊

依水长廊，笑谈如坐兰舟上，烟波浩荡，幸诗人无恙。万寿山高，是天然屏障，尤欢畅，苍松作杖，扶我同歌唱。

钱吕明（1958—　　）

扬中人。扬中市诗词学会会员。

江洲早春

春脚无声过大江，梅花未谢柳将黄。
江洲二月风初暖，人始薰薰日始长。

自　况

苦有咖啡涩有茶，杳无晓梦到天涯。
春花秋月多凉拌，水煮新诗蘸晚霞。

青菜薹

霜雪生涯合自豪，春来萌志向云霄。
苔茎无骨应无愧，宁折头颅不折腰。

自　嘲

人间烟火是非身，赘语连篇亦自珍。
但得笔尖无媚骨，文章何妨入荆榛。

退休再逢教师节感赋

粉笔生涯六六春，蜗行摸索费精神。
清风未必盈双袖，明月何曾见一轮？
假作真时真笑我，无为有处有蒙尘。
桃源此去几多路？劝尔知津莫问津。

《家伦诗与影》付梓感赋二首

驱困娄东渡劫期，乾坤反正占鳌时。
登高不避风和雨，逐梦堪称醉若痴。

颔首庶黎皆结友，入眸风景悉成诗。

动人最是千行泪，秋雨梧桐夜漏迟。

每从吟咏见姑苏，月下笙歌对美图。

襟袖情真风骨在，柔肠事杳影踪无。

杏坛高处诗坛近，艺术纯时道术扶。

智水仁山多妙境，信知彩笔数东吴。

钱安文（1964—　　）

　　丹徒人。现供职于丹阳市市场监管局，江苏省诗词学会会员，丹阳市诗词楹联学会理事。

中秋望月有寄

风过花渐落，月白不堪眠。

一夜相思后，相思又一年。

晨起见窗外蔷薇渐开有题

帘外风情花最真，可心更是色撩人。

春花笑我年年老，诗与繁花一样新。

题庭中蜡梅

炫彩缤纷总不如，冰肌腻质韵尤殊。

天然一段风流骨，独列春光入画图。

立冬日暮山中探姑母匆匆又别

别从山路远，执手泪相亲。

拄杖柴门外，会心野水滨。

寒烟残落日，桑柘隐离人。

复约经霜后，衔杯共及春。

秋暮游西津古渡登云台阁未成

北望云台阁，西津揽渡头。

层峦遥耸翠，高树暮含秋。

夹岸连商贾，横江带晚舟。

风烟成过往，图画意勾留。

贺多景诗社成立 60 周年

一自同盟便气清，经年六秩又传名。

心驰北固揽多景，浪叠西津续正声。

秀句每从工对出，会刊只合壮歌行。

诗情不与人情老，无限风光满意生。

上海疫情一月有余后又记

花繁时节遇春寒，杜宇声声不忍观。

百万劳军齐卸甲，三千楼栋共停餐。

浦江痛饮孤城泪，落日空余夕照残。

海上烟尘犹未绝，伤心过后是心酸。

钱恒通（1937—　　）

镇江人。江南诗词协会会员，江苏大学绿野诗词协会会员。

黄山天都峰

拔地摩天峰，出世莽横空。

丹梯凌日月，傲倚九霄中。

雾绕岚飞舞，云藏腾蛟龙。

雨来岭欲倾，日出吐朱虹。

举目观千仞，足下岳万重。

巉崖峻错落，巍峨竞峥嵘。

楹联二副

笃礼崇义弘正气；

立德修身树新风。

常行厚德助人上善事；

永存虚怀淡定若水心。

钱跃龙（1928—　　）

镇江人。退休后曾任晚霞诗社副社长、壮心诗社社长、壮心诗社名誉社长、松梅诗社副社长。在"海峡杯"两岸和平诗词大赛中获一等奖。

闲 居

昔日蓝图无处描，孤云野鹤苦逍遥。

高山流水知音少，聊借诗书慰寂寥。

泛舟古运河

两岸连芳翠，清流映落霞。

行船闻鸟语，举罟看鱼花。

目送青山远，云随柳浪斜。

晴风多爽气，逐水到天涯。

钱嘉麟（1923—1996）

镇江人。多景诗社社员。有《钱嘉麟诗词集》。

朝中措·参观南京梅园，缅怀周总理

梅园笼绿沐春明，胜迹耀金陵。想见当年舌战，胸藏百万雄兵。　　海天其量，江河其智，宇宙其精，赤胆匡时济世，周公千古留名。

思佳客·访南京李香君故居

来燕桥边花柳芬，媚香楼上旧遗痕。空余琴瑟红绡帐，无复丝弦醉舞裙。　　思八艳，悼芳魂。秦淮高洁数佳人。忠肝义胆侯生愧，血溅桃花不忍闻。

西江月·贺李宗海九十华诞

多景诗坛魁首，登云山馆仙翁。九旬上寿仰师宗，真是高山斗拱！　挥笔飞毫师古，倾文泼墨歌功。碑、楹墨宝遍江东，华夏人人传诵。

钱琭之（1927—2013）

江苏常州人，曾为镇江师范专科学校中文系主任、常州教育学院副院长，中华诗词学会会员，常州舣舟诗社副社长兼《舣舟诗荟》主编。有《槛外集》等。

回忆省镇中

桐队竹影两难忘，十载曾惊风雨狂。
燕去池塘春寂寂，枭鸣屋角夜茫茫。
文攻岂免燔秦火，武卫真教作战场。
别有牛棚容小住，板床纸壁梦偏长。

江城子·为镇江师专创办 30 周年作

卅年道路不寻常，沐春阳，履秋霜，黉舍弦歌，亦自有沧桑。且喜今朝花事盛，桃李艳，蕙兰香。　他乡未必逊家乡，梦溪旁，寿丘冈，江月当时着意照书窗。长忆南徐山水好，泉味美，友情长。

扬州慢·赋贺骧老八秩大寿

过眼沧桑，贮胸文史，白头未负平生。每高歌拔剑，尚意气纵横。试回首、人间万事，著书编集，差胜功名。

晚霞明、江北江南，帆稳峰青。　秣陵初识、更京江、黉舍同声。算苣蓿生涯，芝兰臭味，云水交情。记取寿丘相送，阳关曲、雅韵犹萦。倩归来、春燕衔笺，祝遐龄。

水龙吟·为寿丘山下四银杏作

凛然阅尽沧桑，并肩恰似商山皓。当门傍路，寿丘黉舍，润州大道，春绽银花，秋悬白果，绿荫长罩，越修龄三百，栉风沐雨，流嘉惠，知多少？　犹记梦溪楼上，倚阑干，曾同昏晓。十年离别、百年心愿、总萦怀抱。底事移根，何方住世？新传音耗，愿诗魂夜去，重临故地，觅平安报。

踏莎行·为多景诗社作

多景楼头，长江岸上，诗人联袂频来往。风吹雨打未曾休，英雄山水堪吟唱。　北固苍苍，南徐莽莽。江花江草应无恙。别来魂梦绕金焦，诗情也似秋潮涨。

浣溪沙·镇江许老图南以新著《郑板桥事迹考》寄赠，为赋此词

二百年前旧板桥，扬州明月广陵潮，流传韵事到今朝。　要识匡庐真面目，不随世俗乱涂描。许公玄著自超超。

调寄浣溪沙·题光年学棣诗联书法作品集

相识京江有旧缘，吟笺每寄似清谈，新编快读乐心间。　　联语精纯绕雅韵，诗情潇洒寓真诠，更凭书写耀江天。

赠原"镇江师专"联

京口泉甘，梦溪水暖；

鸾凰啸远，雏凤声清。

赠蒋文野老师

小试牛刀搜野史；

精研马氏著文通。

赠杨积庆老师

积健为雄，青灯无恙；

逢春有庆，翠柳多情。

寿王骧老九秩

矍铄依然，九秩笑看堂燕舞；

期颐在望，三春喜庆屋筹添。

寿宋潜深兄八秩

教苑长春，潜德幽光早相识；

书林独秀，深根固柢足成家。

徐 锋 （1944—　　）

丹阳人，曾在雪域高原工作多年，现定居镇江。镇江市诗词楹联协会会员，镇江市老年大学壮心诗社社员。有《边塞针茅》。

牧 归

远山石缀星星草，风送鞭音数岭驰。
月照高原千万里，牛羊遍地马儿嘶。

初夏赴东汝途中

碎雪纷飞骏马驰，羚羊敏捷踏冰漪。
何当得与老天约，花绽格桑发嫩枝！

徐 徐 （1949—　　）

字西隅，号若木，镇江人。曾从事教育、地方史志、金融工作。现任镇江市诗词楹联协会副会长、多景诗社副社长。有《犹贤斋诗》《镇江小史》刊行。

读蒋定之先生诗集《垂袖归来》感赋二首

惊才绝艳壮山河，落笔成篇快慰多。
袖海胜于垂袖好，文章太守意如何。

故家乔木已千寻，沧海归人动楚吟。
阅尽尘间菀枯事，江山风雨写词心。

庚子元旦前二日《镇江小史》出版，把卷感赋

茂陵研墨付名山，作嫁生涯去等闲。

今日无劳公美誉，芸香清气自屠颜。

身世书丛小蠹鱼，梦肠岁晏独华予。

家山千载争无史，能否滥竽充数欤。

壬寅多景诗社结社 60 周年，赋小诗以贺

结社缘多景，俄然甲子周。

吟心依玉树，诗思驷苍虬。

丁卯桥边月，壬寅楼上秋。

前贤遗我惠，吾辈复何酬。

王荆公千年诞辰有赋

半山名不奈，啸咏傲苍穹。

身在江湖上，心存魏阙中。

趣农除疾苦，变法伴腥风。

功过谁评说，千秋拗相公。

读《陈寅恪诗集》

满贮枯心泪，高怀谁与陈。

一生多负气，半世最怆神。

处处鹃啼血，垂垂鹤瘦身。

如何家国恨，不作读书人。

己亥立夏有怀，用彭茗斋赋得残莺知夏浅韵

残莺底事语山林，消受朝晖与夕阴。

芳草斜阳人去去，桃花流水影沉沉。

初春才见红情艳，浅夏又惊绿意深。

一种风怀依旧在，年来尽付短长吟。

蒋公光年六十初度，步其《六十抒怀》韵以寿

成神青骨历春秋，今日高吟声气求。

桃李嫣然颜色好，诗书容与雁灯稠。

有缘翰墨任挥洒，无恙湖山待咏讴。

岁月何堪流水去，情怀收拾莫夷由。

登金陵赏心亭

大吕千秋多赏音，楼台赢得去来今。

侧身天地具豪气，拍遍栏杆自啸吟。

玉树后庭翻艳唱，乌衣子弟费思寻。

龙蟠虎踞开襟地，愁绝稼轩一片心。

北固楼

气吞吴楚，看六代枭雄，此处曾留霸业；

浪涌乾坤，叹千秋骚客，斯楼独望神州。

云台阁

朱甍临水，画阁摩云，再现旧时胜迹；

白浪绕城，青峰横郭，何如此处江山。

题算山

东坡之后，蒜山有闲田几亩；
赤壁以来，天下已鼎足三分。

云台山

画栋凌空，看一水横陈，三山雄秀；
朝霞腾起，任西津帆去，东海潮回。

石淙精舍

南来北往，经宦海腥风，沙场血雨；
秋夕春朝，有石淙烟月，鸿鹤晴岚。

六艺馆射馆

檀司马量沙，兵机了得；
祖豫州击楫，士气如何。

鹤林寺竹院

有千万新篁，何处可逢僧话；
约二三旧雨，此间得以偷闲。

题南山文心楼，嵌字文心

文章留慧业，有一管春风词笔；
心迹自和平，看六朝无语青山。

赠应向东，嵌字向东亚华

向阳野菊，凌霜谁亚？

东阁官梅，斗雪自华。

贺多景诗社结社 60 周年，嵌字多景

白社初周花甲，多仰前贤，吟心画手，宏开诗气象；

良辰又际重阳，景从大雅，秋菊春兰，扬挖玉精神。

徐 敏（1979— ）

字杭之，江苏海门人，现居扬中。中华诗词学会
会员。

仙人球花开两朵

微躯原稚嫩，故以刺防身。

却爱居城市，何期作比邻。

献花方寸暖，布景一时新。

仿佛优昙现，仙缘最可珍。

题报春图

黄莺恰恰占梅枝，正是晨光明媚时。

半歇半啼唯一愿，只将春意报君知。

过丹阳陵口怀梁武帝

达摩一苇去萧梁，宝志依然佐武皇。

莫道禅心未投契，须知佛法久传扬。

台城受困留遗恨，南国偏安犹小康。

今到修陵天已暮，荒原西望晚霞长。

咏桂花

金粟如来幻化身，月宫仙树降凡尘。

此间葭律当南吕，昨夜苹风过北邻。

密叶层层能养目，清香细细可忘神。

一枝折寄瓶中看，静向窗前待兔轮。

忆秦娥·参观扬中博物馆

游南郭，当时结伴登楼阁。登楼阁，仰瞻人物，俯观文博。　　沧桑千古今飞跃，方圆百里谁耕凿？谁耕凿，收罗六邑，启开三乐。

东风第一枝·记《我从哪里来续编》

沧海桑田，润东洲上，古今几多人物。闲谈晋代衣冠，轻唱春江花月。归田卜宅，勤耕读，往来舟楫。转眼间，斗换星移，何处访寻残页。　　湮没了，旧时遗碣。收拾好，百家谱牒。文章尽力钻研，往事用心发掘。天南地北，不辞远，近前趋谒。印行后，传递新书，长置案头披阅。

题家门联

今生有酒书为友；

此地无山井作泉。

挽金庸联

侠客先行，从此江湖谁笑傲；

神雕已去，由来书剑价连城。

题大雾联

烟锁重楼，试问谁人持玉钥；

雾迷银海，情知织女度金针。

题书斋联

提持一口丹田气；

诵读三行锦绣文。

徐行兵（1968— ）

句容人。中华诗词学会会员，镇江市作家协会会员，句容市作家协会会员，句容市诗词楹联协会理事，句容市诗歌协会会员，句容市拾贝诗社社长。

过赛珍珠旧居

异客他乡性本真，笔耕旧舍阅风尘。
只今空径难寻迹，惟有英名照后人。

喜客泉

句曲非常道，林中喜客迎。山腰灵气满，地肺玉珠明。
为问千年味，先偿四季情。涟漪追击掌，喧唤鸟来声。

秋日有怀

迟暮何期望，蹉跎竟岁催。早霜侵落叶，残月掩荒苔。
水尽川流断，秋深鸟度哀。穷身多不达，唯看菊花开。

山居即事

独爱幽居远世心，相依山水傍桃林。
花香岩壑弥天野，鸟啭松筠叠谷音。
紫气和烟兼断续，白云逐日自浮沉。
清风缕缕餐饴露，洗耳潺湲好赋吟。

徐齐邦 (1925—   )

江苏灌云人。1987 年句容市文体局离休。《华阳诗社》主编。

路与门

曲曲弯弯狭径长，磨穿鞋底仍迷茫。
求完土地求三圣，拜罢观音拜二郎。

大道几时能笔直，后门何日不开张。

书生失梦中宵起，默向高天叩上苍。

徐砚农（1905—1991）

镇江人。多景诗社社员。

中秋节游焦山

巍然砥柱中流立，丹嶂苍崖拥翠岚。

一笑渡江登北岸，分明身尚在江南。

念奴娇·北固题壁，用东坡《赤壁怀古》韵

南徐名胜，首先数，第一江山风物。多景楼高，堪纵目，下有悬崖峭壁。扬子春潮，云台秋色，逶迤长山雪。天时人事，历更多少豪杰。　　今我不话孙刘，高歌拊掌，且把欢情发。指点城郊都似画，向晚繁灯明灭。踞石科头，披襟挹爽，一任风吹发。流连忘返，猛然仰见新月。

北固山

左右拥金焦，东去大江流日夜；

乾坤容俯仰，我来多景倚栏杆。

梦溪园

兴废本无常，喜梦里名园重建；

沧桑曾几度，愿眼前胜迹常新。

宴春酒楼

宴开桃李芳菲日；

春醉葡萄美酒时。

殷 明（1968— ）

丹徒人。江苏省诗词协会会员，镇江市诗词楹联协会常务理事，丹徒诗词协会副会长兼秘书长。主编《诗韵丹徒——当代丹徒诗词选》。

横山寻孙策墓无踪（二首选一）

横山岚翠郁烟氛，何处觅寻孙策坟。

雄霸江东曾数载，江山万代一浮云。

奚必芳（1956— ）

女，扬中人。江苏省诗词协会会员。出版有诗集《紫砂吟》。

新坝风情二首

独特风情美誉扬，芳菲草木闪灵光。

华滋雅韵吟诗处，生态宜居水月香。

展卷奇观别有功，通灵感物醉东风。

步移景换呈新意，特色村庄美不同。

翁复熔（1929—　　）

镇江人。松梅诗社常务理事，晚霞诗社、壮心诗社社员，镇江市"诗教先进个人"。

游琅琊山

雨过何辞坡路滑，踏歌乘兴上琅琊。

江干锦绣三千里，滁上秋深十万家。

亭号醉翁谁沽酒，斋名宝宋自煎茶。

欧文苏笔碑犹在，仁者频添老岁华。

听　琴

明光千里长空碧，几净香消听古琴。

风劲春江林下过，虫悲秋谷月中吟。

征夫上阵刀随马，客子登楼泪满襟。

推手止之惊白发，起看帘外夜深沉。

偕妻夜游维多利亚港

冒暑也来访白鸥，港湾灯火伴遨游。

舟轻不碍风吹雨，初识南洋一段秋。

高禾生（1912—1994）

镇江人。多景诗社社员，江南诗词学会、中国楹联学会理事。著有《西湖百咏》《揽胜诗草》等。

镇江诗词楹联作品集

1949—2022

金山（四首选二）

波光塔影两沉浮，眺目能消万斛愁。
最忆故人云树里，一江春水隔扬州。

四库藏书遭浩劫，当时典籍竟无传。
山门不见文宗阁，寂寞江天二百年。

北固山（四首选二）

百战江山狠石知，孙刘据此论军机。
连横合纵谈兵日，共拒曹家百万师。

铁塔峨峨不可摧，卫公建此镇江淮。
千鸦绕顶云间落，百舸争流天际来。

莫愁湖（二首选一）

水西门外莫愁湖，杨柳依依若画图。
游客至今愁也未，英雄已去美人无。

千秋桥闲眺

落日江关惹暮愁，蒹葭烟水横扁舟。
千秋桥下碧波影，不见当年旧酒楼。

同李雁秋游南郊招隐寺

萧梁事业没蒿莱，六代风流付劫灰。

为吊昭明一片石，秋风吹到读书台。

江天禅寺大殿

骇浪惊涛，送尽了解带诗人、过江名士；

梵宫杰阁，常思到开山佛子，桴鼓蛾眉。

焦　山

琳宇重光，字换笼鹅传八法；

碑林永室，铭留瘗鹤炳三山。

竹林寺

来听钟呗几声定；

为遣浮生半日闲。

修竹万竿，夜月影从窗外落；

斜阳一抹，秋山人在画中行。

鹤林寺

神鹤已飞，寺外犹存米芾墓；

仙葩常在，阶前来赏杜鹃台。

多景楼

岚影波光，吴楚涛声流日月；

铜琶铁板，孙刘霸业唱江山。

梦溪园

脂水泽蒸民，赤县揭开化石史；

笔谈传奕世，朱方争谒梦溪园。

宴春酒楼

宴聚于觞，欢在吴头楚尾；

春还一醉，怕甚李白嵇康。

一枝春菜馆

兴腾一醉琼枝宴；

春望同登花萼楼。

郭 飞 (1924—2019)

江苏江都人。中华诗词学会会员，市诗词楹联协会顾问，松梅诗社名誉社长。有《郭飞诗草》《郭飞诗词曲》。

咏韩信

将军跃马扶天日，可记淮阴垂钓时？

自古功高雄主嫉，从来望重小人欺。

奇谋决胜乾坤转，壮志犹存草木悲。
诚信不迷拒蒯彻，何如早理旧纶丝。

垂　钓

搁笔抽闲雅兴浓，持竿偕友学渔翁。
自知钩底无长术，故向江天钓碧峰。

三官塘陌上散步

漫步西城外，迎风织锦联。
青山衔落日，野屋吐炊烟。
紫燕剪波过，白羊择草眠。
怡然皆自得，万物颂尧天。

郭　韵（1953—　　）

女，江苏苏州人。南京师范大学汉语言文学专业毕业。中华诗词学会、江苏省诗词协会会员，江苏省作家协会会员。有《情絮无涯》《静坐斜阳读风景》。

醉花阴·秋思

北雁南飞秋满树，又见花寒处。春色总难留，姹紫嫣红，梦里依稀驻。　　韶华似水从容度，雨雪飘蓬路。纵有缺和阴，离合悲欢，回首真情悟。

镇江诗词楹联作品集 1949—2022

郭卫帮 (1982—   )

江苏淮安人。2000 年至 2004 年就读于江苏大学。

浣溪沙

此刻多情欲断魂，天涯浪子一孤身，任谁呼去作诗人？   买酒还须寻旧店，看花应是识前村。晚来飘起雨纷纷。

郭长传（生卒不详）

镇江人。曾为多景诗社社长。

苏东坡赤壁泛舟 900 周年纪念

九百年前纪隽游，九百年后孰能俦。
欣看筑坝当三峡，曾见渡江放方舟。
宇宙无穷缘变化，江山信美更风流。
坡翁今昔游何处？明月清辉遍九州。

郭春红 (1964—   )

女，扬中人。中华诗词学会会员。

乡村抗疫杂咏

阻毒围栏绕，江洲护庶黎。飘飘飞絮舞，阵阵乱莺啼。
紫燕翔天宇，黄花绽野蹊。春衣香浸染，沃土蚓耕犁。
忿恨遭瘟虐，摘来信手撕。禅心和佛应，义志与云齐。
垂柳危巢筑，鸣鹅水坝栖。蛙声传远近，秀麦比高低。
滞客乡村峦，游蜂玉蕊迷。熏风摇翠竹，草路到清溪。
居宅思观景，翻墙欲架梯。宽衢车辆少，寂寞影凄凄。

郭荣喜（1974—　　）

镇江人。镇江市、润州区诗词楹联协会会员，宝塔
路小学诗社诗教指导老师。

五月新荷

新荷初着靓衣妆，早有飞虫叶上忙。
丽日当空天映水，几时溢出一湖香。

南歌子·秋吟丰年

江上星光转，堤边柳叶垂。月来竹影腐萤飞。好似
小灯闪烁、稚儿追。　　盛世黄金谷，丰年白玉杯。瓜
甜果熟蟹鱼肥。十里桂香迎客、不须归。

郭维庚（1927—2005）

安徽亳州人。民间文学专家，曾任镇江市文化局局长，市诗词楹联协会、多景诗社顾问。

西津渡

十丈狂涛奔北固；

一江残月渡西津。

一枝春菜馆

一席琼枝宜劝酒；

四时嘉客恰逢春。

唐永辰（生卒不详）

镇江人。多景诗社社员。

读思伯先生《一萼红》词后赋

手把茱萸酒，临风酹大江。

亭犹称第一，人更品无双。

雁字涵初影，凤箫念伯腔。

登高飞逸兴，落笔白云降。

唐成海（1949—   ）

扬中人。曾任镇江市高等专科学校党委书记，镇江市关心下一代工作委员会主任。

归乡吟

归来难识旧池塘，乍听乡音泪满裳。

问路不知茅屋处，驰车已到小楼旁。

几杯旨酒思酸粥，四世同堂比盛装。

父老无须憎塔影，震峰为我道沧桑。

注：憎塔，古喻蜀峰报恩寺塔为笔，江洲为砚，笔蘸砚，墨穷矣。

咏　竹

江洲三宝竹为先，四海蜚声数十年。

莫道生平偏喜爱，只因劲节气冲天。

清平乐·桥思

又逢重雾，顿足行程误。两岸辐车皆困阻，何日南桥北渡。　　乡情卅万齐心，资金六路联姻。共创千秋伟业，彩虹造福人民。

破阵子·游圌山抗英炮台遗址

峭壁依江耸立，龟山要塞犹存。激浪雄风豪气壮，铁马金戈钢炮鸣。评说留后人。　　四寺七十二洞，报恩塔入云层。百五沧桑今胜昔，万众图强志竟成。国昌天下明。

浣溪沙·瞻仰陈毅铜像有感

句曲江洲两地连，华阳洞顶忆当年，丰姿浩气焕人间。　　北渡东进惊敌胆，黄桥决战撼江天，功垂史册有遗篇。

黄邦翰（生卒不详）

江苏淮安人，寓居镇江。南开大学肄业，多景诗社社员。著有《欠可集》。

吊亡友何方烈士用少陵秋兴八首原韵

雀鸟焉能恋故林，千山万壑树森森。

哀鸿月夜因风咽，狂虏乌云匝地阴。

岂曰渡河非履薄，无如触目太惊心。

当年投笔从戎去，回首南天何处砧。

湖上风柔堤柳绿，晓寒联袂践霜华。

讴歌意气薄云汉，抵掌雄心逐海楼。

红药桥边闻玉笛，绿杨阴里隐芦笳。

依稀旧梦难寻觅，闻说寒琼又著花。

江城学府尽春晖，煦妪南风雨细微。

讲席词章南国产，诸生文采碧云飞。

浸寻虏运弦歌辍，无那科研心事违。
挥手长辞旧伙伴，啜浆啖黍自甘肥。

攻守从来似弈棋，败由一着实堪悲。
锋须磨砺始称锐，动少待机未得时。
闻讯捶胸呼聩聩，跋山涉水恨迟迟。
每希噩耗为虚耗，握手言欢慰所思。

东昌挥手隔千山，后会相期指顾间。
一别云天成异路，重来渭北唱阳关。
难忘银发慈亲泪，常记横眉志士颜。
仆仆风尘终碌碌，衰年无以慰同班。

堂号树人雨露功，英才辈出浪花中。
或因饱学闻中土，君独辩才占上风。
粉墨登场激士气，喑呜挥臂举旗红。
匈奴未灭身先死，岂独伤心堂上翁。

孤篷寥落海西头，梦里关山春复秋。
茹苦无端每自笑，偷生不暇为人愁。
悬知骸骨归南土，莫费深情寄北鸥。
我亦心如天上月，二分明月在扬州。

蜀岗高踞势逶迤，古寺山陂接水陂。
堂上画图悲旧雨，庭前巢雀噪南枝。

廿年岁月峥嵘甚，四纪流光时世移。

此地吊君真梦里，仰天长恸泪双垂。

咏白居易

使君垂泪对风尘，同是天涯沦落人。

倘念朱门酒肉臭，应留热泪哭苍生。

感赋（十首选一）

读书端赖好穷稽，屈子问天几百题。

疑古远超泥古好，于多疑处解其迷。

黄后庵（1909—2003）

江苏兴化人。书家，学人，多景诗社社员。

东坡赤壁泛舟作赋 900 周年

壬戌之秋赤壁游，赋诗横槊岂能俦。

旌旗樯橹空沉寂，消长盈虚不系舟。

月白风清从二客，鲈鱼斗酒放中流。

声名远播寰区外，九百年来耀九州。

米芾墓

宝晋斋名说米公，每从余韵见遗风。

南宫妙笔传千古，曾有石头出袖中。

昭明读书台

昭明太子读书台，合有英姿飒爽来。

六朝往事成陈迹，翰藻沉思出异才。

梦溪园

是科坛巨擘；

开海国先河。

江天禅寺大殿

菩萨现金身，宝相庄严观自在；

梵王说妙法，诸天激荡海潮音。

黄志浩（1952— ）

江苏无锡人。曾为江苏理工大学（今江苏大学）中文教研室主任，多景诗社社员。

夏日杂咏闲居

风送蛙鸣到耳边，池塘青草绕漪涟。

清芬菡萏无从挹，乱点江山乐不支。

小 女

暑假方能闲卉瓦，七龄小女乱涂鸦。

层楼信笔初描就，笑指其间是我家。

暮 虹

雨霁黄昏气转凉，凌空一道羽霓裳。

蓬莱宫里何寥落，欲与婵娟比袖长。

纳 凉

星河漂渺舞银帆，云里关山有急湍。

纵得人间如火热，天街夜色不胜寒。

夏 读

一卷闲翻云逐岩，清风徐疾意如帆。

忽思刘项书剑事，热汗暗滋滋味咸。

黄应昌（生卒不详）

多景诗社社员。

西江月·壬寅重九，诗会多景楼

徙倚凤凰池畔，优游多景楼中。重阳雅集几诗翁，放怀高吟低诵。　唤起洲边鸥鹭，诗情画意交融。江南江北揖雄风，满眼红旗飞动。

黄绍山（1954— ）

山东烟台人，现居镇江。中华诗词学会会员，镇江市作家协会会员，洛阳诗词学会副会长，镇江市润州区诗词楹联协会诗词研究员。

北固山送春

分野相望远，青螺出水明。

一帆悬薄日，十里映花城。

春向扬州路，时闻杜宇声。

不知宵雨后，又落几多英。

二月二焦山索句

势夺天门出，携风过润州。

金潮翻角鲤，白浪射盟鸥。

载得春秋去，唯余日月流。

惯看骚客泪，一笑不回头。

大运河野步

一宵风雨细，款款落春声。

推牖听涛起，开门渐日明。

经寒钓波柳，怯梦试枝莺。

逝者如斯去，惟余两袖轻。

南山寄语

前山时雨后，动静一宵明。

鹤径腾青雀，梅溪照紫英。

风从襟上起，云自履边生。

无限春光在，登攀不止程。

南山登高寄远

山林开霁后，城市近重阳。

坐岭新排宴，簪花欲试香。

云捎人字远，风寄楚声长。

莺友今安否，应知菊已黄。

西津渡送客

竟夜江南雨，拴舟柳未晴。

一波胡雁迹，十里鹧鸪声。

水叠三洲远，风斜断苇轻。

天涯经此去，不敢听黄莺。

西津渡

问津遥几许，一去白云深。

青鸟知乡路，长风到故林。

帆遒归意迫，浪汹别思侵。

今做江东客，渔蓑钓古心。

句容万宁宫遇秋

日照茅山伟，元符紫气深。

逍遥追霁野，浩荡入风襟。

听雀无为意，看花自在心。

霞门逢老子，道德苦长吟。

大港绍隆寺

晨钟开晓色，践露去僧家。

次第鸣枝雀，参差夹径花。

松躬犹礼佛，云紫可裁裟。

槛外山门客，矜矜问释迦。

黄树贤（1954—　　）

扬中人。毕业于南京大学文科班文哲史专业。现任全国政协社会和法制委员会副主任，历任中央纪委副书记、监察部部长、民政部部长等职。

寄语江苏慈善事业

慈行善举古今通，温暖人心义理同。

常记民间忧乐事，承前当效范蠡公。

画堂春·牛年出京

阳春三月出钟楼，京华转眼扬州。廿年之后出差游，感慨悠悠。　　路上烟花依旧，城中园美人稠。莺飞草长疫情休，绿满邗沟。

浪淘沙·扬中

圌下太平洲，绿岛洋楼。江沙聚陆已千秋。多少先人移此地，往事如漱。　　创业向天讴，建设风流。曾经改革立潮头。举市同谋新发展，奋斗方遒。

江城子·梦母

十年病故隔阴阳，最难忘，是萱堂。慈母平生，辛苦育儿郎。此后孤身犹远去，谁作伴，度凄凉。　　昨天梦里在家乡，置新装，宰猪羊。除夕团圆，饭菜正飘香。夜半醒来床上坐，天漆黑，泪成双。

黄鹏飞（1949— ）

镇江人。有诗联赋选集《半坡拾叶》。

答友人

心有灵犀别有天，人生七十不喧妍。
瑶池濡笔调新色，再写芳华五百年。

王俊先生泾县写生

宣纸铺开逸趣多，徽山化墨写婆娑。
万家老店堪酬酒，千尺深情好踏歌。

叫响太平

兴起和泥抟个器，闲来对弈捏盘棋。
乘风邀月偕春醉，叫响太平呼唤谁？

镇江诗词楹联作品集 1949—2022

东乡味道

一年两度访东乡，前吃河豚后宰羊。
口福因随时景异，你方宴罢我登堂。

泳池口占

游泳终归讲认真，白条浪里自来神。
临池权作浮沧海，碧水宜人可涤尘。

腊八节

人间腊日不寻常，五味调和老少尝。
家宴何须高大上，清门自有菜根香。

念奴娇·北固兴事

壮观吴楚，领天下、第一江山人物。试问争雄谁做主？左右金焦相协。北固崇楼，南徐净域，好揽神州月。驭峰鞭水，折腰今古豪杰。　　流连百鸟谈天，花谢花开，芳草生生发。归燕情怀牵海客，龙凤呈祥称绝。正气轩昂，和风驰荡，赢得丰碑立。缘来不晚，携春欣上高铁。

大圣寺山门联

有圣斯为大；

无邪尔自雄。

五台山碧山寺念佛堂联

经声常伴三更月；

色相不迷百衲心。

陕西凤县三清殿联

老子出关，常来歇脚；

天尊落座，俱是办公。

镇江焦山

郑燮不糊涂，留取清风扶竹影；

焦光真放逸，借来浮玉枕江涛。

伯先祠

南徐月有情，长风犹载黄花梦；

北府兵无敌，浩气直扶赤县天。

题王俊先生《罗汉诸相册》

落籍沙门，曾经东海降龙，南山射虎；

同堂罗汉，恰好曹衣出水，吴带当风。

长沙杜甫江阁

名都铺锦开，我辈来寻湘水春，可凭江阁；

广厦排云起，先生再问长沙酒，尽醉楚天。

"神农茶都"全球征联大赛

倾八百里洞庭煮乾坤，三湘气魄；

效五千年茶祖尝甘苦，中国精神。

题北固楼

藉三千年古韵齐天，北顾青云，枕楚犹追中国梦；

牵一万里长江入海，东临紫气，跨吴正领五洲风。

梅有图（1920—1995）

江苏海安人。无锡国专毕业，曾在市一中、三中任教，多景诗社社员。有《梅有图诗词选》。

题梁昭明太子读书台

栋宇依然地未荒，一灯万卷忆储皇。

毕生岁月终搜绍，亘古风骚悉品尝。

文望未期方泰斗，韦编却可压缥缃。

南朝遗事多沉寂，独剩斯台话有梁。

谒史公祠

誓守芜城捍石城，军民十万尽归旌。

志除劲敌援无继，国误权臣恨岂平。

只手虽难扶社稷，寸心惟解竭忠贞。

我来祠下瞻神像，风雨秋千尚似生。

过黄天荡

夫人桴鼓黄天荡，巾帼须眉佳话传。
阻遏金酋兵十万，指挥甲士弩三千。
江山有警符分掌，伉俪同裳帐比肩。
风卷怒涛惊两岸，军声浩浩想当年。

镇江列为历史文化名城喜赋

千秋形胜冠东南，做出争雄势不凡。
一水横陈明似镜，群峰环抱翠如鬟。
寻常巷陌皆楼观，古老林泉尽砌栏。
更喜梦溪新续笔，无边春色吐毫端。

戏咏扑满

外观光溜内虚空，谁把丸泥这等封。
每纳一毛从不拔，自维万贯亦能容。
腹肥总爱骄寒士，器小偏生妒富翁。
贪得终难逃扑杀，元来事理寓于中。

京口送赵老师退休归南京

两行绿树谁新种，夹路遥看直到无。
车走碧天归白下，人携明月别南徐。
朝晖竹杖乌衣巷，春水兰舟玄武湖。
落寞故人闲话散，一窗花影课孙书。

水调歌头·过故人家

大道直如发，遥抵故人家。几年未到，非复茅之笆。修竹墙头高出，茂树宅边环合，但见鸟叽喳。背水一楼小，装点尽豪奢。　　陈野味，启佳酿，具新粑。举杯相属，谁识宾主兴之赊。始也纵谈时务，忽尔欢言岁物，不觉日西斜。窗外数株桂，香气送初花。

梅和清（1949—　　）

镇江人。中华诗词学会、中华诗词家联谊会会员；江苏省诗词协会会员；镇江市诗词楹联协会常务理事、特约研究员；丹徒区诗词协会常务理事、老干部诗词协会副会长兼秘书长。有《梅和清诗词集》《书斋吟稿》。

参观镇江上河街有感

垂柳丛花次第迎，牌坊老宅尽含情。

斜桥犹恋红尘事，深巷频传弦管声。

三怪芳名赢客户，一壶茶水话人生。

小船停泊霓虹里，日夜清流沁古城。

咏镇江南山杜鹃花

鹤林深处遍山红，蓓蕾千枝大若盅。

根扎荒坡张地力，花开峭壁傲苍穹。

娟娟绿叶穿珠珞，淡淡幽情笑世风。

不与繁花争俏美，只将心愿寄芳丛。

登梵净山

执杖登高峻峭山，萦纡栈道勇追攀。
风云滚滚张天幕，峰锷纷纷列宇寰。
层叠蘑菇开胜景，高低鹰隼过雄关。
钟声响起尘心净，始觉仙人指路还。

行香子·镇江南山

远处凝眸，叠嶂清悠。遍葱茏、诸竹芳猷。天高烟敛，乱迭溪流。改农桑地，环山水，日边丘。　　长林鸟语，蝉鸣结伴。看山房、古韵琴留。八方居士，常聚文楼。赏诗中画，湖中景，岛中州。

踏莎行·农村景象

雨送楼台，脚行天路，乾坤巨变人民主。六朝文脉续风流，古城悠久明珠睹。　　幽谷深深，亭台处处。频频驻足霓虹数。长山涧底布灵湖，万吨船舶飘洋去。

踏莎行·闻捷诗歌馆在水台村落成

舞扇歌风，欢声笑语，绿杨村落喧锣鼓。英魂几度更归来，文人墨客衷情叙。　　诗赋千笺，河山重铸。世间悲剧休还数。愁云已散沐金风，长天永把英贤护。

儒里古镇

福泽滋桑梓，青石铺街南国景；

精神养菊松，乾隆题字圣朝名。

儒里水阁凉亭

水汇凉亭，七彩霞光迎俊杰；

楼栖紫燕，三千学子沐春晖。

曹 本（1992— ）

一名曹正颜，徐州下邳人，居京口。

春兴十首

画堂不睡帘前影，灯已疏疏月已沉。

唯恐明朝风又雨，不教花乱证春深。

呵手奇寒雪一场，黄梅小槛可怜香。

如花我亦年年老，不信人间有未央。

涉江重上最高楼。望断东南第一州。

此地何年曾是海，长鲸来过夜潮头。

已老红棠最后枝，留人记想蝶来时。

从今和雨和风睡，寄我春归以后诗。

折柳吹花两未能，池心不碎一年冰。
小楼昨日分窗见，半是行人半是灯。

十年老我旧温柔，渴想梅花忆浪游。
此夜不知春到矣，余寒尚在古瓜州。

时雨时晴春尚可，江南花气养愁天。
梅阴不待人先睡，小坐孤灯想旧年。

客中怯作惜花人，十载渔乡放此身。
今又分窗还缓缓，怕看夜雨打消春。

柔情小字灯前见，寄我平生浪客心。
对此江洲春汗漫，人间花月到如今。

去日篱前梅未死，重来虚掷一年春。
不堪最是微回首，忍见伤心相月人。

曹刍 (1895—1984)

又名守一、漱逸，江苏扬州人。曾任省立镇江师范学校校长。晚年为南京师范学院教育系教授。

铜山乡居杂咏三首

尘嚣远避去山村，如带青山入画深。
老少村人讯有客，武陵春色眼前生。

茅檐宿窄我心宽，新结佳邻暖意多。
助汲馈蔬泯尔我，浑忘人世有风波。

杲杲秋阳似火烘，连绵秋雨又蒙蒙。
阴晴原是天公主，历尽炎凉一醉空。

七十八岁初度述怀

频年度此有悲酸，今日幽栖始自宽。
肉食不供因市远，佳蔬有味胜春盘。
评诗论史深深思，汲水烹茗淡淡欢。
垂老方知闲是福，且抛尘梦去心端。

常春园（1925—2002）

名芳，号馨斋，江苏徐州人。曾为丹阳市沁芳诗社
编委。有《春园流芳》。

白　梅

春入小园梅欲花，含苞蓓蕾缀枝斜。
艳如解珮汉江女，丽似当垆卖酒家。

常耀中（1971—　　）

镇江人。中国楹联学会会员，镇江市书法家协会副
秘书长，润州区书法家协会副主席，润州区诗词楹联协
会副会长。

思 乡

客驻西津渡，江乡北望通。
笋鲥新上市，快趁一帆风。

夜行古运河畔

南徐吴郡里，烟柳万千家。
江上归舟晚，云开月影斜。

过焦北滩有感

水天一色大江秋，沧海横流属润州。
九月黄花开满路，二分明月咏清讴。

无 题

北望江乡一水通，槐杨处处六圩东。
桑麻课子家常事，邗上沙头有古风。

卜 居

一夜梧桐雨，澄江水接天。
峨峨慈寿塔，沓沓活神仙。
濯足石排下，蜗居扬子边。
闲来书瘗鹤，偶兴作诗笺。

鹧鸪天·润扬大桥

铺路长江挂铁峰，万年天堑一桥通。水流汹涌惊涛碧，驰骋机车聒耳聋。　　强虏梦，梦成空。越溪吴岭郁葱葱。坦途漫道无相隔，一将当关缚虎龙。

楹联三副

万赖清光瓜步月；
三更气势广陵潮。

桐花半亩因春雨；
修竹几竿饶古风。

抚帖从来多古意；
挥书自是一清流。

眭　涛（1947—　　）

丹阳人。多景诗社社员。

黄鹤楼

晴川烟树郁苍苍，楚塞云开见武昌。
三峡星河映城郭，九衢辂舶下江湘。
鹤楼燕说传虚梦，酒客骚人回锦肠。
莫诧风鬟神女舞，中流水调正锵锵。

抒 怀

鬓时意气欲凌天，老去襟怀犹未偏。
琨剑破风鸡召舞，燕碑扰梦月惊眠。
楼船夜雪人谁渡，瀚海霜弓马不前。
日日桥边看太极，岑参读罢想丁年。

山中早行

迴望雁痕微，山行趁早晖。
霜凝桥渡白，花发涧流绯。
奔瀑喧还去，停云恋不飞。
襟怀生羡鸟，跉踔已忘归。

惊 蛰

沙村春信早，檐上燕来初。
柳色溪头绿，山痕雨里虚。
开犁呼过埭，招饮忘归墟。
隐隐听惊蛰，老更惜居诸。

皖南山中

木屋依山次第开，石桥过处几株梅。
桃花春雨连三日，小瀑平空溅雪来。

黑城弱水胡杨林

水黑龙城沙卷黄，茫茫海气老波凉。
夜深月照胡杨冷，疑是骠姚甲带霜。

水调歌头·中秋步月

水月凉如洗,徐步揽清秋。小城深巷,追惟年少不知愁。跨仵棂星门下,歌拍砚池栏畔,一棹想飞舟。指点名山阁,寄意在云头。　　嘉山雪,练塘月,梦相缪。粼粼九曲,只为山影送清流。水调风中断续,绵邈情思已矣,大雅竟谁伴。辜负眉山菊,还约洞庭游。

南　山

雪洉江南听鹂去;
酒醒竹隐待人来。

天目山竹海

溪琴漫响三千涧;
竹海凉侵百二峰。

焦山观澜亭

江水一心奔海去;
云光无意扑人来。

雁荡山泉瀑

小瀑有期,一念将归大海;
青山无语,四时不改真容。

镇江诗词楹联作品集 1949—2022

眭　谦（1966—　）

镇江人。现居北京，任职于高校研究机构。多景诗社社员，作品有诗词别集《由栟斋吟稿》，译作《莪默绝句集译笺》《鲁拜集》《鲁把亚惕：噜蜜圣爱绝句选辑》。

清华园人物杂咏（选十）

陈寅恪

不肯洗心朝至尊，忍听箫鼓伐闲门。

幸传一部倡家曲，留与熙朝高士论。

王国维

人间往复静观元，日月光沉鱼藻轩。

寄眄贲丘碑上字，只堪堕泪不堪言。

梅贻琦

仔肩群己湛仁华，大学闳论教可嗟。

看取瀛寰新竹苑，犹开神懿旧梅花。

冯友兰

空将谔谔许忧艰，负鼎未逢怀璞还。

坤主恩垂趋两校，发心晚始作船山。

叶企孙

无端厄伏赤符文，丐食皇都谁与分。

格致今看群子弟，凌烟阁上号元勋。

钱锺书

逃隐惟搜故纸堆，遮颜几度译场回。

希声料是同今默，阅世须怜我后灰。

吴 宓

华洋新旧一身承，兴孔熔西命未能。

诗溺多情劫难覆，悬茔戎野乱崚嶒。

朱自清

镂文尚本旧辞章，迷局安庸弦急扬。

占尽荷塘百年色，不关夷粟与清香。

张申府

哲人意气恨时违，鸥性难驯总只飞。

同学少年多不贱，狂潮落罢一身微。

陈岱孙

倜傥还思水木边，老来货殖效新诠。

那堪问道叹迟暮，不语曾经二十年。

笪远毅（1946—　　）

镇江人。江苏大学副教授。毕业于复旦大学中文系。历任镇江师范专科学校中文系主任、副校长，江苏大学教师教育学院书记兼院长，人文社会科学学院书记兼院长，江苏省语言学会副会长，镇江历史文化研究会副会长。

无 题

五更苦读警悬梁，慈训男儿当自强。

识字宗经朝郑许，训诂破假法段王。

沪滨求学遭文革，金陵重修继章黄。

学海遨游知不足，衰年秉烛惜余光。

高空庆古稀寿诞

乘鸾上碧霄，玉女奉仙桃。

倏忽年七十，登嘏庆寿高。

溱湖自度曲·谢树敏兄盛情邀约复旦同窗赴泰州雅集

雁阵惊寒，咿呀天上曲。船歌清越，欸乃泛舟，摇碎一湖绿。璀璨凤河，画舫夜泊。按节品梅，琴书听柳，扇舞桃花，乐事赏心悦目。　　凤城公祖殷勤，八方邀约，同窗情笃。正桂馥蟹青，琼浆新熟。酒酣耳热情深，熊抱前缘赓续。垂老修真，浮云荣辱。举杯三谢，再浮一大白！

注：梅，梅兰芳；柳，柳敬亭；桃花，孔尚任。

恭贺天如师九秩寿诞

复旦求学日，苦读沐师恩。

玉树临风立，俨然即之温。

言语语言辩，金针巧度人。

结缘六十载，情深常问存。

贺寿行不得，避疫深闭门。

海内老弟子，云端朝师尊。

南山欣作颂，北水喜开樽。

同歌无量寿，共醉艳阳春。

咏镇江联

金山礼佛，焦麓观铭，北固品三国；
招隐听鹂，鹤林拜石，西津阅千年。

金山文宗阁联

宛委垂文，千秋沐德；
琅嬛遗泽，万汇朝宗。

镇江古城公园联二副

雉堞缘冈环四合；
城池护瓮锁三重。

放舟北固，击楫中流但指北；
勒马南徐，挥鞭两翼且图南。

京口桓王亭联

业创东吴擒白虎；
志陵中夏射青狼。

大港银山公园联

地接沪宁，鹰扬海外，八万里恭迎宾客；
天分吴楚，虎镇江东，三千年阅尽沧桑。

银湖水榭

鱼戏银湖波漾绿；

凤鸣大港日熔金。

赠晓风兄云南行

横刀南国，壮士裂眦驱倭寇；

立马松山，英雄喋血写丹青。

赠远怀兄南海行

小别北京，心涌慈悲，望空礼佛人增寿；

远游南海，胸怀天下，博鳌伏魔四海宁。

笪昌隆（1923—2018）

　　句容人。江南诗词学会发起人之一，曾任理事。多景诗社社员，"三国演义"学会会员，晚霞诗社社员。有《钝公诗草》。

或云芙蓉楼旧址已不可考，率尔命笔

芙蓉楼外雾光新，楚水吴山过往频。

若问龙标送客处，谈迁博识指迷津。

镇江金山上岸之谜

浮玉周遭波浪涌，夹江投棚障舟通。

潮生潮落泥沙涨，与岸相连同治中。

悼念许图南老先生

方说人间不老松，范君邀宴未相逢。

曾凭哲嗣传音信，噩耗惊闻恨满胸。

挽许图南老先生

文理殊科，联席讲堂，曾惜松挠雪压；

诗词同好，加盟学会，应欣天霁风熏。

挽施旺溪老先生

乐育英才，鞠躬尽瘁；

永传薪火，启发入微。

挽黄后庵老先生

长寿唯仁，籀书犹仰期颐叟；

多文为富，腹笥堪比千顷堂。

康震陵（1951—　　）

镇江人。镇江市老年大学诗词创研班学员，壮心诗社社员，镇江诗词楹联协会会员。

夕阳斜

长堤闲步看云霞，泛棹烟波共品茶。

老骥纵怀千里志，人生当惜夕阳斜。

秦　淮

船泊秦淮夜听箫，桨声灯影女儿娇。

繁华多少愁多少，风物兴衰话六朝。

枫　叶

丹枫似火轻绡绢，片片飘飞涧水边。

春恋乡愁何处寄，拈来一片做书笺。

喝火令·醉春红

旅雁乘云去，南山叠嶂重。满山春色意浓浓。漫步苑林佳境，梅柳笑东风。　俪影临池水，妍芳倚绿丛。水光山色美如虹。几度吟春，几度唱归鸿，几度杜鹃花艳，久驻醉春红。

章石承（1910—1990）

江苏海安人。师从龙榆生。20 世纪 50 年代初期任镇江大众日报社社长兼镇江市文联主席。后到扬州师范学院任教。与夫人夏云璧合编《扬州诗词》。著有《石承的诗》《耦香馆词》等。

丁香结·挽龙师榆生

霜蔽芳原，雾笼幽谷，风紧翠消红陨。叹浪翻波滚，溅白壁，岂损冰清玉润。故园烟嶂里，伤情景、撒手遽殒。人间天上，此恨料应，绵绵不尽。　　指引。记娓娓长谈，夜静更深灯晕。一代词宗，千秋师表，口碑公认。迢递香山那处，北望萦方寸，知何时展墓，热泪今朝痛挍。

燕山亭·寄怀榆师

秋老霜枫，凝赤乱霞，衬染悲凉天气。凭记当日追随，望云树苍苍，遣愁无计。　　满眼兵戈，星尽散、旧游词辈。憔悴。常盼取、平安相寄。

章守银（1935—　　）

句容人。松梅诗社社员、壮心诗社社员。

菩萨蛮·夜过冰达坂

西陲羽檄硝烟起，备粮秣马征千里。云路望苍茫，朔风飞雪狂。　　夜过冰达坂，岂畏征途急。山下九回旋，欣然临阵前。

梁和峰 (1979—　　)

江苏邗江人。毕业于江苏大学人文学院,现在镇江日报社工作。

乡居四首

去日雨风今遇晴,幽然远树待黄莺。
几家院舍斜阳里,偶有雄鸡闲打鸣。

负笈十年盛世中,江南江北觅空蒙。
溪头梦里村姑浣,一曲清歌水面风。

日上三竿物褪纱,巷头叫卖有新茶。
老翁坐晒南墙下,想起当年捉絮花。

鸟语清凉坐案闻,从闲舒卷满风熏。
窗前悟得拈花笑,远看桂开近看云。

湖边暮行

归凫远溯晚霞中,芦荻烟飞欲剪瞳。
拾叶散行随寂寞,倚箫斜忆逐从容。
十年愁雨三杯酒,万卷豪情一袭风。
漫叹余生无奈寄,扁舟坐月水流东。

鹧鸪天

最是应怜月底风，为谁惊怕避怀中。汀头屐印浮春影，觅取清声花树丛。　　幽怨里，夜如瞳。沧桑人世水流东。他年儿女秋千上，念汝归衣深浅红。

梁星乙（1906—1984）

字黎青，江苏宝应人。多景诗社社员。幼承家学，毕生从事教育事业。擅古文诗词，精书法。

水调歌头

鲁境砚材石，盛世出山多。昔时竟称端歙，端歙竟如何？视此五光十色，细腻斑斓温润，同类各殊科。虹彩耀寰宇，星宿布天河。　　墨易发，笔难褪，石诚优。不经雕琢，块然顽石弃山阿。多谢名工巨匠，运用灵心妙手，一一玉成它。鲁砚京华重，泰岱共嵯峨。

登鼋头渚飞云阁

汪洋三万六千顷，七二峰峦颉且颃。
错落轻帆飞远浦，嵯峨高阁接朝阳。
湖山气魄雄吴越，邦国声威铁汉唐。
天净云澄新霁后，时来鸥鸟掠波光。

六二年国庆后一周，适届重阳。
市政协集会于北固山多景楼，即席赋此

披襟岸帻御天风，云影江涛动远空。

红叶楼台秋艳艳，黄花时节雨蒙蒙。

五星旗帜缤纷处，万国衣冠络绎中。

北望京华同向往，讴歌直上最高峰。

失　题

学步横飞渡镜湖，退翁豪兴亦敷余。

等身著作堪千古，满眼交游晋九如。

铁瓮论诗惭我后，金山题画识君初。

几番促膝谈身世，经历依稀出一途。

旅游偶作

游罢黄山赴九华，又登庐岳揽烟霞。

而今最爱清凉地，常住峰峦不恋家。

回乡志感

漂泊江湖数十年，愧无成就慰乡亲。

而今故土繁荣甚，大厦高楼色色新。

小住宾楼三五日，西游东荡任流连。

川榕争说佳肴美，怎及家乡鱼蟹鲜。

三回故里多欢畅，老友重逢话昔年。

乘兴挥毫当酒后，乡情一片写新天。

彭　涛（1978—　　）

扬中人。扬中市诗词学会会员。

满庭芳·步韵

梅旧初疏，桃新将绽，正环塘一带方晴，日和风软，慵睡不觉醒。或闻东山景妙，倚栏坐，吟啸谁听。惟青眼，竹幽松老，不语共芳馨。　　沧溟，谁相忆，案眉馌耨，濡沫怀荆。袖手自兹去，两地伶仃。不意轮回一纪，凌波立，尤胜娥英。徘徊久，云烟散聚，潮起又潮平。

沁园春

天下繁华，世间冷暖，到此皆忘。正秋高气渐，人潮熙攘，云轻风慢，光影徜徉。我与诸君，休戚共度，甘苦十年俱品尝。少年也，看烟霞卷荡，鬓发飘扬。　　江湖多少兴亡，爱此处，稍辞论短长。盖律己以洁，待人尤润，赠人以瑰，留己余香。柳下歌谈，东南游冶，回首他乡非吾乡。沉吟罢，纵挥毫万卷，难写苍茫。

董国军（1972—　　）

河南叶县人。现就职于江苏大学。镇江市诗词楹联协会副会长、多景诗社副社长兼秘书长，中华诗词发展基金会诗人之家会员。著有《岘堂诗稿》《近体诗写作十二讲》（合著）等。

访赛珍珠故居

绮园香重碧桃开，二月江南春又来。
生小登云山上住，年年明月照书台。

大地坤元碧海深，天涯长系女儿心。
珍珠帘外春相似，时有隐鹂鸣夕阴。

二月二日江边书所见

江南二月草初芽，山泛烟青水泛纱。
白发知怜春色好，相扶同看海棠花。

蒜山茶坊清坐漫成二绝句（选一）

古渡风生一径幽，行人寻看小山楼。
说诗相与吃茶去，门外茫茫江自流。

纪念王船山先生

皇天忽崩裂，大地遍膻腥。
凛凛标风骨，峨峨矗旆旌。
江湖双鬓白，家国一衫青。
志欲绍三代，学能开六经。
吾华垂士范，蹈道未零丁。

小暑雅聚以"一江流不尽多景最为高"分韵得一字

招邀社侣来，初暑逢双七。
宿雨送清凉，明窗生燕逸。
茶杯与酒壶，蚊塵兼诗笔。
繁简自随群，是非无定一。
飞觞助雅吟，分韵协新律。
归去过中园，青丸结小橘。

光年先生六十初度依其韵

富贵神仙六十秋，登科耳顺复焉求。
开新境界人无老，做大文章意正稠。
时对南山调笔墨，漫将盛世入歌讴。
春来为寿斯仁者，造化随心信有由。

生查子·题钱松嵒长青图

春已八千年，秋又八千岁。春秋复几何，一柱天同翠。　　九土所钟怜，万寿斯为最。道是有风云，须作风云会。

虞美人·戊戌南湖书怀

画船荡漾清波里，载得神州起。前番寻胜正芳春，誓语重温不忘是初心。　　金秋瞻瞩当年路，革命原多阻。谁能黑夜见云开，须信功成万古有情怀。

镇江诗词楹联作品集

1949—2022

浣溪沙·辛丑秋日访扬中飞羽诗友

江上醸醅泛玉螺，金风鲈脍客来过。虹桥凌碧渡天河。　别室奇书堆案古，绮园幽菊傍篱多。诗心不使逐流波。

北固楼集句联

水撼金焦，天低吴楚；
气吞湖海，雄镇江淮。

题云台阁联

杰阁临江，观水能穷千里目；
雄风拂槛，凌云直上最高楼。

题西津渡小山楼联

斜月秋江，时见两三星火；
小楼春梦，又来一宿行人。

题文宗阁联

文脉传延，书山有路；
川流汇聚，学海为宗。

题南山六艺馆书馆联

山磨黛墨天开纸；

水染斜阳柳蘸金。

题丁卯别墅看山楼联

由燕裁云山作画；

因风摇柳水成文。

岘堂自题联

岭上孤云白；

宅边五柳青。

为苏鄂结对抗疫作

率土归仁，一江春水连吴楚；

同舟渡海，遍宇雄声动地天。

壬寅新春联

岁历翻新，步月登云，黉业腾如添翼虎；

初心依旧，种桃育李，人师勤似拓荒牛。

多景诗社成立 60 周年联

周甲来斯，日月重阳光旧社；

其文备矣，江山多景助新诗。

董效先（1977—　　）

镇江人。镇江实验高中教师。

南山野行

好向野山求自在，得闲逆水觅泉音。
多横白石苔浅滑，渐隔红尘草木深。
叶外峰高同色相，波中影叠印禅心。
风来太古声谐律，何处青霞正弄琴？

朝行滨水路

东来紫气射牛斗，谁卜神光问剑踪。
风击寒江三尺雪，日升远寺一声钟。
璇霄浮火惊云骥，渌水流辉起蛰龙。
经岁波传无尽海，兴潮浪指最高峰。

金　山

逝水东流纵目量，一山堪可证沧桑。
泠泉到岸潮音远，泥淖伏波香火旁。
稽古虚舟求普渡，见今徒步自慈航。
金沙奋北淘何尽，赤日经天风正刚。

独步南山

尘埋荒径断还续，寂寂空林行且深。
未遇梅香生玉骨，偶听松籁落青针。

披襟风透孤怀冷，曳履泥污趼步沉。

却有天光枝杪动，不时得隙见云岑。

离焦山适逢变天

净国岂常驻，脱樊终有程。

塔痕犹隐见，天色转阴晴。

炎尽凉初起，风回浪若惊。

解维三步远，江水没钟声。

过桂花园

云在苍天身在路，行行踏碎粟如金。

扑衣香韵拂犹懒，挂月高枝厌一吟。

已惯离群秋过眼，何曾失我岁寒心。

此间馥郁非初旨，更向隆阴尽处寻。

蒋光年（1961—   ）

字文光，号丘溪居士，江苏溧阳人。现为中华诗词学会理事，中国楹联学会理事，江苏省楹联研究会副会长，镇江市诗词楹联协会常务副会长，镇江市书法家协会顾问、镇江市美术家协会顾问、镇江诗书画院院长，《多景诗词》主编。有《蒋光年诗书画选集》《蒋光年诗文集》《蒋光年诗联书法作品集》《丘溪吟草》等，主编《镇江诗词一百首》《当代诗人咏镇江》《诗联入门》等多部诗词作品集。

登台北 101 楼上作

烟雨漫山城，海天纵目横。
登楼宜作赋，最是故乡情。

萧寺听鹂

云树涵青隐碧流，翠微花灿径通幽。
坐聆一曲广陵散，泉韵清心洗客愁。

南山春韵

春入江南草木丛，好花一路映山红。
溪流幽涧莺啼哢，伴得诗声上碧空。

涵田听雨

云山叠叠水悠悠，布谷声声翠欲流。
晓起凭栏无所事，闲吟春雨洗青眸。

过赛里木湖果子沟大桥

风起苍松千岭绿，霞飞古雪半湖蓝。
一桥横跨晴空上，花谷铁关浮夕岚。

步丁欣兄《初春望湖岭寄怀兼呈诸师友》韵

望湖岭上雨如烟，雅集当年恍眼前。
笔走龙蛇书锦绣，弦歌吟唱意缠绵。
春晖一片洒金濑，秋影无穷忆老莲。
自是家山风物好，寿乡处处入诗笺。

六十抒怀

莫负韶华莫负秋，人生六秩复何求？

行歌文苑俗情少，逐梦艺林雅趣稠。

宦海沉浮休计较，春风骀荡可吟讴。

无为而治君须记，顺应自然得自由。

太平乐·自遣

近来消瘦血糖高，缘酒频斟好美肴。烹茗品茶图快活，染头焗发赶时髦。　　闲居二线心宜淡，畅咏三山气自豪。若问此生何所事，画坛诗苑乐逍遥。

步言恭达先生《满江红·白衣天使出征》原韵，并赓和蒋定之先生

淡月疏星，夜寂静，辞亲远别。驰武汉，救灾除疫，迅雷风烈。聚力凝心救国难，死生何惧沙场血。送瘟神，浩气贯长虹，箫声咽。　　梅花落，情哀切，行旅逆，真如铁。看出征断发，红妆披雪。橘井泉香芳沁溢，杏林春暖民怡悦。待来日，云散雾消时，迎英杰。

步韵和赵思伯社长《一萼红·组成多景诗社有作》以贺多景诗社成立60周年

觅吟踪，又登临北固，啸傲醉东风。远岫西来，大江东去，纵使米画难工。莫管他、六朝旧事，何须论、三国孰英雄！座揖金焦，窗收吴楚，皆付诗筒。　　忆昔重阳结社，集名流硕彦，岁月匆匆。把臂题襟，倚栏

联句，几多豪气如虹。喜而今，芝兰玉树，齐浩歌，举笔走蛟龙。共铸新词古韵，雅趣相同。

北固山多景楼

壁翠山青，远岫西来雄若虎；

潮平风正，大江东去势如龙。

招隐寺飞云阁

云树涵青，飞阁千寻开远势；

江天浮白，琼楼四面入晴岚。

西津渡云台阁

万家灯火，飞阁流丹，天低吴楚无边绿；

满眼风光，层峦耸翠，潮涌金焦太古青。

丹阳云阳楼

三吴城邑，七省咽喉，丹凤朝阳盈瑞气；

万顷波光，千寻嶂影，琼楼焕彩闹新春。

镇江南山文心楼

三面岚光开画本，看花灿翠微、鸟飞亭阁，云树涵青、石泉隐碧，好个仙居境界，城市山林，大道高吟歌胜景；

一湖烟水动文心，喜书香萧寺、曲写广陵，莲塘摇滟、竹院寻幽，几多矩范辞章，菁华翰墨，层楼更上赋新诗。

白居易

做司马亦难，且携一壶老酒，浔阳江上听琵琶小曲；
居帝京不易，曾邀三五良朋，游仙寺中作长恨悲歌。

苏东坡

月出东山，且乘扁舟一叶赋书赤壁；
家居坡岸，权作诗帖几行歌咏黄州。

吴昌硕

梅溢清香，兰溢幽香，梅兰竹菊四知己；
画开海派，印开浙派，画印诗书一大家。

张大千

师八大学贯古今，不愧百年巨匠；
承半千同宗董巨，终开一代新风。

冰 心

冰清玉洁，小读者名扬天下；
心旷神怡，老作家寿享百年。

蒋定之（1954—　　）

江苏溧阳人。现任全国政协提案委副主任，中华诗词学会常务理事，江苏省诗词协会会长。曾任镇江市委副秘书长兼市委办公室主任、扬中市委书记，海南省省长，江苏省政协主席等。出版有诗词集《垂袖归来》《以诗词养性情》。

忆秦娥·镇江西津渡历史文化街区随想

夜斑斓，西津古渡无归船。无归船，潮生潮落，休说相关。　　三山本是江中帆，只缘法海推波澜。推波澜，不应有恨，添了平川。

诉衷情

遵明龙与朝银同志嘱，赋此词，敬贺扬中市发展促进会第三届会员大会召开。

中流砥柱太平洲，拥翠立潮头。乡贤赤子风发，耿耿初心收。　　春意暖，踏乡愁。解民忧。衷肠尽吐，铢积丝累，护我江州。

采桑子·江苏省诗协常务理事会
在镇江南山碧榆园召开

秋风劲里重阳近，南岭园旁，墨菊芬芳。诗会声欢在故乡。　　衷情细诉皆含笑，长也飞扬，短也飞扬。折取高枝别样香。

长相思·过镇江

早清秋，晚清秋。雨去云收北固楼，举头百二州。

竹径幽，石径幽。俯仰书台莺语柔，霜林垂月钩。

诉衷情·写在庆祝建党百年之际

神州万里舞东风，赤县翠千重。百年回首堪叹，地覆天翻中。　　追岁月，逐长空。战旗红。南湖棹去，横槊依然，浪遏从容。

好事近

全国政协十三届五次会议于3月4日下午在人民大会堂开幕。汪洋主席作政协常委会工作报告，强调要"为加强中华儿女大团结努力奋斗"。余与会感慨系之，即赋此词，以寄怀。

春日暖云生，北国举头无雪。依旧月初相见，枝上莺声悦。　　两千国士抒胸次，此处风景别。众志成城何惧，一腔炎黄血。

摘红英

为全国政协十三届五次会议常委会工作报告之短而作。

无堆叠，无前列，韵清辞简人心热。翻新页，赋新阕，清泉漱口，诵吟真诀。悦！悦！悦！　　删繁叶，快刀截，尽除枯蔓枝头郁。尤须说，冗生劣，天成蔚蔚，非关霜雪。绝！绝！绝！

行香子

江南入梅半月有余，鲜见雨至，干梅矣！然天道难测，自有其迹。吾等自适其适为至适。晚间徒步绕岸，循环数遍，勾唤思绪，归来吟哦，度成此曲。遣兴哉！

休说风霜，休说奔忙。也休说谁比谁强。两行朱墨，半盏茶汤。听古今曲，新歌醉，旧歌狂。　　依然暑气，依旧桥旁。依稀闻得稻花香。此回故里，宜短宜长，正梅雨天，枇杷熟，杏娇黄。

念奴娇·端午诗会

神州上下，向年年此日，念君时节。汨罗江头天问处，求索精神堪绝。谤得《离骚》，谏生九死，一盏孤灯灭。夜看人远，望中犹似皓月。　　陈事少说休追，风云散去，今且从头越。鼓棹高歌飞碎玉，击楫中流浪叠。非是痴顽，莫叹华发，尚有殷殷血。高情倾尽，任人凭指圆缺。

沁园春·献给战斗在抗击新冠肺炎一线的医护工作者

不是硝烟，胜似硝烟，断发请缨。入危门世界，白衣披甲，寸心报国，热血盈盈。守护生命，扶伤救死，无影灯前天使形。关情处，是夜以继日，何惧牺牲。　　从容大义逆行，举悬壶驱魔向死生。看重症室内，方舱间里，隔离门下，站着忠诚。朝诊东西，夜巡南北，不斩瘟神志不平。归来日，拥杏林春暖，四海晏清。

镇江诗词楹联作品集

1949—2022

溧水李巷陈毅旧居

白马红村藏故事；

江南岭下忆元戎。

溧阳小东荡初心堂

千秋厚植，尤需守初心二字；

百世昌平，怎能忘懿范三公。

庆祝建党 100 周年，为一老同志六十党龄撰联

世昭丹心，集万里春风，绘就河山秀色，百龄再入新时代；

旗擎党性，观八方紫气，唯期国运昌隆，六秩犹怀大目标。

蒋逸雪（1903—1985）

江苏建湖人。曾执教于镇江师范学校、扬州师范学院。著有《张溥年谱》《刘鹗年谱》《南谷类稿》等。

暮登寿丘二首

帝室僧寮又学宫，南朝往事问东风。

登临每抑兴亡感，无奈苍烟落照中。

寿丘东畔水油油，沈括当年住上头。

绝胜梦溪光邑乘，及今满目是蒿莱。

汤庄杂咏二首

隔江圌山送青来，环渚芦荻似雪开。
既爱村光成粉本，更看公社起楼台。

波光槐影出轻槎，清脆渔歌唱晚霞。
举网得鲢长尺八，前年初放是鱼花。

论　诗

诗到无人爱处工，放翁此语信豪雄。
自家冷暖自家话，绝唱从来不尚同。

韩　蓉（1971—　　）

女，扬中人。扬中市诗词学会会员。

无　题

日暮孤帆远，闲愁共水流。
凭栏空吊影，无语对西楼。

梦江南

烟雨江南梦，多情总是春。
吴音相媚好，不忍作离人。

海棠花

家有海棠花开二度，以诗记之。

嘉卉寻来植圃中，殷勤呵护渐苁葱。

谁言此物无情意，再度花开正艳红。

韩永军（1953— ）

女，镇江人。中华诗词学会会员，江苏省诗词协会会员，江苏省楹联研究会会员。曾为镇江市诗词楹联协会副会长，多景诗社社员。

满江红·西津渡杜秋娘塑像

访古寻幽，来相觅、秋娘旧迹。孤影在、蒜山岩下，石潭亭侧。双髻云鬟蛾黛浅，一怀天慧裙裾逸。也曾是、歌舞弄长安，君王识。　　春阳好，羲车急。秋气起，风霜逼。落京江庵舍，素衣亲绩。飞絮行踪卿可叹，折花才调人俱惜。澄碧中、好是仲阳魂，凝愁滴。

木兰花慢·招隐山踏雪

入银装世界，积瑶粒、似冰澜。自饱读人归，谷空流岁，台寂深山。峰前。素华琼树，蕴书香逸气远人间。玉磴连绵迓客，青筇谢屐幽攀。　　云湾。野日开颜。光灼烁、动潺湲。对碧池、一抱幽怀恰好，紫阙悠然。翩翩。舞风桂粟。信清吟太子隐林烟。愿借如椽巨笔，声声天外啼鸾。

贺新郎·赠卜兄积祥

别后羲轮捷。算而今、三山未老，一江遥阔。幽巷青编临窗读，明月鬒皤似雪。屡忆得、雄姿英发。铁马秋风行九土，气如虹、诗兴同驰突。历历事，岂芜没。　　楚狂胸腹吴钩骨。尽如何、危途几度，盐车汗血。秦关越岭长吟啸，谙得几番凉热。欲置酒、拜聆君说。羡尔高才豪气壮，自惭形、碌碌羞书篋。同立世，志孤洁。

减字木兰花·与众老友游焦山

秋阳古渡。扬子江头闻法鼓。风柳多情，尚自披襟款款迎。　　细看丝缕。却似鬒霜添几许。抚碣摩崖。一路曾经问碧苔。

西津渡玉山

遗石怀山，起池拟水，至草淡苇疏，一袭好风方成就；
闻琴涤耳，移步清心，向花菲桥曲，满笺新句已吟安。

刘　裕

能金戈铁马方为虎；
起竹寺茅庐也是龙。

悼袁隆平院士

欲慰神农，禾下乘凉当指日；
颙祈苍帝，云中驾鹤有归时。

镇江诗词楹联作品集

1949—2022

追思王步高先生

年谱得谵，傲为同里，竟清泪盈眶，却恨相知于纸上；
世途多舛，勇作至人，终名山勒石，深疑游学到星空。

程庆澜（1931—2021）

安徽旌德人。清华大学毕业，江苏大学教授。曾为镇江市诗词协会常务理事，绿野诗社社长。

忆清华园（三首选一）

千里芳菲花满天，成蹊桃李乐无言。
未名湖畔春相问，水木清华似昔年。

题庄道静女史画展

画苑尝闻阎立本，丹青每誉米南宫。
琳琅满目不暇接，万紫千红映碧空。

观庄道静女史《金陵十二钗长卷》

十二裙钗似御风，传神眉黛意从容。
芹溪雅望竟何许，顾盼凝眸入卷中。

谢卫红（1966—　　）

女，镇江人。镇江市孔家巷小学语文教师。

梅雨中独行南山

独步南山梅雨中，清流漫道水声淙。

虽无竹杖芒鞋伴，但有烟蓑意兴浓。

观北京冬奥会有感

冬奥群英聚北京，冰天雪地飒豪情。

更高更快更团结，向着前方一起行。

谢五四（1965— ）

镇江人。江苏省诗词协会会员，镇江市诗词楹联协会会员，润州区诗词楹联协会监事，凤栖苑诗社副社长。

临江仙·胜地韦岗

伏击韦岗歼日寇，铁军战果辉煌。江南首战虎威彰，激昂华夏志，赢得美名扬。　　枪刺苍穹雕往事，英雄万古流芳。碑前温誓效儿郎，创新谋发展，实干著华章。

谢学好（1962— ）

扬中人。中华诗词学会会员，扬中市诗词学会理事。主编《小学古诗词阅读入门》。

咏月季

屈于墙角隐于丛，花落花开月月红。

尽日春光摇倩影，风流总在等闲中。

堤上早春

堤上轻寒春色迟，东风无力草参差。

殷勤问得莺儿语，道是新芽发故枝。

秋　钓

独去芦花里，垂纶浅水湾。

得鱼浮藻下，听鸟柳阴间。

野旷无尘杂，风轻弄翠环。

秋光诚可惜，心共碧云闲。

庚子冬月十五雪

江洲今日雪，飘舞万千团。

难见一犁土，犹惊三尺寒。

且怜松积玉，来对月凭栏。

况此尘埃净，心闲便自安。

咏扬中

千载太平地，四时风物稠。

绿堤飞白鹭，翠幕隐朱楼。

里巷笙歌发，林园野意悠。

长怀山水赐，人在画中游。

谢晓燕（1971— ）

女，镇江人。语文高级教师，南徐小学"南徐诗社"创始人，润州区"诗教先进个人"。

春 游

淡墨浓笺日月光，风调雨顺促茶香。

游园赏景萦春梦，地利天和是故乡。

南山春

遍野桃花映日红，南屏踏野沐春风。

回眸远望犹如画，隐隐青山烟雨中。

虞兴谦（1949— ）

扬中人。中华诗词学会会员，《三茅诗词》主编。有诗词集《小沙清歌》。

锦缠道·词赋新农村

岸柳丝丝，是处鹊啼莺闹。草青青、水清花好，杏桃红艳香枝俏。别墅凉亭，都是农家造。　　陌阡人踏青，晓阳初照。任逍遥、绿堤春道。望新村、居宅豪华，看是将军寓，却听平民笑。

踏莎行·江洲春韵

丝柳含烟，夭桃映水。胭脂碧玉风情最。凭栏静听晓莺啼，奋飞紫燕云天里。　　野旷神怡，香酥雨霈。江洲处处芳枝翠。琼楼乡树笼轻纱，云庭绿掩花丛醉。

临江仙·芳洲遣怀

一任东风吹碧野，春堤树绿花香。芳洲柳色水云乡。新村和老埭，别墅小洋房。　　常忆木桥茅草屋，农家芦竹牛羊。改开江岛换新装。清贫从此去，幸福万年长。

鲍　鼎（1898—1973）

字扶九，号默庵，金石文字学家。著有《张夕庵先生年谱》《目录学小史》《金文略例》《铁云藏龟释文》等。

大兄作诗祝六十贱辰，敬步原韵二首

三山鼎峙镇澄江，毓秀钟灵瑞此邦。
上寿开筵欣值入，薄云高谊世难双。

韦编满案丹盈椠，书带当阶碧映窗。

我是气吞湖海者，独逢伯氏此心降。

廿载饥驱冷砚田，为人压线自年年。

只今补读缥缃帙，垂老惟欣棣华联。

周甲乞休闲是福，杖期共庆瑞相连。

从兹幸免求容悦，规中周旋矩折旋。

由镇返沪车中作

频岁惊风断雁群，岿然鲁殿照垓埌。

豚鱼且话家庭乐，猿鹤闲看劫外云。

令子承欢偕小阮，佳辰揽胜集多文。

养心最是长生术，独向书城自策勋。

鲍荣龙（1964—　　）

镇江人。江苏省诗词协会会员，中华当代文学学
会会员。

南乡子·南山游

清兴乐优游，闲步南山去赏秋。林海森森蹊径走，
奇幽，鸟雀时而语不休。　　烹茗上西楼，坐看层峦似
峻流。月落涧溪更濯秀，悠悠，暮色空蒙掩碧畴。

楹联二副

轻荷有梦心方苦；

霜柏无言骨自奇。

厚植三农，乡村振兴千山秀；

滋培双创，城镇发展万象新。

阚克荣（1975—　　）

句容人。多景诗社社员，句容市诗词楹联协会副会长，句容市诗歌协会副会长。

题玉兰

细叶未裁花已出，早传春信傲轻寒。

东君识得冰心愿，玉盏相邀醉月阑。

赞扫黑除恶行动

黑恶残渣何足惧，胸怀正气自精神。

罡风涤得乌云去，一览山河万里春。

慈　舟（1915—2003）

江苏兴化人。俗姓史名源，出家后法名慈舟，法号月济。曾为镇江市佛教协会会长，金山江天禅寺方丈，宝华山隆昌寺住持等。

江天禅寺

江水滔滔，洗尽千秋人物，阅沧桑，因缘聚散悟空性；
天风浩浩，吹开大地尘氛，倚圣教，禅静止观觉有情。

天王殿

诸恶莫作，众善奉行，三藏圣言演真谛；
四大本空，五蕴非有，翰林玉带镇山门。

绍隆寺法华楼

法轮常转，是盛世昌明景象；
华藏庄严，乃佛日永亘古今。

小码头观音洞

二水江流，慈航普渡，江宽当有岸；
一洞钟灵，悲心慧眼，法行自无边。

满孚葆（1947—　　）

镇江人。京口诗社社长。

游吐鲁番高昌古城

苍凉大漠古遗城，断壁颓垣十里横。
堡畔可汗留石塔，耳边犹响马嘶声。

客湘西土家

摇舟进寨访王村，迎客山谣远远闻。

吊脚楼中围火坐，腊肴朱酒醉游人。

廖松涛（1973— ）

镇江人。江苏省美术家协会新文艺群体工作委员会委员，镇江市新文艺群体联合会顾问，镇江市美术家协会副主席，江苏省国画院特聘画家，江苏省文化艺术研究院特聘研究员，镇江市诗词楹联协会理事，镇江诗书画院副院长。

题　画

松涛灵谷寺，紫气石头城。

遍地有豪景，九州谁与争？

笔写万松寂，琴弹一壑雷。

广陵千古调，仍在风中悲。

岩上七君子，冲天高雁姿。

虬松凌雪势，从古即如斯。

山深藏古刹，岚气晚来长。

青瓦遥观黛，风迟杖策忙。

烟雨微岚过，春山幽话长。

临溪迎远客，松翠话沧桑。

遍翻经卷漫寻根，溪畔山林道愈尊。

莫问桃源何处去，炊烟袅袅笼山村。

飞飞香影满衣襟，客至抬头漫一寻。

风动名园不知处，篱前阶下遍黄金。

但求明日似今日，只把浮生作永生。

红日晓来催月走，翩翩岁月几留痕。

裴　伟（1973—　　）

江苏扬州人。镇江市诗词楹联协会特聘研究员，镇江市评论家协会副主席。

2000年，润扬长江公路大桥开工奠基

润浦邗沟一脉通，扬眉飞乘彩霞虹。

长风浩浩中兴渡，江水滔滔世纪功。

公益民生增富利，路途经济接苍穹。

大江东去千山碧，桥首遥瞻日照红。

浣溪沙·参观姜堰溱湖湿地公园

佛塔毫光照大千，溱湖十里水相连，蒹葭白鹭意悠然。

泽国迷离尘世远，兰舟荡漾此身闲，奇形奕奕看麋田。

满江红·江苏省镇江中学 120 周年志庆

江海潮生，金焦翠，南泠水洌。双甲子，花开花落，几番更迭。夏雨春风临学舍，弦歌灯火映城堞。芳甸青，朗朗诵书声，求知渴。　　为民族，存一切。聆校训，血犹热。文理交融，创新卓绝。兰蕙千丛传善业，友朋万里共明月。庆良辰，盼飞度雄关，梁材出！

踏莎行·赴常熟横泾古镇并观看
实景演出《智斗》

倭骑横行，吴戈怒向。蒹葭深处赢兵园。沙家浜里水云腾，鸥惊雁唳悲风怆。　　舌剑唇枪，雷车雾嶂。春来茶馆铙歌唱。河山终究属炎黄，神州鼓角声犹壮。

阮郎归

庚子闰四月十六日，海归学子陈奕清、过云松返乡在碧榆园金山厅结缡，赋词以贺。

碧榆新叶胜陈言。山城今奕然。古竹林外景如烟。清风拂管弦。　　莺燕过，水云漫，兔丝松上缠。三生灵石证姻缘。情深似蜜甜。

玉堂春

庚子荷月，岳母八十，家宴金山湖龙景祝嘏。

金山湖畔，八秩庆生华诞。碧荷仙草，齐奉霞觞。骤雨初收，江汉流波漫，濯濯芝兰奕叶芳。　　伫望南山环曲，齐家添福长。龙景弥珍，慈寿洵如笔，落纸云烟乐未央。

江城子·庚子盛夏傍晚乘画舫游金山湖

东吴宝鼎画舫船。惜玉盘。小清欢。北固楼头，夕阳天映蓝。却是江河交会挽，红数点，西津湾。　　瓜洲京口忆君还。正悠闲。话钟山。项链珍珠，轻漾意阑珊。传语飞鸿留客好，融文旅，入云端。

贺圣朝·观演有感

百年大党丘山定，赞红歌笙磬。松柏不凋惟纯性，似泠泉明镜。　　青葱银发，舞台同庆。记初心使命。园丁剪叶题新声，书帆悬风正。

壬寅仲夏，女儿诗语南大毕业典礼

芳华负笈入仙林，邺架晨昏忆咏吟。
蠡海南雍方一勺，鹏征万里继清音。

赞江苏润扬长江公路大桥

一桥飞渡，淮海二分明月；

三山鼎立，京江两岸春风。

挽常州文史学者钱璱之先生

事业系毗陵，光百年劲羽词林，长使冰心照炜管；

生涯泽京口，历两纪擎旗教苑，群钦风节哭庙门。

挽周仲器老师

吟写每从新格律；

归来还遭旧生涯。

镇江崇实女子中学复校并 130 周年志庆

是崇是洁，如玉如冰如秋水；

惟实惟新，树人树木树春风。

赠扬州评话艺人黄俊章

俊彦留宾，舌粲莲花甘露寺；

章回览胜，月迷津渡妙高台。

奉赠高密管谟业先生

大地高粱，在朝在莫，炜管敬寰海；

名山钜业，立德立言，鸿谟建极荣。

2008 年赛珍珠纪念馆落成

山水有情歌大地；

珍珠无价映华堂。

缪家俊（1941—   ）

扬中人。扬中市诗词学会会员。

楹　联

笔底纵谈中外事；

胸中洞识古今情。

黎遇航（1916—2003）

金坛人。曾为茅山元符宫道长、中国道教协会会长。有《遇航诗词集》。

题茅山风光

一峰高出众山巅，疑隔尘沙路万千。

句曲山中黄鹤驻，华阳洞外白云连。

楼台隐约蓬壶境，宫殿巍峨咫尺天。

采药炼丹真诀悟，餐霞静坐最悠然。

颜以林（1962—　　）

丹徒人。镇江市丹徒高级中学教师，丹徒区诗词协会会员。

访米芾书法公园

南宫翰墨笔锋奇，杂树生花韵更宜。

最是经文书帖好，千年后学拜宗师。

颜红梅（1969—　　）

女，贵州修文人，现居扬中。扬中市诗词学会会员。

江边夕照

一帘风絮似飞花，渺渺烟波映晚霞。

挥去闲愁天宇外，心随鸥鸟落金沙。

江城子·寒秋

流年飞逝又逢秋，雁声悠，晚云收。水雾烟岚，聚散两无由。立尽斜阳风满袖，挥不去，几多愁。　　可嗟心底万般柔，爱无求，意难休。过尽千帆，何处是归舟？唯有冰心酬皓月，花叶落，暗香留。

镇江诗词楹联作品集 1949—2022

鹧鸪天·残荷

碧水清荷映晚阳，芳华寂寂谢红妆。满池翠盖摇秋韵，一脉微香动寸肠。　　心欲静，梦成殇，已将沉醉换悲凉。迎风但见飞鸿舞，无语凭栏心怅茫。

唐多令·落红

一树蜡梅开，暗香雪里埋。自相怜，不惹尘埃。惯守清寒无寂寞，君若愿，自风来。　　零落不需哀，飞花舞玉台。赏花人，对景颜开。何避繁华归此处？吾不语，任人猜。

卜算子·寒梅

飒飒朔风吹，窃窃黄花诉。虽是韶华绽苦寒，唯恐红尘误。　　心为有情痴，终老无相负。飞雪何时应我邀？同在梅边驻！

喝火令·七夕

日暮沧波起，金风落玉尘。渺冥银汉贯乾坤。唯叹有情仙侣，欢聚不由人。　　切切相思语，怡怡共坦陈，一支清曲付晨昏。唱到星稀，唱到月无痕。唱到鹊桥飞架，永世不离分。

潘圣仪（1941—　　）

扬中人。扬中市诗词学会会员。

怀念冷福坤老师

本是名门秀，生平爱自珍。

有心施化雨，无意妒芳春。

桃李江洲茂，音容北固沉。

琴声犹在耳，何处觅师魂。

天鹅缘

未插秧苗水映天，珍禽喜落我家田。

一身洁净白如雪，双翅舒张飞若仙。

欲宴嘉宾无计达，怕惊娇客且偷看。

知君早具凌云志，绿岛长空任尔旋。

读《画坛女杰李青萍传》

剥尽铅华沦楚囚，丹青作伴死难休。

南洋画室应犹在，故土寒庐久未修。

恶梦几番成古恨，归心一片付东流。

惊鸿再现伊人老，谁向江陵问去留。

潘家麟（1908—1994）

字玉书，江苏淮安人。曾为江南诗词学会理事、多景诗社社员。有《心远庐诗草》。

秦少游与苏东坡等在文游台聚会
900 年感赋

眉山淮海聚文游，豪俊诗词结侣俦。
力洗绮罗人振奋，辞长清丽世追求。
能伸能屈胸怀阔，相友相亲意气投。
九百年来同敬仰，期兴绝学溯源流。

议论遭谗固可伤，转赢千古姓名香。
金风玉露情深远，铁板铜琶调激扬。
婉约清新成派别，纵横奔放写文章。
同心同志兼同德，今更同流百世芳！

镇 江

天堑视安流，依旧巍峨称北固；
地灵钟秀气，而今俊杰聚南徐。

焦 山

偃武修文，墨海腾波，瘗鹤奇碑垂万古；
经天纬地，长江卷雪，隐贤焦洞颂千秋。

一枝春菜馆

几处亭林双井路；

三层楼阁一枝春。

薛宗元（1911—1969）

字兼白，别号威凤。江苏盐城人。受业于陈衍、黄侃、吴梅、胡小石诸学人。曾在镇江京江中学任教。著有《欣遇诗历》等。

暑中讯友园居

闭门觅句君家事，自入园居有好诗。

漠漠身闲心更静，峨峨老至意犹奇。

多因竹木爱晴雨，肯与图书作住持。

料得一杯凉坐月，连宵梦熟睡应迟。

和友人诗，答虞受言

食古忘贫得几人，撑胸自办百千春。

别来或说愁归路，梦里吾思醉接茵。

游刃傥能盟石友，读书何止侮钱神。

移家许大烦相告："莫遣诗心与世论！"

己丑秋答友京口来书

蝉语西风意自明，乍看落叶与秋争。

一年又是清商节，四海全无变徵声。

入梦江山供娱悦，随人歌笑快平生。

金焦旧是行吟地，苦忆朋簪载酒情！

己丑深秋答友北京寄讯兼次其同江翌云、章行严诸公会饮韵

百感当秋一句无，砌蛩云雁任相呼。

每于静夜闻风柝，真欲高歌击唾壶。

兵后关河初索寞，梦边去住总斯须。

迎人爽气西山色，绝羡诸公载酒俱！

庚寅元月三日园望晴雪得句

一冬藏去好春生，园望从兹许久晴。

多谢雪风酽岁序，譬如忧患锻人情。

檐梅红逗诗心绽，路柳青回客眼明。

作计忽思游汗漫，江南千里饱闻莺。

送 春

榆钱落尽觉春穷，满眼园林改岁功。

何事流莺偏百啭，为人歌绿更啼红。

绝 句

楼外钟声动，推窗渐可闻。

东风江上至，吹尽四山云。

镇江诗词楹联作品集 1949—2022

己丑十一月朔过京口，有幽栖之游。归用放翁诗分韵得"为""客"二首

在昔居南郊，暇辄访三寺。

林峦久要亲，泉古粗能记。

可惜幽栖幽，春秋未一至！

行脚金陵来，幸与探山议。

既息尘鞍劳，还纵登临意。

欣然蜡屐从，千忧都割置。

况复换世余，尤佳集气类。

风月莫笑人，此我遂初地。

今得补前游，孰曰"了无为"？

首去岘山岭，似岸高士帻。

连岩列绮屏，杂树森画戟。

耕畴东南饶，渔江西北辟。

僧舍九华颠，烟云收几席。

雁影压树篁，钟声答朝夕。

荒泉利野樵，曲径通京驿。

耳目俯仰间，自觉适其适。

何由逃空虚，斯境最清僻。

恨不十年留，长伴安禅客！

戴 曙（1923—2016）

扬中人。中华诗词学会会员。曾为扬中市诗词学会副会长，《扬中诗词》《大江清韵》主编。

上庐山

百转凌霄汉，浑疑入九天。

舒怀藏锦绣，拂袖动云烟。

濯足双龙瀑，洗心三叠泉。

匡庐今仍在，不见祖龙鞭。

大江观日出

半吐金乌漾碧波，大江闪闪绉红罗。

千帆竞逐晨风发，欲载光明此际多。

八二生辰赋

朝夕当争白首时，余光莫让便沉西。

桃开雨后添红粉，柳舞风前换翠衣。

犁砚未闻三月鸟，强身犹起五更鸡。

休嗟金色年华误，百寿还将续此诗。

沁园春·八十抒怀

烈火洪炉，铸我丹心，铸我党人。若头悬句曲，宁知誉毁；尸陈锡地，遑论浮沉。三尺龙泉，一支斑管，忍使尘封二十春。牛棚里，且养精蓄锐，待转时轮。　　新征号角声声，又唤起童心一片真。用宫商古调，高歌盛世；春秋直笔，续写余生。书笈虽空，坑灰已冷，敝帚依然乐自珍。伤情事，付悠悠逝水，淡淡烟云。

鹧鸪天·胥门怀古

似听胥涛诉隐衷，楚才悔立辅吴功。可怜王佐忠臣血，竟染无情属镂锋。　　斜塔下，剑池中，遮羞布卷霸图空。千秋国士兴同慨，安得《十思》入圣聪。

戴少华（1959—　　）

扬中人。曾任扬中市副市长。中华诗词学会会员，曾为镇江市诗词楹联协会副会长。

奉题扬中发展促进会 10 周年

鹊报千重喜，花迎十载妍。

岛城新意盛，游子锦衣鲜。

酒醒乡愁泪，情耽国梦缘。

鲲鹏期大举，振翅总无前。

丁酉腊八夜大雪纷飞，酒中观雪口占

风声临夜紧，骤雪遍山川。

嫩蕊琼枝发，幽香朔气传。

开樽思好友，披瑞觅瑶仙。

千里同心此，金戌旺大年。

春日赋得莫愁湖公园一首

莫愁园里海棠鲜，独占春晴艳煞天。

试向丛枝深处看，梨花簇簇舞翩跹。

辛丑八月中秋夜秦淮河边漫步

夜深观明月，圆满正当收。

天水交辉映，光星泻地流。

尘喧幽径外，清适快心头。

千里何堪寄，一抛闲俗愁。

菩萨蛮·辛丑九月九日重阳节感赋

秋城风景金陵碧，金桂无开霜迹匿。风雨过重阳，烟霏笼大江。　何事登高觅，凝睇东来客。斑驳石头城，急寒江上声。

题　竹

无须蜂与蝶，自在云天节。

清赏月下风，枝叶漫摇曳。

采桑子·壬寅三八国际妇女节

又逢佳节名三八，春暖花开，心暖颜开，惠畅和风许许来。　一生好景须珍记，昔日无猜，今亦无灾，彭祖仙桃处处栽。

题扬中太平禅寺太平广场主牌楼联

烟霞无尽，江流诵般若；

德善有源，福地臻惠和。

戴永兵（1970—　　　）

别名手缺一指，句容人。中华诗词学会会员，镇江市诗词楹联协会理事，句容市诗词楹联协会副会长，句容市作家协会秘书长。

游天王樱花园

软香偎绿醉春风，朱紫交辉更不同。

知是眼前花最好，莫疑未及别园红。

登宝华山

初夏寻诗礼律宗，凭栏意气豁心胸。

往来多少风骚客，妆点花山有几峰？

再过承仙山庄

春游李塔谒承仙，云锁群峦雨锁烟。

叩问玄关谁是道，心如碧水水如天。

再游天堂寨

丛林一入自沉吟，大别峰高绿意侵。

耸翠层峦宜洗肺，凝烟飞瀑最清心。

泉敲顽石先开路，鹤引长风欲破襟。

漫道人生常寂寞，大千山水是知音。

清风亭联

纵情天地，暂借清风抒快意；

放眼古今，聊将碧水洗尘心。

戴安邦（1901—1999）

丹徒人。先后毕业于金陵大学和哥伦比亚大学。化学家，中国科学院院士，南京大学教授。

以勤补拙

有人说我有天资，我的诀窍我自知。

人一能之我十之，人十能之我百之。

求真理

科学求真理，真理给自由。

逆理必困厄，顺利有余游。

镇江诗词楹联作品集 1949—2022

戴志明（1965—　　）

镇江新区人。现在镇江市公安局刑警支队工作。

题镇江长江畔

一江碧水向东流，北固金焦立浪头。
霸业已随沙石去，夕阳依旧照飞舟。

游招隐寺

小径通幽向柳荫，山前寺外有弦音。
春风还记广陵散，也替颙公奏古琴。

初夏傍晚雨后游圌山

晚雨消停瑞气升，茂林修竹翠千层。
观山兴尽船归坞，水映高楼三两灯。

游心湖

郁金香艳似醴醇，凝露芳苞更聚神。
笑吻东风春日暖，心湖遍地赏花人。

读　书

明窗净几扫微尘，惊现行囊无价珍。
万卷阅完皆有悟，此时才算读书人。

柳梢青·黄明节游圌山

啼鸟鸣晨。晓光浮野，朝露收尘。又至黄明，四邻空巷，山满游人。　峰巅赞美声频。放眼处，蓝天白云。青绿红橙，百花竞艳，万木争春。

魏　云（1974—　　）

女，笔名紫薇，镇江人。现为江苏省诗词协会、镇江市诗词楹联协会会员。在今日头条等平台发布诗词联作品2000余首（副），作品散见于国家文化类重点期刊。

咏牡丹

犹闻西苑绮芳香，倏诏京都贬洛阳。
魏紫姚黄真国色，不惊宠辱锦年长。

题李香君

倾世桃花扇底开，一痕碧血隐妆台。
弦留家国声声恨，傲骨惊春几梦回。

游锦溪古镇

阁影莲池情韵裁，水云乡里叠桥来。
时光悠慢荷风细，一色晴岚锦带开。

镇江诗词楹联作品集 1949—2022

秋夜赏桂

悬秋玉叶簇轻黄，照水风前试晚妆。

不与群芳争雅韵，但凭一味接蟾光。

铺阶细蕊漫摇落，卧槛仙姿微沁凉。

幽梦夜阑清到骨，待君诗笔共分香。

江城梅花引·七夕

素笺仙袂沁芳尘。远思君。近思君。脉脉双星，小棹渡流云。携手共吟明月夜，情缱绻，意缠绵、眉若嗔。

似真。未真。酒半温。醉也昏。醒也昏。玉箫烛痕。倚秋窗、愁叠荷裙。怕对菱花，红减瘦三分。长发及腰还忆否？心念念，泪千千、总断魂。

临江仙·招隐寺踏春

岁色温柔花事浅，烟霞溢彩分晴。尘心欲敛踏春行。翠峦投雅趣，癫笔染云屏。　一脉泉幽调古韵，千年殊世文馨。书台华阁净窗棂。竹篁寻胜迹，萧寺去留声。

小重山·立秋遣怀

菰雨徒生心事凉。西风侵枕簟、梦微霜。残荷秋馆怯延香。与君叙，小酌碧瑶觞。　萤火似微茫。流年零落去、半成伤。菱花难忆旧时妆。低眉问，宿燕可空梁？

题南山招隐寺

竹色泉声，此处寻真乐，春径山峦钟秀气；

龙文凤藻，其间探至情，书台楼阁蕴清晖。

题二十四桥

月色隐前朝，问桥畔箫声，吹来可是东君意；

烟花同古韵，掬湖心春梦，瘦却难猜西子情。

题秋日兴福寺

零落桂香，递千般秋意，怯添少府诗中韵；

寂寥潭影，空一片禅心，长对米碑亭外山。

题黄果树瀑布

人间胜景，瑶台忘四时，雾集云蒸腾白练；

天上奇观，银汉泻千里，珠飞玉溅碎冰弦。

题滕王阁

孤鹜三秋，高阁接从容岁月，望中不尽洪都梦；

俊才一序，妙思凝逸秀风流，吟处犹余赣水情。

魏福英（1951—　　　）

女，镇江人。市老年大学壮心诗社社员，镇江市诗词楹联协会会员。

莫愁湖并蒂莲

并蒂莲开倩影双，莫愁惊喜俏鸳鸯。

鉴湖游鲤千荷举，泼墨诗吟真爱藏。

秋游焦山

碧波荡漾沐朝辉，佛塔凌云立翠微。

袅袅氤氲生紫气，悠悠钟磬道玄机。

桂花馥郁鸟鸣绝，垂柳婆娑碑刻希。

横海大航慈善渡，镇江美誉实名归。

跋

今年适逢镇江市诗词楹联协会成立 35 周年、多景诗社成立 60 周年，又值镇江市全面推进"中国楹联文化市"创建，故决定与市文广旅局一起编辑出版《镇江诗词楹联作品集（1949—2022）》。

此作品集所选作品为 1949 年 10 月 1 日新中国成立至今的镇江籍或在镇江生活工作过的诗人联家作品，每人最多不超过 10 首诗词和 10 副楹联。作品集共选刊 360 位作者的 1332 首（副）诗联作品。这是继我们编辑出版《当代诗人咏镇江》《镇江诗词作品集》《镇江名胜楹联精萃》《镇江新咏》后的又一重要举措，也是新中国成立以来镇江市第一部集大成的诗词楹联作品集。

这次所选诗联作品，一是从我们以往出版的诗联作品集中精选而来，二是广泛征稿、约稿而得。在选用作品时，力求格调高雅，符合格律，注重韵味、意境、情感等诗联创作元素，但还有不尽如人意之处，包括有部分作者的诗联没能选用，有些作者的作品用得较少，录用作品几经遴选编校，想必仍有差错之处，敬请见谅。

今岁重阳，多景诗社在老宴春酒楼举行雅集并发放新编印的《江上清风集》。徐徐吟长以《多景小史》为序，并作《多景诗社结社六十周年，贺以长歌六十韵》，现附录其后，以补余"京江诗派与当代镇江诗坛——写在《镇江诗词楹联作品集（1949—2022）》出版之际"小序之不足。

壬寅重阳　丘溪居士蒋光年于南徐友米堂

多景小史

京口乃六朝名都，山川奇丽，人文荟萃。其骚坛亦渊源有自，南朝之鲍照、颜延之、何逊；唐之储光羲、张祜、许浑。然唐润州诗人甚众也，今人陈尚君《唐诗人占籍考》云：一籍二十人以上者计十一州，润州占第二。宋明以还，亦代有诗人。有清一代，"一时擅吟者颇多"。清初之冷士嵋、谈允谦、钱邦芑。乾嘉 "京口三诗人"之余京、鲍皋、张曾，及"书掩诗名"之王梦楼。乾嘉后有前、中、后三"七子"继之，并渐次形成京江诗派。

其士人结社，亦有渊源，明复社甚多京口之士。曼殊一朝，文网森严，虽无结社，然仍有"松溪五友""京江七子"之余绪。民国，"海门吟社""梦溪吟社"诸吟社继起，"南社"亦甚多京口诗人。于今京口诗坛昌盛，诗社纷呈，其历史悠久、知闻于世者，当数多景诗社也。多景诗社肇始于一九六二年，迄今业已六十周年矣。

一九六二年重九日，市政协邀约社会民主人士作北固山竟日游，且于多景楼登高雅集。雅集者有部分为原中泠诗社社员。中泠诗社结社于一九五七年，社员多为社会名流，社长刘锡康为市政协副秘书长，副社长张立瀛为民主革命者，同盟会会员。诗社成立后常有吟聚，然社员多届耄耋之年，因活动维艰而渐式微。此番多景雅集，朗然而吟，陶然而醉，"诚第一江山之佳话也"。后经雅集者倡，再结诗社，因重九雅集于多景楼，遂以多景为名。

其社长赵思伯，新中国成立后为省立镇江中学首任校长，后调扬州师范任教。其古文辞造诣颇深，尤善填词。社员三十多人，皆社会民主人士，乃一时之俊彦，略举一二如次：吴次藩，清末秀才，曾为顾祝同私人机要秘书、江苏省立镇江图书馆馆长，新中国成立后为省文史馆馆员。苗小轩，著名书画家，尤擅翎毛花卉，自题诗文，笔意隽永。曾于国府典礼局任秘书，结交国民党元老、书法家于右任及徐悲鸿、张大千、高剑父、陈半丁。时为中国美术会会员，新中国成立后为中国美术家协会江苏分会会员。丁谢文（女），乃民国著名学者、戏曲家丁传靖之女公子。

多景结社后吟咏尤盛，春秋佳日，每赴三山、南郊诸胜，赏景怡情，怀古颂今，迄一九六五年止，共编油印诗刊八辑，后因"文革"而终止。

十年浩劫，广陵辍响。迨至万象复苏，多景诗社亦于一九七九年十月复社。复社活动于河滨公园对面，即现之丹徒商厦附近老四合院内举行，此乃市政协活动室。与会者二十余人，多为老多景社员，余有幸忝陪末座。会议由市政协范公广炎组织召集，会上选出社长郭长传，名誉社长刘锡康。

越一年郭长传移家南京，副社长李宗海继任社长，由此多景诗社步入快速发展之轨道。每良辰佳夕如"五一""七一""十一"，必歌吟之，歌唱党，歌颂社会主义，歌咏祖国建设之成就。其时或雅集，或将诗稿交李宗海社长收存，雅集时各自吟颂诗作，老先生皆摇头晃脑陶醉于自我吟唱之心境中，不亦乐乎！其诗作常油印成册，分发诗友，自当敝帚自珍也。

物换星移，时序推进，"文革"之禁锢业已淡化。

诗友以文会友，相互交流唱和，吟咏活动日趋活跃，多景诗社遂与南京、上海之七城市有关诗社筹组江南诗词学会，并于一九八三年于镇江举行成立大会。一九八七年多景诗社又参与发起成立中华诗词学会，乃七家发起单位之一。同年，镇江亦成立诗词协会，多景诗社之影响日益扩大矣。

其间，多景社员由复社之初三十余人发展至五十余人，且一改老年诗人为主之格局，而为老中青三结合之架构。其雅集形式亦渐趋丰富，或前往工厂、大型工程之工地参观学习；或雅集于碧榆园观南山之风光；或分座于芙蓉楼赏中秋之月色。诗亦与书画联姻，社员有兼擅书画者，雅集时，或浅唱低吟，或泼墨挥毫，使雅集平添更多诗情与画意。亦有部分老诗人于一枝春素菜馆等处每月举行两次清晨茶聚，边进茶点，边论诗道，竟逾十年之久，即后人所称"十老"之谓也。其吟咏内容亦更趋充实，不啻为社会主义祖国作颂歌，亦为历史文化名人唱赞歌，如纪念苏东坡夜游赤壁作赋九百周年、纪念沈括逝世八百九十周年、纪念辛稼轩北固楼作词七百八十周年；或颂今而怀古，或吟花而弄月，相与为春声之鼓吹也。其活动范围亦日趋扩大，非但与邻近城市诗社学习交流，乃至与日本访华之文化社团学习交流，且吟诗作画，相互馈赠，增进友谊。一九八九年新中国成立四十周年暨政协成立四十周年之际，多景诗社编印《多景诗词选集》，一九九二年多景诗社成立三十周年编印第二辑《多景诗词选集》以之纪念。

社内工诗书画印者甚众，其翘楚者有：李老宗海，工诗书,善交游,陈大羽先生赞其"诗书二妙"。许老图南,工诗书,善兰竹,晚年参加《汉语大辞典》编纂。汪老玢如,工诗词曲,为江苏大学教授,乃掩门读曲之士也。此三者均为饱学之士,时有青年问学者造府拜谒,聆其教诲,如沐光风。其余如杨正觉、黄后庵为本邑老书家;梁荷轩、车竹隐、石寿为本邑老画家;石寿、朱灵峥亦为本邑老篆刻家。青年画家刘二刚工诗书,后为现代新文人画领军人物。其时亦有一批工诗书画之青年才俊正异军突起矣。

一九九三年多景诗社换届,吕卜邨为社长。同年,市首届诗词大赛举行,多景诗社亦共襄盛举,参与编印《镇江诗词集萃》,吸收十余位获奖者为多景社员。一九九八年蒋光年接任社长,多景社员渐趋年轻化,诗社活动亦渐趋常态化。曾于三国城观光、多景楼雅集、芙蓉楼诗会;以至徜徉于溧阳之天目湖、采风于南山之竹海,其创作亦更为丰赡矣。诗社创有《多景诗报》,适时刊发社友佳作,多景诗社成立三十五周年又出版第三辑《多景诗词选集》,后与市诗词协会共同出版《当代诗人咏镇江》《镇江诗词作品集》。诗友甚多篇什发表于省、市之报刊,入选于《江苏中青年诗词选》《中国当代诗词选》《全球当代诗词选集》。有诗友参加省、市诗词大赛而崭露头角;有诗友出版个人诗集而硕果累累。多景诗社业已成为镇江诗词协会诗词创作之重要支撑也。

夫骚坛为风雅之所也,当以风雅自树吟旌。二〇〇七年于文清当选多景诗社社长至今,重视吸纳年轻诗人入社，重视提高诗词创作水平，已成共识，且整章建制，吸纳辖市区青年诗人相继入社，诗社呈现出以中青年为主之生动活泼局面。其时网络诗词方兴未艾，中青年诗词爱好者多投身于网络，副社长兼秘书长董国军自创诗昆网站，多景诗社亦创多景公众号与微信群，对外开展交流与交往。有诗友于网络平台相互交流学习而诗名大振；有诗友参与网络诗词大赛而获奖颇丰。诗社相继与镇江诗词协会联合出版《镇江诗词一百首》《诗词入门》，积极参与创建诗词之市活动；协助镇江赛珍珠研究会、西津渡文化旅游公司出版《大地珍珠》《春晖大地》《西津十八景》，以及举办诗书画联展。但凡春秋佳日、雪月花时，诗社多有不同形式之雅集，时而于鼎石山头寻梅赏樱，时而于桃花岛上探春访秋；问道于茅山、采风于江洲，大江南北多吾侪吟踪也。其作品多刊发于《多景诗词》，或为《海岳天风集》《当代律诗钞》收编，或为《中华书画家》《诗潮》发布。而如"风雅志""中国当代诗词大系""当代千家诗"等公众号亦多有诗友佳作，诗友创作水平日益提高矣。多景结社五十周年之际出版《江上题襟集》，又五年再出《江上行歌集》，海内大家陈永正为《江上题襟集》题签并书写贺词，曹长河、王蛰堪、熊盛元诸名家题贺，多景风雅重振，知闻于天下矣。

江山毓秀，代有才人。遥想当年，坡公把臂楼头，醉脸春融；稼轩吟望神州，满眼风光。其风雅与襟怀乃多景之魂魄耶？至若壮丽之山川，东去之大江，乃多景大观也。春去秋来，倏然之间，六十年矣，多景耆旧，亦已凋零，然江山之千古，风雅之绵延，多景之传承，乃我辈之幸也。

　　江上题襟未已，行歌又来，即今《江上清风集》行将付梓，于社文清嘱余将多景诗社之小史略述，以敷衍为序。余自揣谫陋，然先生高情在焉，不得不从。余厕身多景四十余载，亦责无旁贷，故乐而为之引喤。奋笔如此。

　　　　　　壬寅夏五　　徐徐于京口城北犹贤斋

多景诗社结社六十周年，贺以长歌六十韵

京口实名都，形胜势雄强。人才幸荟萃，骚坛自辉煌。

南朝鲍颜何，唐之储许张。宋元明以降，代有诗人行。

往昔曼殊朝，吟坛有众芳。遗民见风骨，布衣颇狷狂。

乾嘉名诗人，遗珠梦楼王。继之前中后，七子皆何郎。

京口呈诗派，祖宋兼祧唐。结社有渊源，于今更繁昌。

历史悠久者，多景应首当。肇始于壬寅，节序届重阳。

盟主赵思伯，填词独擅场。社员二十余，一时皆俊良。

十年遭浩劫，广陵辍绝倡。万象复苏后，复社聚一堂。

社长郭长传，祭酒刘锡康。余亦忝末座，击壤歌春皇。

越年李宗海，继之始腾骧。良辰与佳夕，雅集意轩昂。

摇头又晃脑，吟唱韵悠长。诗什印成册，敝帚自珍藏。

物换星斗移，新政已启航。诗坛重振兴，作伴霁月光。

江南诗学会，筹组苦奔忙。嘉会聚华严，晴川供一觞。

中华诗学会，多景曾协襄。发起七单位，至今人未忘。

诗书画联姻，吟玩兴未央。泼墨且挥毫，交流与扶桑。

耆宿之翘楚，最数李许汪。退翁李宗海，主盟十余霜。

诗书称二妙，交游及八荒。舍北许图南，诗书兰竹香。

蛮笺著十样，桃李满门墙。汪玢老夫子，度曲悉宫商。

诗赋动江城，华亭鹤凄凉。现代文人画，领军刘二刚。

更有新才俊，异军正披攘。九三又换届，卜村来持将。

继之蒋光年，十载似强梁。收拾繁华景，寄怀水云乡。

竹海去采风，天目湖徜徉。多景创诗报，展诵句琅琅。

参与省市赛，获奖犹相望。文清执牛耳，自树吟旗常。

吸纳年轻人，诗笔求坚苦。网络时方兴，投契喜相羊。

诗昆创网站，公众号周详。创建诗词市，倾力无商量。

风花雪月时，篇什满锦囊。西津十八景，诗思更慨慷。
诗书画联展，硕果再呈祥。结社五十年，题襟于缣缃。
海内诸大家，称贺锦成章。多景重振兴，知闻天下彰。
春去秋又来，周甲仍垂芒。气象诗宏开，精神玉挖扬。
前人遗我惠，我辈复何尝。但愿从今起，逸尘更断鞅。

镇江诗词楹联作品集

1949—2022